闲卷
随笔文丛

故紙札記

陈学勇 著

湖南大學出版社

图书在版编目（CIP）数据

故纸札记 / 陈学勇著 . — 长沙 : 湖南大学出版社，2017.8
（开卷随笔文丛）
ISBN 978-7-5667-1275-2

Ⅰ. ①故… Ⅱ. ①陈… Ⅲ. ①随笔—作品集—中国—当代 Ⅳ. ① I267.1

中国版本图书馆 CIP 数据核字 (2017) 第 044674 号

故纸札记
GUZHI ZHAJI

作　　者：陈学勇（著）
策划编辑：肖立生　邹　彬　刘　旺
责任编辑：刘　旺
责任校对：全　健
装帧设计：山和水设计工作室
印　　装：长沙超峰印刷有限公司
开本：850 × 1168　32 开　印张：9.75　字数：211 千
版次：2017 年 8 月第 1 版　印次：2017 年 8 月第 1 次印刷
书号：ISBN　978-7-5667-1275-2
定价：32.00 元

出 版 人：雷　鸣
出版发行：湖南大学出版社
社址：湖南 · 长沙 · 岳麓山　邮编：410082
电话：0731-88822559（发行部），88821691（编辑部），88821006（出版部）
传真：0731-88649312（发行部），88822264（总编室）
网址：http://www.hnupress.com
电子邮箱：56181521@qq.com

第一辑

第二辑

第三辑

第一辑

林徽因诗别有主题

林徽因的文学作品，论数量以诗歌为多，其余，小说、散文、剧本，皆寥寥而已。其实诗歌也不过六七十首，作为诗人，这点儿作品也远称不上壮观。难怪，每有林徽因佚诗发现，学者及她的粉丝们则欣欣然。女诗人一百一十周年诞辰前夕我有幸再发现一首《日子》，它刊于一九三七年四月《好文章》杂志上的《诗选》专栏，署名“徽因”。刊发此诗属于选载，原刊未详。该刊接着的六月、十月号又分别选载了林徽因的《静坐》和《前后》两首，已收入林徽因作品集。失收的《日子》全文仅五十余字：

悠闲的仰着脸
望：
日子同这没有云的天

能不能永远?
又想：
（不敢低头）
疑问同风吹来时,
影子会不会已经
伸得很长,
寂寞的横在
衰柔的青草上?

这首看似不甚引人注目的小诗，意象淡淡的，淡得如经不住和风的轻烟；而且意象平常，谁没有过这样平常地仰脸望天，没有过低头见草动影移？然而，咀嚼这淡痕、这常态，禁不住品出隐隐的一缕情思。日子是人来过的，无云（必须无云）的天则是永恒的自然。希冀岁月久长乃人性本初，若在希冀中白白流逝了岁月，岂不与本初相忤。诗里未必没有些许逝水如斯的惆怅，但诗人是否也提醒你或她自己：有这点儿希冀未尝不可，要是沉溺其中，就得不偿失了。《日子》篇幅如此的短，却不容人如此迅疾地释卷。回味再三，它又一次展现了林徽因诗歌的独特魅力：形象，不浅尝；深邃，不凝重。这正中了刘勰所言，“义既极于性情，辞亦匠于文理。”

“日子”两字是常出现在林徽因诗句里的：“又一天的日子已迈过你的窗栏”（《破晓》），“日子悄悄的仅按沉吟的节奏”（《空想》），“告诉日子是这样的不清醒”（《灵感》），“盲目的再去寻盲目的日子”（《红叶李的信念》）。有的诗题亦近似“日子”，如《一天》《六点钟在下午》。林徽因热爱生活，时常咀嚼着“日子”。激情岁月总不能时时都在，包括爱情这一个人的激情岁月，平常日子才是常态，它并非无可牵动情感。

林徽因“粉丝”多注目女诗人的爱情主题，甚至误以为它们都是写给徐志摩的（能有几首？），竟然有研究者断言，林徽因的所有诗歌全“止于写小姐隐秘的情事”。认真统计一下的话，林徽因为数不多的诗篇，其爱情主题所占分量相当有限，多的倒是《日子》之类的篇什。最早发表的《谁爱这不息的变幻》已经初见端倪，诗人认定宇宙、自然、人世的变幻是常道：“难怪她（按，指‘变幻’）笑永恒是人们造的谎。”诗的末尾再诘问：“但谁又能参透这幻化的轮回／谁又大胆爱过这伟大的变幻？”坦然面对人世变幻恰是林徽因的人生观。还有那首不妨看作自况的《莲灯》：“宛转它漂随命运的波涌／等候那阵阵风向远处推送／算做一次过客在宇宙里／认识这玲珑的生从容的死。”这样的情感，《小诗（一）》抒发得尤为充分：“感谢生命的讽刺嘲弄着我／会唱的喉咙哑成了无言的歌／一片轻纱似的情绪，不是空灵／现时上面全打着笨拙补丁∥肩头上先是挑起两担云彩／带着光辉要在从容天空里安排／如今黑压压沉下现实的真相／灵魂同饥饿的脊梁将一起压断∥我不敢问生命现在人该当如何／喘气！经验已如旧鞋底的穿破／这纷歧道路上，石子和泥土模糊／还是赤脚方便，去认取新的辛苦。”

关于时光、关于生命的反复咏叹，是女诗人“轻轻的独语”，是与自己的对话，《日子》可谓典型的一首。林徽因这般咏叹时光，咏叹生命，当然与诗人早年患了那时很难治愈的肺疾大有关系，而内里的缘由，或恐更出自她的视野、学养、气质、抱负。民国女诗人，多有鼓动奋起的作品，多有情感宣泄的作品，也有为赋新词强说愁的作品，唯品味生活、吟哦人生、诗风蕴藉的佳作为难得。女性诗人（何尝不包括某些男性诗人），笔墨往往落在具象事物上，触景生情，情只是形而下的喜怒哀乐，多情寡思或有情无思。林徽因则作形而上的追思，哪怕未必追到答案——当然所思决不肯失之直白、说教。她探寻写诗奥秘的《究竟怎么一回事》，把玄乎的、难以言喻的写诗过程解说得淋漓尽致。诗歌体裁纵然以情见长，林徽因却很是强调它情与思并举，“一面跟着潜意识浮沉，摸索自己内心所萦回，所着重的情感”，“又一方面顺着直觉，认识、辨味在眼前或记忆里官感所触遇的意象”，“再一方面又追着理智探讨，剖析，理会这些不同的性质，不同的分量，流转不定的情感意象所互相融会、交错策动而发生的感念”。她再三提醒，诗歌创作过程中“思”的不可或缺。见之于其作品，一面抒情，一面言志；一面流露出对严峻现实无奈的情绪，一面表达不甘屈服的昂扬精神。读者会看见丽质病躯里的坚强灵魂。因而仿佛纤细的篇什得以挺拔起来，“哀而不伤”，有别空洞的呐喊、失度的滥情、浅薄的褒贬。这正是，林徽因诗歌除了玲珑、晶莹、雅致，还有屹然超越诸多女诗人的巾帼之处。可惜林徽因诗歌这一重要主题被偏爱她的许多读者所忽略，连学界也未予以足够的正视。林徽因不愿被归为“新月诗人”，莫不生前已经暗示了她委屈。读林徽因诗歌，视线切勿为爱情主题所囿，林徽因此类诗作，置身整个民国诗坛也可说难得，其贡献应该在她的优美的爱情诗之上。

唯真、唯理、唯情、唯美

——漫谈林徽因创作

林徽因在读者中最以诗歌著称，然而八宝山陵园她的墓碑镌刻的不是“诗人林徽因”，不是“作家林徽因”，乃“建筑师林徽因墓”。她本职研究古建筑，也设计现代建筑，虽一度享誉文坛，却不过是个客串文学舞台的“票友”而已。首先说明这一点，因为它关联到林徽因的创作特色。她同时代卓有建树的女性作家们,有的秉承文学“载道”传统,欲以改造社会为己任；有的人生曲折多舛，需要文学作宣泄情感的渠道；有的成名愿望强烈，借助文学千古流芳；再就是为经济所迫，赚稿费接济营生。林徽因全然没有这些负累，既无需卖文为生，她生活的富庶早在一般有产者之上；也没有靠文学成名的意识，此前已经是京城知晓的名媛；更无意用文学作推动社会变革的武器，她从不愿介入政治；当然有抒发感情的时候，但是还远不到沉湎、滥情的地步。林徽因的文学创作，特别是诗歌，不妨说全是写给自己的，可谓是文人的自语，或如她诗里说的："我在轻轻的独语。"每一个作品完篇，她并不急于发表，或许不为追求发表，闲放着独自吟哦、咀嚼，再就是在朋友间传阅。逢上编辑朋友索讨，则拿去一首几首，大体这么公之于世的。有些篇章生前从未发表过，《灵感》《我们的雄鸡》皆是。据说，还有一些未曾发表的手稿湮没于乱世了，委实可惜。

林徽因十分多情，诗人总归是多情的，况且林徽因的情感格外细腻。一处静穆的庭院，一株垂柳，乃至一柄菩提叶，甚至单是默默坐在窗前，便会牵出她细细的绵绵的情思。这些小诗，并非"为赋新词强说愁"，往往触景生情，犹如古代诗人的即兴遣怀，无不是林徽因生活情绪及时的真实的记录。她对生活的极度热爱在诗里得到生动的体现。然而，林徽因又终究是颇具知性的学者，她不满足停留在表层的情感抒发，多半寄寓了咀嚼人生后的思索。《红叶里的信念》这样逾百行的咏叹长幅自不必说，即使如不足百字的《前后》，看桥下驶过的船、桥上走过的人，十分寻常的生活场景也能激起她感叹："没有终点/这前面/背后/历史是片累赘！"晶莹的短章便显得些许沉甸。人生阅历不深的青年，怕不易体会这样的诗句："吹散记忆正如陈旧的报纸飘在各处彷徨/破碎支离的记录只颠倒提示过去的骚乱/多余的理性还像一只饥饿的野狗/那样追着空罐同肉骨，自己寂寞的追着/咬嚼人类的感伤；生活是什么都还说不上来/摆在眼前的已是这许多渣滓！"需提醒读者，专注林徽因诗篇的优美时，切勿忽略了那些凝重而形象的诗句。也莫要只顾陶醉她吟咏个人情感的佳句，由此以为，优雅的女诗人只会在客厅里浅吟低唱。要知道，看似十分柔弱的诗人，竟出人意料地坚强。她担心肾切除手术失败，躺上手术台之前留下了《写给我的大姊》准备与亲人诀别。诗里并不见丝毫的凄楚悲哀，倒反过来安慰大姐："如果有点感伤，你把脸掉向窗外，落日将尽时，西天上，总还留有晚霞。"如果真的诀别了，她愿自己定格于美丽的晚霞。

是的，林徽因爱情主题的诗篇广为读者传诵。欣赏这类作品，最好不必拘泥诗人生活里情事，不宜索隐她写给哪位异性、眷恋什么情状。这样读诗，不免徒劳添足，有时会适得其反。一些被学者们解读为与徐志摩相关的作品，若深入了解诗人生平，其所指更像是她丈夫或金岳霖。尤其不应把林徽因的全部诗作认定是仅仅"止于写小姐隐秘的情事"，乃至武断她"在诗艺上精研追求，思想上却消极颓废"。认真统计的话，爱情主题只占她诗篇的少数，写风物、写时光、写生死的笔墨格外多。为了寻访古建筑她经常踏入穷乡僻壤，有机会和底层大众接触，穿戴着"乡下人的笠帽，草鞋"，仿佛有了"乡下人的性情"（见《旅途中》）。当然笔下就呈现了民生疾苦，如《年关》《微光》，以及不是他们疾苦但饶有意味的同样值得关注的《昆明即景》。

文学史家越来越正视林徽因小说创作，尽管她只有六个短篇。作品这么少，不意味内容的寡淡。《吉公》批判扼杀人才的时代，《文珍》歌颂敢于自主命运的弱者，《窘》体现人性关怀，《绣绣》充满人道精神，《钟绿》叹息世事无常的宿命，《九十九度中》记录了贫富悬殊的都市景象。这与林徽因诗歌偏重个人思绪不同，也与许多女小说家逾越不了自我情结有异，显示林徽因具有关怀现实的宽阔胸襟和审视历史的深邃目光,较之“闺秀”派显得“大气”，较之“大气”的“革命”派则不那么空泛。林徽因的小说，一篇自有一篇富于特色的艺术追求，或着力塑造人物如《文珍》，或客观刻画心理如《窘》；或渲染主观情绪如《绣绣》，或细节上见精神如《吉公》，或营造诗意氛围如《钟绿》，或穷形尽相如《九十九度中》。回顾现代白话短篇小说进程，五四文学初期乃至整个二十年代，除鲁迅一些作品（并非全部）脱却了稚嫩痕迹，整体状态尚有待成熟，冰心、庐隐、冯沅君这等一流的女小说家无一例外。现代短篇小说真正成熟阶段在二十世纪三十年代，林徽因的作品堪称成熟作品的代表。到了八十年代，王蒙初试意识流小说仍显生涩，而三十年代的《九十九度中》已经那么圆熟，恰如卞之琳评价的，“允称吾国早期最像样的意识流小说”，林徽因有着怎样的才气不言而喻了。

在学院派看来，林徽因的散文作品更少，能归入他们的狭义美文视野的仅寥寥数篇。和林徽因小说一样，是以少胜多。那篇《彼此》，其文如人，让后世读者得以直接感受林徽因生前口若悬河的健谈风采、豪爽性格。关于徐志摩的两篇，一往情深外包含对诗人的洞见，是其他女性悼念文章所不备。《蛛丝和梅花》更把柔美与睿智融合得天衣无缝。林徽因散文思路活跃，情感浓烈，文气酣畅，语言简练，加之优雅的抒情，生动的叙事，精辟的议论，因此赢得了学者高度评价，认为可在“五四以来优秀篇目之列”。卞之琳甚至说，林徽因诗歌“不如她的散文好”，赞赏林徽因散文其实是“并非形式上的诗，不外露的诗”（《窗子内外：忆林徽因》）。《窗子以外》一篇兼用小说技法，不仅场景素描、人物剪影非常精彩，而且情节因素设计合理，为作品增添许多异彩。本书破例选入她十多封书信，不要误会以其凑数。书信作美文读，自古而然，司马迁有《报任少卿书》，嵇康有《与山巨源书》，以后的王维《与裴迪秀才书》，王安石《答司马谏议书》，宗臣《报刘一丈书》，直至清末民初林徽因自家先贤林觉民的《与妻书》，历代无缺，数不胜数。林徽因的这些书信，纵然难比他们那般回肠荡气，亦自有其真切、妩媚，拨动读者的心弦。她给沈从文信中写道：“不过我同你有大不同处：凡是在横溢奔放的情感中时，我便觉到抓住一种种生活的意义，即使这横溢奔放的情感所发生的行为上纠纷是快乐与苦辣对渗的性质，我也不难过不在乎。我认定了生活本身原质是矛盾的，我只要生活；体验到极端的愉快，灵质的，透明的，美丽的近于神话理想的快活，以下我情愿也随着赔偿这天赐的幸福，坑在悲痛，纠纷，失望，无望，寂寞中捱过若干时候，好像等自己的血来在创伤上结痂一样！”林徽因的书信，不是书信体的文章，打破了文章的套套框框；不会想到身后公开，没有种种心理羁绊，纯粹的私下交谈，信笔所至，随意率性。不经意间，比散文作品愈加能看到她的为人本色和文学才华，可以说，不读林徽因书信，很难真正认清这位才女。还值得一说的是，林徽因的建筑文章，富于激情，文采斐然，毫无学术文章的枯燥乏味，素来为建筑同行们称道。他们坚信，即使梁思成署名的文章，其精彩处必定经林徽因润色点化。所以书中也选入普及性的几篇，不过，由于是节录，已经很少能够窥见才女在专业论文中的另一番才情。

林徽因还有个剧本《梅真同他们》,但只完成四幕中的三幕。虽为残本，就内容，就艺术，却恰如美学家朱光潜所称赞："现在话剧中仍留有不少的'文明戏'的恶趣，一般人往往认不清 Dramatic 与 Theatrical 的分别，只求看一个'闹台戏'，林徽因女士的轻描淡写是闷热天气中的一剂清凉散。"限于丛书体例规定的篇幅，剧本割爱了。

综观林徽因创作，还得回到开头说的林徽因"票友"身份。唯"票友"才能有林徽因这样从容自在的创作心态，不矫情，不浮躁，不粗疏，不勉强，创作出十分精美的作品。与他人相比，林徽因的作品有如下特点:一是数量少，二是水平齐整，三是内容和情感诚实。林徽因说"作品最主要处是诚实"，同样的意思她表达过多次，要求真实、诚实，是林徽因创作观的基点。加之她的天赋、学养、性情，读者有幸获得一位唯真、唯情、唯理、唯美的优秀作家，她身处众多现代才女中，卓然不群，耀眼夺目。

人民文学出版社在一九九二年和二○○五年先后出版过《中国现代作家选集——林徽因》《林徽因选集》，两个版本除插图数量有异，文本完全相同。林徽因的文学作品不多，似无从选起，故"选集"未选，均一网打尽。此"新编"依旧求尽，另外，补入若干不无审美的书信、建筑文章，并加上一批新发现的诗歌、舞台评论。要特别说明，以前各种林徽因作品集，文字、标点错讹不少，校勘十分用力的三卷本《林徽因文存》(以下简称《文存》)纠正了数十处。《文存》里还包括建筑论著、翻译作品，其实是套“全集”。此编文本全选自《文存》，唯首次编入《文存》的诗歌《古城黄昏》，《文存》遗漏了最后七行，这次得以完璧，请读者留意。

二〇〇九年的四月天于银花苑寓所

李庄的濡沫之士

在中国，现代社会里知识分子的困苦，以“文革”期间为最，其次数到抗战的后方了，譬如如今大家很熟悉的四川宜宾的小镇李庄。近日文汇报披载的林徽因、梁思成夫妇致陈岱孙六通信札即为生动的新证。信里透露，大后方一群拮据的知识分子，自行设立经济互助的“救友 agency（代办处）”，公推陈岱孙主其事，援助临时有难家庭。“岂曰无衣，与子同袍。”他们相濡以沫，发扬了中国士人传统美德。

梁林夫妇身处李庄，陷入了一个极其不堪困境，但当时少有公开记述，仅在私下信函里才略作表露，给费正清、费慰梅信里尤多。那时夫妇贫病交加，较之他们告诉陈岱孙的种种愈加凄楚。林徽因说：“现在我们已经完全破产，感到比任何时候都惨。米价已涨到一百块钱一袋——我们来的时候是三块四——其他所有的东西涨幅差不多一样。”（所引林徽因致费正清、费慰梅信，均转引自费慰梅著《梁思成与林徽因》）信写在一九四〇年的昆明，林并不知道困难只刚刚开始。迁居四川李庄，以后的岁月日益艰难，林徽因大半日子下不了病榻。梁思成不得不卖掉心爱的派克自来水笔，换得一点儿林徽因必不可少的奶粉。林徽因则“必须为思成和两个孩子不断缝补那些几乎补不了的小衣和袜子”。儿子光脚丫穿草鞋，连补过的破袜也舍不得穿了。林徽因喜欢写信有如她健谈，长信有如她口若悬河，可是已经穷得消费不起信纸、邮资。费慰梅收到的，是“大大小小和形形色色的信纸，多半是薄薄的、发黄发脆的，可能是从街上带回来的包过肉或菜的。有时候也有朋友给的宝贵的蓝色信纸。但共同的是每一小块空间都使用了。天头地脚和分段都不留空，而最后一页常常只有半页或三分之一页，其余的裁下来做别的用了”。而且，鼓鼓一个信封，塞进多日积累的好几次信，为尽量少贴邮票。难以置信，大家闺秀落到这步田地。难怪梁思成指李庄为“可诅咒的小镇”，国难殃及池鱼，古镇做了他们困境的替罪羊。也就理解了，梁思成接到“救友代办处”的接济款，回信称谢不已：“大旱云霓，感甚感甚。”然而，只要拮据稍一缓过气来，夫妇立刻想到仍困在难处的他人。当收到一笔“救友代办处”来的款子，恰好朋友也寄到了钱，随即把“代办处”资助退寄回去。其实,不久他们又重陷困境。其实，这“不久”原是他们意料之中的。

抗战一时无望胜利，持久困境难以忍受，毋庸讳言，知识分子也会暴露人性弱点，当然暴露在另外一些人身上。诚然，抗战凝聚了民心，同仇敌忾。可是战火洗礼不会瞬间把凡庸变为圣人，原先所有的种种矛盾也不会顿时化解干净。就在李庄，德国背景明显的同济大学，和美国影响普遍的中央研究院，两群知识分子不大融洽。林徽因对“两费”感叹：“最近，一些快乐的或者滑稽形式的争吵已在受过高等教育的人群中发展到一种完全不相称的程度。我很怀疑，是不是人们一个孤岛上靠十分菲薄的供应生活，最终就会以这种小孩子的方式相互打起来。”或许她在暗指傅斯年与陶孟和的失和。这两人都是她好友，傅斯年格外欣赏她才华，称赞她“才学至少在谢冰心辈之上”，并且请当政拨款救济梁思成、梁思永兄弟。可见林徽因在论人是非与私人情谊上，一码归一码。借李约瑟到访，经梁思成劝解，终于促成傅、陶冰释前嫌当众握手，一时传为李庄美谈。利害使得相处失当，民众亦是。因为迁徙到此的外省同胞影响了当地生活水平，云南、四川百姓很是排斥他们眼中的“有钱人”。老话说“人穷志短”，它应该属于常情，是现实的概括。

李庄却是例外，这古朴小镇慷慨接纳了大批知识分子。例外的还有梁林夫妇，梁林岂止相濡以沫，两人犹存陋巷瓢饮古风。这对夫妇不只是苟活于困境，困境中依然活出价值，活得精彩。梁思成自诩：“我的薪水只够我家吃的，但我们为能过这样的好日子而很满意。我的迷人的病妻因为我们仍能不动摇地干我们的工作而感到高兴。”辞别李庄时，林徽因竟然歉疚道，她“‘得到’太多而‘奉献’太少”。这又应了另外一句民谚“人穷志不穷”。志气不穷，本是对现实人生的激励，是不很现实的。穷而不穷，梁林变激励而为现实，这正是夫妇有别庸常处。如今林徽因的“粉丝”很多，最好不要只注目她美貌、天赋，也不要只看非凡奉献，切不可忽略她品行——一个看似弱小女子的宽大胸襟。能达此境界的精英不多，却实在体现了中国士人立身处世的指向，当然还烙上现代人文色彩。

李庄潮湿气候很不宜患肺病、肾病的林徽因，费正清邀她往美国疗养，已联系就绪。林徽因谢绝友人盛情，表示不能做中国的“白俄”。坚守穷乡僻壤的林徽因，看不得别人舍此他就，甚至不无偏激。她致信费慰梅：“朋友‘Icy Heart’却将飞往重庆去做官（再没有比这更无聊和无用的事了），她全家将乘飞机，家当将由一辆靠拉关系弄来的注册卡车全部运走，而时下成百有真正重要职务的人却因为汽油受限而不得旅行。她对我们国家一定是太有价值了！很抱歉，告诉你们这么一条没劲的消息！”这位朋友是冰心，其时受宋美龄聘请往陪都加入妇女委员会，协助领导文化事务。尽管冰心与宋美龄私交不错，但非徇私而为公，毕竟事关抗战大业——一个这样机关的委员也不算什么了不得的官。林徽因的嘲讽未免有过，冰心的工作既“有聊”也有用，她有意无意地误会或曲解了冰心的重庆之行。我不愿说，林徽因的嘲讽由两人往日嫌隙所致。丢开她意气用事，还有疾恶如仇性格不论，其中也见出林徽因不攀权贵的可嘉品性。

费慰梅晚年追述：“当我还是一个中文的初学者的时候，她已经是一位精通英语的大师了。”（笔者疑，翻译“大师”或过头。）正是如意尽兴的英语交谈、英文通信，她们保持十五年过从，赖此结下深厚情谊。据说林徽因致费正清、费慰梅的信多至六百余页，费氏珍藏到他俩离开人世。如费慰梅说：“也许这批信件是她唯一的英文作品集。”原件现今仍存费氏后人手里，复印过一套给梁家。哪天这书信集得以翻译出版，于读者、学者无疑都是个福音。

凌叔华与日本

拙著《高门巨族的兰花：凌叔华的一生》将再版，我想趁此机会修订初版里一些错误，更想充实凌叔华求学直隶女子师范的内容。虽然初版附录的拙编“凌叔华年表”已有她在该校的系年，但当时没能见到学校刊物《会报》(“年表”误为《今报》)，于是正文那节太过单薄。日前烦请马勤勤博士发来她拍摄的全套《会报》，材料确是丰富，单单刊登的凌叔华诗文多达二十余篇、首，都是文言，都未编入她的作品集子，知之者极少。现特录出一篇《对于中日秘约之感言》(原文无句读，符号为笔者所标。或手民误植，或作者病句，加之翻拍效果欠佳，逐录和标点难免有错，容后修正。字迹不辨者以□代之)：

鸣呼！五月七日之国耻方新而二十（原刊如此）条亡国之

秘约又至，吾中华民国之末日，其至矣，四千载之文明古国仅置（值？）两千万元矣，四万万黄帝子孙永沦为奴隶矣。吁！诚不审当道者如何忍心为此孤注之一掷。亦曾念及此则，今日之父老昆弟，皆降为牛马之列否？来日之子孙，将忍气吞声、受人鞭笞咤叱否？此犹为他人计。然不知亦曾□及覆巢之下无完卵否？亦不齿于人否？其为丧心病狂之流耶。自私自利之心何其过也！或醉生梦死之徒耶，则汲汲然阋墙之争又何其烈也！此诚百思不得其故矣。或曰当道非全无心肝者，此次秘约纯为中日御敌便利起见也。承认之又何伤哉？予曰，经举国人民泣血陈请、奔走呼号，何为始终不肯破其秘密耶？如云为军事秘密，防敌侦知然，何为于国人方面，不能开诚布公，以释疑以正舆论耶？推心置腹、同心协力，以谋御敌耶？又何为藏首露足、含糊宣布一二以塞责，以饰人目耶？且外交事均须外交部经理、总统缔结为何？此次总统及交涉员皆不负责耶。若于日本无利，为何朝夕催促，进行暂不付款要挟而恫吓耶？然于彼有利，我则受其害矣。噫！就以上各方面视之，无一不足证其伪者，不待智者而明矣。苟于我国有涓滴之利，则彼悍然甘为卖国之奴者，方欲沽名市誉之不暇，又何能掩秘不宣耶。（某当道方极力运动总统位置也。）噫嘻！亡国秘约已签字矣，将继朝鲜之后矣，四万万同胞将沉沦于万劫不回之域矣，复何言哉！然尚存一线之希望者，则印尚未盖，现此事已暂缓进行也。夫人之病危，必不能坐待死神之至而深思苦虑力求不死之方。恨庸医之误药，悔已往之不撙生也，我同胞乎？吾国今日即类于濒死者也，惟稍异稍优者，即吾国青年尽有力强体壮、才大思精者在，苟能息争悔祸，同心协力，十年生聚，十年教训，卧之以薪，尝之以胆，不信以四万万之众，不能沼吴强越也。同胞！同胞！莫忘今日之耻！

满腔热血，兴亡有责。所以特录此篇，想无需饶舌。文章署名“专修科学生凌瑞棠”，系课堂作业，选登于《会报》第五期，时在一九一七年冬，写作时间当在条约正式签署前夕。文章附有教师张皞如评语：“笔有锋芒，辞挟风霜，使当道者见之，不知心有憾憾焉否。”张皞如在南开教过周恩来，和周还有师生唱和。在女子师范，他理应也教过邓颖超、许广平。凌叔华自传体的《古韵》里描述过这位张老师，他竭诚爱国，可是反对学生打倒儒家。最后为日本人杀害。《古韵》掺进了小说化叙述，事实张皞如是病死的。这篇“感言”表述淋漓，不难见到梁启超文风熏染，只是没有脱尽效仿痕迹。张皞如评语的嘉许，自是出于师长对门生的勉励，却也说得恳切。看似文弱的淑女，写出这般激昂文字，且敢于直言“当道者”，此颇见时代风尚。只要不是例外的个别人，对条约的这种反应是中国青年的共同品性所致，不论温婉还是豪放的青年，民族情感一样，御外立场一致。果然不久爆发了“五四运动”。

“五四”是中国现代历史的一个节点，其很具体的一个内容便是反帝，再具体是反日。而凌叔华与日本多有关联，而且别具感情。她父亲凌福彭乃清廷大员，曾三度赴日考察，结交了一批日本朋友，回国即大力推行改革新政。清王朝垮台凌福彭立即送子女去日本读书，凌叔华由此早早离开了父母。不料

◎凌叔华与日本文化界人士合影

四个哥哥姐姐溺水于神户瀑布，这场灾难提前结束了她近两年的东瀛岁月。然而，一战前日本留给凌叔华的印象仍然是个“完全充满童话式的天真美梦”。父辈渊源，本人经历，并不有碍凌叔华写出大义凛然的“感言”。

写过“感言”也丝毫没有影响她继续与东瀛人士交往。日本人渡边晨亩敢为赈济华北旱灾募捐画作，凌叔华献出山水屏风画，以后又有画作参加日本展览。她的成名小说《酒后》译成日文，登在负有盛名的《改造》杂志。她不无自得地告诉人，日本女性读者称誉她是“中国的曼斯菲尔德”。结婚翌年凌叔华、陈西滢夫妇同去日本旅居大半年，其时已经爆发一战，她看到的依旧是“处处有条不紊”“山川秀丽国泰民丰”。夫妇拜晤了日本大作家谷崎润一郎，她写下脍炙人口的游记《登富士山》。即使时在抗战，她给伍尔夫的信里也这么说：“我常常觉得，我对日本普通百姓的爱并不亚于对中国人的爱。”三十年后，凌叔华在新加坡南洋大学任教，特意就近再去“时常想念的那个日本”，盘桓三周，她“实在觉得自己仿佛回老家一次了”。那时她不能回到梦牵魂绕的祖国，走趟近邻也算聊胜于无吧。（上引

凌叔华语均出自《重游日本记》)

同样，这份私人情感无碍凌叔华小说创作表现抗日主题。她总共五十来篇小说,至少五篇涉及日本题材(且不计长篇《古韵》里相关章节)。若说《晶子》只是着力刻画两三岁日本女孩的天真可爱，无染时事色彩，其余几篇则反军国主义主题异常鲜明。《千代子》里日本少女受当局舆论蛊惑，本着办件“爱国大事”，要去羞辱到澡堂洗浴的小脚支那女人，听说她的裹脚布又长又臭。当她看到支那女人抱着的白胖娃娃，小嘴如樱桃，小牙如雪白的洋玉米粒儿，众人逗哄娃娃又说又笑，千代子不知不觉融入逗乐人群，完全忘了自己为何而来。十二岁的千代子童稚未尽，在她，感性胜过理性，事实胜过宣传。深谙世事的成年人却不同,《异国》写中国姑娘蕙患流感住院，日本医生护士无不给以体贴爱抚，蕙感动得潸然泪下。但一份淞沪战事“号外”彻底破坏了友善氛围，白衣天使们一个个冷若冰霜，看蕙全变作憎恶目光。《千代子》是人性化解了仇恨,《异国》是人性屈服于仇恨。不论前者抑或后者，都不失凌叔华小说风貌，仍如写巨族淑女一般的温婉。细处取材，侧面表现，她的短篇小说在民国女作家里最是短篇小说的，不像许多激昂的抗战作品，很别致。不及战鼓式作品令人警醒、振奋，也就容易为激愤的读者忽略。其实，一是烈酒，一是陈酿，各自因特色而在不同历史时期起不一样作用，当下激励士气，和日后共同反思。待到“七七”事变举国同仇敌忾，洪流里的凌叔华一变以往创作风格。此刻她创作了五万言的中篇小说《中国儿女》，正面揭示日寇残暴,歌颂中国人民英勇。敌人蛮横搜查、监禁北平民众，京郊游击队机智俘获皇军、汉奸，抗日小说里通常出现的情节，几乎能有尽有。它体现了民族存亡之际凌叔华小说的可贵突破，不过，也付出了艺术代价，即失却了女作家自我，湮没于大量同类作品不为人瞩目。凌叔华搁笔小说四十余载，一九八四年出人意料地发表《一个惊心动魄的早晨》。这个早晨，东屋弥留的老人急催寿鞋寿帽，说今天一定见阎王了；西屋的儿媳独自临产，丈夫投奔抗日队伍在外。当婴儿一声出世呐喊，老人精神陡增，大声宣告，他孙子将来就是义勇军。“老头子说完话，他灰白贫血的脸，忽然光润起来。”凌叔华又回到侧写，但兼有豪迈之气。不同于《异国》，也不同于《中国儿女》，《一个惊心动魄的早晨》为她一生小说创作画了精彩句号。

鲁迅称道凌叔华小说：“适可而止的描写了旧家庭中的婉顺的女性……也就是世态的一角，高门巨族的精魂。”这话学界很熟悉的，它无异凌叔华小说标签，将凌叔华这般定格于文学史。鲁迅说此话，正宏观检阅新文学头十年的成果，并非给某位作家做全面定论，只针对他（她）的显著特色。说此话时，鲁迅没有也不可能预料凌叔华创作的发展，还没有读到凌叔华三十年代中期的《千代子》《异国》，更不必说鲁迅逝世后的《中国儿女》。

凌叔华最长的小说（不计英文写作的《古韵》）和最晚的小说竟都是抗日题材。她的创作立场、态度，大体可看出中国人的共识：侵略者是侵略者，人民是人民；原则是原则，感情是感情。凌叔华作古二十余载了，倘若今日她健在，会发出什么声音呢？温故知新，不难推测的吧。

凌叔华的佚剧《月宫女神》

二十世纪日寇侵华时期凌叔华随丈夫陈西滢任教的武汉大学迁移到四川乐山，在偏远、困苦、潮湿的西南，凌叔华患上甲状腺病。医生说，当地人自古多死于此病，于是她想离开，致信老朋友——正在美国做大使的胡适："你在美可以替我找一位置吗？"在信里如她自己所言，"我也用不着惭愧"，便竭力推销自己，详列所能和业绩。其中提到："在英文刊物发表的有：*Chinese Journal of Art Science*。*The Godness of the Han*。"四十多年后凌叔华接受台湾记者郑丽园采访时，又谈及："我因为受英文戏剧老师的鼓励，在校期间曾编过两出英文短剧《月里嫦娥》《天河配》，以西乐的方式呈现出，布景、对话、舞蹈、音乐全由我一个人策划，好在当时我家工人多，请他们帮忙做布景，不必花钱；表演的服装，找梅兰芳借，居然他也一口答应。只是他的衣服宽大无比，又不能改，我们后来也不知怎么穿上的。总而言之，这二出戏在协和医院小戏院演出两天，简直大爆满，共卖出一千多张票，后来剧本还被刊登在北平的《科学及文学期刊》(*Journal of Science and Literature*)，真出尽风头。”演出过去了数十年，凌叔华言语间依旧充溢自得情绪。

我自一九九八年编集《凌叔华文存》，收入此信以后即开始搜寻这两个剧本，然而多年无果。其原因，一是凌叔华记忆有误，此英文期刊并非在北京出版；期刊名也应该是 *The China Journal of Science & Arts*，后来改名为 *China Journal*。一是我迻录凌叔华致胡适的信，因字迹漫漶，将剧名中“Moon”一词，错录为“Han”。按图索骥，图不准，骥当然难以到手了。近期再托年轻朋友胡斌博士代为查询，他十分细心，终于找到在上海出版的这份期刊，给了我小小惊喜，了却一个多年心愿。

《月宫女神》发表于 *The China Journal of Science & Arts*(一九二四年第六期)，署名“Ling Rui Tang”，汉译正是凌叔华本名凌瑞唐(棠)。“嫦娥奔月”是个家喻户晓的神话故事，凌叔华并没有着意创新。由于是短剧，剧情则更为简单。作者当时尚未大学毕业，不必苛求她内容上做多少寄寓。然而它取诗剧形式，恰与同时期舞台上古装旧戏迥然不同，就如郭沫若的《女神之再生》，不可免地染着时代色彩。凌叔华只着力渲染后羿成天捧读道家经书，寡淡人伦，嫦娥的升天乃为寻求感情，这与稍后两年鲁迅的小说《奔月》亦大异其趣，鲁迅笔下的嫦娥不大叫人同情。郭沫若、鲁迅都是中文创作，凌叔华取的是英文。她出版于一九五三年英文版的《古韵》为读者、学者所熟知，现在发现了《月宫女神》，那么她英文创作的历史可前推三十年。凌叔华以小说、散文著称，而剧本几乎是她最早尝试的文学体裁。看来她不擅剧作，一生所写极少，乏善可陈。却似乎又恋恋不舍，晚年文学创作几乎搁笔的时候，又在林海音主编的台湾杂志上发表过剧本《下一代》，时已年届古稀高龄。

陈西滢的《西滢闲话》说:“一个中国的故事，由中国的演员，用中国的排演方法、布景、服装，表演出来。它与纯粹的中国戏不同之点，不过言语是英文，也没有乐器和歌唱。这个试验似乎很受观众的欢迎。剧本质朴简洁，颇有天真之趣，表演也正是如此，所以倒并不觉得怎样不自然。我们庆贺这剧本的作者凌叔华女士，导演者和张仲述先生，表演者燕京大学的女生们，尤其是饰牛大媳妇的张群英女士，为了这小小新试验的成功。”显然陈西滢是指《天河配》而言，但那情景和《月宫女神》演出的成功该是差不多的，也印证了凌叔华此言不虚。

至今我仍没查寻到《天河配》剧本。凌叔华致胡适信说得较含糊，未明确两个剧本均予发表。有朋友推测，既然搜遍了发表《月宫女神》的《*The China Journal of Science & Arts*》而未得《天河配》，那么很可能它并未付梓。这推测有其道理，但我总还有点儿不死心。

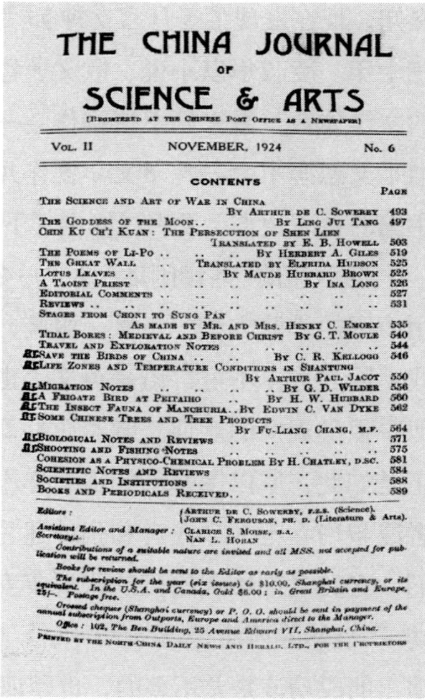
THE CHINA JOURNAL OF SCIENCE & ARTS

[Registered at the Chinese Post Office as a Newspaper]

Vol. II | November, 1924 | No. 6

CONTENTS

Editors: Arthur de C. Sowerby, F.Z.S. (Science). John C. Ferguson, Ph. D. (Literature & Arts).

Assistant Editor and Manager: Clarice S. Moise, B.A.

Secretary: Nan L. Hoban

Contributions of a suitable nature are invited and all MSS. not accepted for publication will be returned.

Books for review should be sent to the Editor as early as possible.

The subscription for the year (six issues) is $10.00, Shanghai currency, or its equivalent. In the U.S.A. and Canada, Gold $6.00; in Great Britain and Europe, 25/-. Postage free.

Crossed cheques (Shanghai currency) or P. O. O. should be sent in payment of the annual subscription from Outports, Europe and America direct to the Manager.

Office: 102, The Ben Building, 25 Avenue Edward VII, Shanghai, China.

Printed by the North-China Daily News and Herald, Ltd., for the Proprietors

◎发表在《The China Journal of Science & Arts》上的《月宫女神》目录页

附：

Godness of the Moon

月宫女神（邱燕楠译）

——by Ling Rui Tang

人物介绍：

嫦娥，月亮女神

后羿，嫦娥的丈夫

吴刚，在月亮上砍桂花树的男子

一只白色的玉兔

场景一

（此处场景是在汉代一个清寂的山上，嫦娥穿着黄色的衣裳坐在一个冷清的山洞里思索着。）

嫦娥：

已经整整一年都没有人来到这座山上了，

只听到萧飒的树林中鸟儿的歌声。

这些日子树叶开始发红，发黄，

秋天又来了。

（响起了她的歌声）

趁着我还年轻，让我尽情歌唱，跳舞。

谁知道还有多少时间剩下给我？

生活就像瞬间消失的晨露，

而时间在一分一秒流逝，啊！如此迅疾而过之快。

（走出她的山洞，她听到了一个敲打的声音）

这个敲打的声音来自我丈夫的山洞。

他现在正做什么呢？

自从我陪同他来到这个寂寞的地方，

我错过了所有人间（类社会）的乐趣。

一个年轻的女人怎么能忘记她亲爱的父母和可爱的姐妹。

当她拥有一个从来不花时间来找乐子的沉默的丈夫，

许多年来他都孤身坐着，仅仅读着一本道家的经书。

对他来说任何交谈都是不惜光阴（没必要的），

我现在就（要）去看看他到底正在做什么。

我将邀他一起到那边的山上，
去赏那芳香的金灿灿的桂花树。

场景二

（一个山洞里，后羿默默的坐着，紧闭着双眼，独自拿着那本旧经书。一只白兔蹲在他腿上敲打着什么。嫦娥走进了山洞。）

嫦娥：

我亲爱的丈夫，昼夜一个人坐在那里有什么乐趣？
你有没有睁开眼睛来看过这辽阔的世界？
啊！今天是如此美好。
群鸟放歌，秋花盛开。
白色的大鹳振翅飞翔。

后羿：

请让我一个人呆会儿，我美丽的妻子。
我在思考一个复杂的问题。
我的心从未被任何美妙的景色所打动，
它干得就像一口古井，硬得就像一块岩石。
回到你的山洞去，让我们用不同的方式来享受自我。

（嫦娥无限失望地朝外远眺）

嫦娥：

在物质世界里没有任何东西能改变你的道家信仰，我非常了解。
让我们在离开这个世界之前好好享受人生。

（她看到兔子在捣着什么）

这只兔子在捣什么？多漂亮的小动物啊！
你从哪儿得到它的？
我喜欢它雪白的皮毛和樱桃般的红眼睛。
后羿：
因为我勤勉地劳作，西王母将它赏赐予了我。
它在捣着一种可以延年益寿的草药。
我的好妻子，回你的山洞去吧！
我今天不能和你一起出游。
（嫦娥走出了山洞）
嫦娥：
这样美好的一天，我不能像他这样独坐在这儿。
我可不想让自己长生不死，
修道太难熬了。
啊，秋风，你能带我去那边的山上么？
那儿美丽的桂花正在怒放。

场景三

（山的另一边，玉兔正在捣着那神奇的草药，进场。）
玉兔：
我曾经生活在西王母的花园里，
那儿鲜花常开，果实成熟，松软的草地长青。
我听过仙女们的歌声，见过她们翩翩起舞，
西王母曾将我抱在她那神圣的怀里，

玉帝也曾常常逗我嬉戏，

不过这一切都成为过去。

（嫦娥进场）

嫦娥：

玉兔你在说什么呢？

我听到了你长长的叹息。

玉兔：

（胆怯的朝她看了看）

我只是在回忆我美好的往日，

我的女主人，你是来看望我的男主人么？

他今晚正在忙着完成他的修炼，并且吩咐任何人都不得走进他的山洞。

嫦娥：

哦 不！我不是来找他的。

我想知道你在制作什么丹药，快告诉我。

玉兔：

这种神奇的丹药可以叫人返老还童。

嫦娥：

这是给谁吃的？

玉兔：

（为难的表情）

我不敢说。

嫦娥：

没关系，我可爱的玉兔，

我会保密的，

我给你拔来了许多美味的豆子和青草，

我请求我丈夫允许你经常来陪伴我，

我们会在这个孤寂的地方成为好朋友的。

玉兔：

既然你喜欢我，那我就告诉你实情。

这是给我的男主人，你的丈夫吃的，

如果他吃了 他就将会升入天堂。

嫦娥：

真的么？

玉兔：

当然，西王母就是这么告诉我的。

（嫦娥的眼泪在眼眶里打转．她默默的站了一会儿）

嫦娥：

玉兔，你能去我的山洞里帮我取一个篮子来么？

我要去那边山上看我那美丽的鸟儿。

秋天的夜晚，漫长而寂静，

月亮仍高高挂在树林之上的时候，它使我难以入眠。

玉兔：

好的，我的女主人。（玉兔退场）

（嫦娥望着瓶子）

嫦娥：

如果他吃下这个神奇的丹药，

他将永远的步入天堂，

我就会忍受更大的寂寞。

他为什么不告诉我，

他已经厌倦了我。

这些年我们同甘共苦，

因为我的付出我的忍受，我希望他带着我一起升天。

让我先服下这丹药吧！

（她拿起瓶子吃下了丹药，然后瞬间她感到身体发光，无法站立，开始飞了起来）

我是在梦中吗？

为何我的身体被风吹起？

我有翅膀了么？

不，我的双臂还是双臂，

啊，我飞的比山还高。

这里比地上冷，

月亮真大呀，

河水如此美丽。

河面在月光照射下泛得银白，

蓝紫色的山脉沉睡着，

瀑布正忙着唱催眠曲。

（她向西飞去）

这必定是个伟大的城市，

所有的房子和树林如此之小，

他们看上去就像天神的玩具，

地面上的我们仅仅是沧海一粟，

我睁不开眼睛了，闪烁的繁星迷乱了我的视线，
但我听到从天宫传来的美妙音乐，
我嗅到了桂花树馥郁的芳香，
啊，西风，你要带我去多远？

场景四

（月宫，吴刚正在砍桂花树，嫦娥进场）
嫦娥：
这里是月宫吗？
这银白的光亮比阳光更耀眼，
我看到了高大晶莹的建筑，
地面如此光滑洁净，好像是明玉砌成，
我得小心的走过去。
空气中弥漫着那高高桂花树的香气，
树梢已然探着明亮的天空。
（她看到吴刚正在砍桂花树）
他是凡人么？
他为什么要砍树？
一个人在如此美丽寂寞的地方劳作真是可怜啊！
我必须弄明白他为什么砍这可爱的树。
（她走近吴刚）
请问这是什么地方？你为什么要砍这些树？
吴刚：
你是谁，女士？
这里是月宫。

你打扮的就像那些凡人，

谁带你来到这里的？

嫦娥：

风把我带来这里。

是的，我来自凡尘下界。

这些桂花树多么美丽、芬芳，

你何故要砍掉它们？

吴刚：

我们的大神命令我来砍的，

它们长的太快，已经戳到了天。

一百年前，我曾是位神仙，只因偷吃了玉帝花园里的果子被流放到这里。

神仙们觉得这些桂花树长得太高因而派我来砍树，

许多年前我就开始砍了，日日夜夜都在砍，

但永远砍它不倒。

（玉兔匆忙出现，当它看到嫦娥，跪在她面前）

玉兔：

我尊敬的女主人！

哦！我的月亮女神。

嫦娥：

（惊讶）

你怎么来到这里！

为什么称呼我月亮女神？

起来，快点告诉我。

玉兔：

（起身）

我善良的女主人，不，我尊敬的女神。
允许我来告诉称你女神的缘由。
我替你取回篮子的时候，看到罐子空了，
我山上山下到处找你，
想问你这神奇的丹药哪儿去了。
我原以为你跟我开玩笑把它藏了起来，
我一直寻到午夜，也没找到你。
我淌着眼泪给西王母求情。

THE CHINA JOURNAL OF SCIENCE & ARTS

And to ask you for the magic powder.
I thought that you mocked me by hiding
And walked till mid-night, but could not find you.
I shed tears and prayed to the Western Mother
And begged her divine sympathy.
She appeared on the clouds and thus spoke to me:
"Rabbit, do not worry about the powder
For I saw your mistress eating it.
I have made her the Goddess of the Moon;
And the winds have carried her to the Moon Palace.
You may go there, too, if you wish.
I am pleased to see that you are faithful to your master.
Go and tell your mistress."
My mistress, now you are the Goddess of the Moon.

(Sounds of music).

Listen, my Goddess, the goddesses are coming with beautiful music and welcome-songs.
They will lead you to the Western Mother.
There you will be honoured and become a goddess.

CHANG NGE.

Always be good, my lovely Rabbit.
Remember the kindness of our Western Mother.
From now on, I leave the world behind me.
I shall shine upon everything on the earth.
I shall give sweet dew to all living things and make them grow.
I shall make my light different from that of the twinkling stars or the hot sun.
Human beings may look at me in the night and their eyes be uninjured.
I shall sympathize with those who are in sorrow and distress;
In the cold and silent night with tears they will pray to me.
Come, Rabbit, let us go and welcome the goddesses.

◎发表在《The China Journal of Science & Arts》上的《月宫女神》正文

她出现在云端，而后对我说：

玉兔，不要担心那个丹药，

（因为）我看到你的女主人吃（下）了。

我已经封她为月宫女神，

风儿把她带进了月宫。

如果你愿意，你也可以去那儿，

我很欣慰，你对女主人这般忠诚。

禀告你的女主人吧。

我的女主人啊，你现在是月宫女神。

（音乐响起）

听呀，我的女神，仙女们伴着优美的音乐唱着迎候你（接之）的歌。

她们会引导你去拜见西王母娘娘。

在那儿，你就成为尊贵的女神了。

嫦娥：

真好，我可爱的玉兔。

记住西王母的仁慈。

从现在起，我将离开我身后这个世界。

我会用我的光芒照耀人世的一切。

我会把甘甜的雨露带给世界万物，让他们成长。

我会让我的光芒不同于闪烁的星星和炎热的太阳。

人类将在夜晚看到我，伴着温和的月光。

我会同情那些苦难中的人们，在寒冷寂寞的夜里他们将流着泪向我祈祷。

来吧，玉兔，让我们去迎接仙女们。

不是翻译家的凌叔华

不是翻译家的作家很多，之所以特别来说凌叔华，是因为她出身教会所办燕京大学外文系的科班，幼年还在日本生活过两年。更因为她曾经想当翻译家，并且翻译过文学作品。凌叔华完全具备翻译家的水平，却出于这样那样的缘故，她终究没有成为翻译家。

凌叔华求学燕京大学的时候，已经用英文编撰过两出短剧《月里嫦娥》《天河配》,并曾经由她的同学到六国饭店试验演出，导演是张仲述和外籍人士 A.Fames。陈西滢在《现代评论》周刊发表的《闲话》,赞扬六国饭店的演出“做了一个新颖的试验”，“这个试验似乎很受观众的欢迎。剧本质朴简洁，颇有天真之趣”。这位尚未公开的凌叔华的恋人，公开表示了“庆贺这剧本的作者凌淑华女士”。凌叔华晚年的回忆是在协和剧场做社会公演，为演出，凌叔华向梅兰芳借用戏服，并送梅戏票。一千多张门票收入全数捐献灾区。正是由于这个成绩，她获得学校颁予的金钥匙奖。据说两个剧本登在北京的英文杂志 *Journal of Science and Literature* 上，不久她又用英文写了 *The Goddess of the Han*（中国女皇）也发表在这个杂志上，足以见出当时凌叔华英文水平的出众。可惜不易找到这份英文杂志了。

英文写作的同时，凌叔华也开始了翻译。今日还能读到她那时英译中的三篇文章：《约书·亚瑞那尔支》（*Sir Joshua Reynolds*，今通译为《雷诺兹》）、《汝沙·保诺》（*Rosa Bonhem*）、《加米·尔克罗》（*Camille Corot*），连续刊载于今日不难找到的《燕大周刊》。它们都是西洋画家的生平介绍，译自《伟大艺术家的故事》（*Stories of Great Artists*）。她初次尝试翻译，还是个学生，译文的稚嫩在所难免。译笔拘谨，求达欠雅，略嫌直硬而不够流畅。再说，此时她的精力已主要投入小说创作了。一九二四年接连发表了《女儿身世太凄凉》《资本家之圣诞》《我那件事对不起他》，显然她更想当作家。

凌叔华真正的翻译作品是她毕业前夕的《小姑娘》（曼殊斐尔原著）和毕业不久的《一件事》（契诃夫原著），发表于《现代评论》杂志。时间距译前面三篇故事不过两三年，而译文的进步很叫人惊讶。译笔流畅、雅致，一扫尝试遗痕，她将会成为优秀翻译已毋庸置疑。译前一篇时她正与英国归来的陈西滢恋爱；译后一篇则刚与陈西滢新婚。或许这惊人的进步与恋人及新夫不无关系。那阵子陈西滢在北大讲英国文学、讲曼殊斐尔，并且在《小说月报》发表了曼殊斐尔作品《太阳与月亮》

译作，怕不只是巧合。尽管凌叔华说过，她婚后创作，因陈西滢批评的苛刻，发表前不给丈夫过目的。但那在婚后，那是创作，婚前的翻译未必如此吧。这两篇译作，既预示凌叔华翻译生涯的正式开始，更预示她小说创作的变化。其中，《小姑娘》诱发她的小说题材由女人转向儿童，《一件小事》尤与第二年发表的小说《小哥儿俩》内容上明显相类似。

可是，起点很高的翻译作品，竟然成了她翻译的终点，此后凌叔华未再有译文发表。不是她无意于翻译，而是一个时期内专注小说创作，确实无暇旁骛。直到随陈西滢到了新组建的国立武汉大学，凌叔华并未像苏雪林、袁昌英在武大任教，只是一名家属。时间于她从没有过如此的充裕，她又想起了翻译。选定的原著是约翰·梅西（John Macy）的《世界文学故事》（*The Story of the World' s Literature*），此书厚达六百来页，结果放弃了。她给胡适的信里说："不过当我真的要译时，忽然觉得这本书中国人（普通人、中学生）未必怎样看得入，有些地方未免太简略些，而且里面诗太多，一定不会翻成功。第一次译一本书，自己就给自己失望，未免太苦了，而且苦的事，兴趣一定不会长。"她请求博览群书的胡适介绍几种合适的原著。不知何故此事不了了之。

凌叔华动笔翻译的是奥斯汀的长篇小说《傲慢与偏见》，时间大概在一九三二年。原先陈西滢准备译它的，让给了夫人。她译到一半，听说叶公超也要翻译这部小说，赶紧写信请叶公超"割爱"，她和叶本是相熟的朋友。又致信胡适说及此事，似有求胡替她说项的意思。为此有过一番怎样的交涉，详情不得而知，反正这回凌叔华又是无果而终。未必是叶公超小气，后来并未见出版叶公超的译本。一九三二至一九三三年，凌叔华没有发表一篇小说，这在她的创作生涯里少见，想来正专注于译事。然而也没见到她译的《傲慢与偏见》出版。这段日子，刚出世的女儿嗷嗷待哺；武汉大学迁址珞珈山需安新家；还有，不知为什么的在乡间奔波。那么还是时间不太充裕耽搁了译事？或者徐志摩“八宝箱”事件干扰了翻译情绪？如她一封信里所说，“我这几年更无成绩可言，本来自己早就觉得，墙角的蟋蟀，多叫几声与少叫几声有什么要紧？有了这种原因，自己更可原谅自己了”。这两种解释都不很令人信服。以后凌叔华不再问津译事了，直至终老。个中原因何在，不论怎样的解释，

466 COUNTRY LIFE FEBRUARY 14, 1951

OUR OLD GARDENER

Written and Illustrated by SU HUA LING CHEN

A FAIR IN LUNG FU SHIH TEMPLE, PEKING

COUNTRY LIFE FEBRUARY 14, 1951 467

◎凌叔华发表于英国《乡村生活》上的文章

同样都不大令人信服，算是个谜。

到一九三六、一九三七年，大概由于与朱利安·贝尔的密切过从，她萌生了把自己的小说翻译为英文的想法，并译成了《无聊》《写信》《疯了的诗人》三篇。先后均发表于温源宁主编、上海出版的英文刊物《天下》月刊。前两篇是两人合译，后一篇则由凌叔华单独完成的，其时朱利安·贝尔已经回欧洲参加反法西斯战争。抗战时凌叔华避居四川内地，又把自己的小说《搬家》《一件喜事》《八月节》翻译成英文。翻译自己的作品介绍到国外，这是中国作家中罕见的文学现象。这三篇英文小说和她其余英文的回忆故事集成《古歌集》一册，五十年代在英国出版，为她在国外赢得很大的声誉。到九十年代傅光明译回中文，先后在台湾、大陆与国内读者见面。傅译书名是《古韵》，似优雅而贴近故事风味。傅的译笔也好，相当靠近凌叔华简朴淡雅的文风。如有兴趣对照凌氏中文原著和傅译中文的话，是不无意味的。凌叔华在中译英时有些细小改动或润色，改动较多的是《八月节》（傅译《中秋节》），不仅叙述改为第一人称，人物的名字也改了几个（身份、行为均依旧），想来是为了符合自传体，也为了适应外国读者。

学外文的凌叔华，娴熟于英文写作，她应该成为翻译家。凌叔华到底不是翻译家，令人有点遗憾吧。有迂腐者嘲笑过学美术的艾青而做了诗人，谓之母鸡下鸭蛋。何必这么刻板呢，鸡蛋鸭蛋，只要富于营养，管它什么蛋哩。可能成为翻译家的凌叔华，其翻译成就将如何无可猜测；实实在在的小说家凌叔华已经名垂文学史，该是十分欣慰的。

凌叔华情绪的不同侧面

《嘉定的愉快时光》是凌叔华的一篇佚作，至今未收入任何一种凌叔华作品集，不为读者、学界所知；而且是篇英文作品，原刊一九五一年的英国杂志《乡村生活》。此作近日由邱燕楠女士译出，首次在国内发表。凌叔华英文作品发表到英国报刊上的还有好几篇，如《Rock Carving 1800Years Old》(《一千八百年前的古老石刻》)、《Chinese Woodcuts of Three Centuries》(《三个世纪来的中国雕版印刷》)，即将在《新文学史料》季刊刊出，《Our Old Gardener》(《我家的老花匠》）等则由凌叔华自己编进了单行本《古韵》。

抗战时期凌叔华避居四川嘉定（乐山），在她漫长的九十载人生历程中，这是一段特别的岁月，同时代她那样的文人大多有此经历。凌叔华离开了古都的高门深院，又离开了珞珈山的宁静学府，以家属身份随武汉大学教授陈西滢跟着学校迁居嘉定，虽然仍是位名教授太太，又是作家，却风光不再，远非战前岁月的优雅闲适。她的生活并不愉快，曾经致信远在美国的胡适诉苦：

这里生活日涨，读书人都面有菜色。……教授收入抵不上一个女佣，只有三千余元薪水，一石米也。我们早已终日烧火、洗衣、劈柴、跑街了。因为我们人少，倒也没有特别担当不起的苦恼。但想到病，以及将来愈来愈大的苦恼，却不免心中凄惶。

凌叔华说的是她患了甲状腺疾病，信里求助胡适替她就近在美国找份教职，为此开了个自己业绩的清单。她解释："总之我此次出国完全是为了病，没办法。（如系肺痨之类，我就坐着等罢了，甲状腺却是一种可有可无之症，所以我得自寻生路。）"并且强调，"我自问我的出去也不是于国无益的，反之或能对国家尽了点力呢。"出国事未果，原由不详。她写在十年之后的《嘉定的愉快时光》，字里行间洋溢着愉快，不留一丝凄惶情绪的印痕，仿佛置身战火年代的世外桃源。

那几年患肺结核的林徽因也避居四川，刚巧有一段十分相似的话：

我是女人，理所当然变成一个纯粹的"糟糠"典型。一起床就洒扫、擦地、烹调、课子、洗衣、铺床，每日如在走马灯中过去。然后就跟见了鬼似的，在困难的三餐中间根本没有时间感知任何事物，最后我浑身疼痛着呻吟着上床。我奇怪自己干嘛还活着，这就是一切。

无论就病情抑或家累，林徽因都比凌叔华的情况愈加不堪，甚至想到死，就是没有想过出国。若要出国（确也需要出国），本无需开口求助，已经多有朋友劝她往美国疗养，并安排好去美种种事宜，不劳她费丝毫心力。林徽因毅然谢绝了，要留在苦难的祖国与同胞共命运，说了一句掷地有声的话："不能做中国的白俄。"正是处于如此恶劣境地，她协助丈夫完成了学界开创性著作《中国建筑史》，恢复编辑颇具影响的《中国营造学社汇刊》，还想写一本英文的《汉武帝传》。

凌叔华和林徽因属同一个文人圈子，人们常归之为一派。宏观而论，她俩大处未尝不可谓相同，但由此无视微观的小异，或失之粗疏。其差异之于作家个体研究，意义又不可谓之小。两位才女的为人处世、脾气习性，实在是大相径庭。同在四川僻壤而应对上的差异，即能够以小窥大。

凌叔华写下这么一篇《嘉定的愉快时光》，或许考虑阅读对象是英国人，中国抗战胜利过去了五六年，似不宜老是显示二战中苦难的一面；或许如她给弗吉尼亚·伍尔夫信里说的，出于"学会苦中作乐"———她的英文作品正是伍尔夫鼓励的成果。顺便再饶舌一句，她的姨外孙女、美国教授魏淑凌认为："叔华的英文不如她的中文丰富优美，只能用简单的英语凭借回忆……"而林徽因却赢得费慰梅这般称赞："当我还是一个中文的初学者的时候，她已经是一位精通英语的大家了。"

说回来，凌叔华在嘉定，某时为田园所陶醉，是有的；数年困苦沮丧，也是有的，此情绪的两个侧面。然而容做一猜想，实际生活大概既不如她文章里形容的那样愉快，也未必如信里叙述的那么凄惶。作家的文字往往带些夸张，不足为怪。无论如何，关于抗战后方凌叔华的生活记述极少，这篇有关凌叔华本人的回忆，当受人重视是不言而喻了。

“山友”与“教婆”

——兼说沈从文与林徽因及冰心

《沈从文全集》录入一九三一年十一月十三日沈从文致徐志摩信，这是沈从文写给徐志摩的最后一封，第七天浪漫诗人即作古了。信中有这么两段话：

你见“山友”为我问问要一张画，难道不行吗?

我这里留到有一份礼物：“教婆”诗的原稿、丁玲对那诗的见解、你的一封信，以及我的一点□□记录（按，□□原如此）。等到你五十岁时，好好的印成一本书，作为你五十大寿的礼仪。

近来我心里很灵活，手下很笨，所以写不出什么文章，预备两个月写一个短篇，预备一年中写六个，照顾（按，疑是愿字或为衍文）你的山友、通伯先生、浩文诗人几个熟人所鼓励的方向，写苗公苗婆恋爱、流泪、唱歌、杀人的故事。不久就有一个在上海杂志上出现，比《神巫之爱》好多了。

“山友”与“教婆”是哪两位呢？全集编者没有加以注释，尽管像“浩文诗人”这不算太过生僻的名字也注明了是邵洵美的笔名。难道是编者不明就里？抑或故意隐讳？《沈从文全集》的主编沈从文夫人张兆和应该是知情的，那么该是属于后者了。她何以故隐要讳呢？

既然信里称“你的山友”，显然是和徐志摩很近乎的人，然而这个指称从未在徐志摩的文字里出现过，在沈从文的信中亦为鲜见。她便是林徽因，这一年林徽因患病在京郊西山疗养，沈从文随徐志摩等上山探视过。山中的患者，很可能熟人间这般叫叫“山友”。或者并无人叫，仅仅在沈和徐之间会意的代指。作此推定的依据，此时沈从文交往的友人里，擅长丹青者有凌叔华和林徽因，还有关系略疏的苏雪林。但苏雪林人在武昌，要她的画作可就近托请同在武昌的凌叔华，无需绕到北平劳驾徐志摩再绕回武昌。凌叔华更应排除了，两人原就很熟，沈从文结识徐志摩还是她的介绍，前不久沈从文任教武汉大学，“在校无事，常到叔华家看画”（沈致王际真信），如托请旁人索画纯属多余、见外。唯有林徽因，她一九三〇底才从沈阳移居北平，沈从文与她是初识，而题款赠画乃交谊程度的显示，他们还未到这份上，直接要画唯恐冒昧。虽然此前林徽因为沈从文的小说《神巫之爱》画过插图，但是配图和题赠毕竟不可同日而语。也许就是因为有过配图一事，羞怯的沈从文得以借此进而索画，他以为这才不至于唐突。沈从文的信写于青岛，他刚去山东大学教书，那时徐志摩在北大讲课，请徐就近代为求画是很自然不过的事。读者知道沈从文喜欢画点素描，却未必了解，这时候他正沉浸在当画家的美梦里。他对朋友说："我倒并不忘记廿年后成画家的希望，我若在廿年后能为自己画像，作书封面，就大满意了。"（沈复王际真信）

再确认谁是"教婆"，这要稍许多费些劲，需一步步锁定。她应该是与徐志摩有过从的写诗的女性，哪怕不一定是诗人。过从的女性里，没见过沈性仁写诗，凌叔华、袁昌英也都没有发表新诗，那就不是她们了；陈衡哲、苏雪林在新文学头几年都发表过一些，此时差不多洗了手，也不是。有人猜测是方令孺，更不是。她虽年岁较大，靠近"婆"字，可是她的诗稿如何落在沈从文手中，如何引得丁玲的评论，颇费思议。方令孺从青岛离开仅数日，何不当面有请。她的离开，因传出与闻一多的绯闻，沈从文不宜此刻惹事情的。最为直接的否定是，这封信里就说到此事，而且直呼其名，信里说过方令孺性格弱点后有一句话："为了使她心情同年龄相称，她倒是真真需要'教婆'教训一顿的人。"这就将方令孺排除在外了。剩下的便是林徽因和冰心，林刚在诗坛起步，谢则过了写诗高潮。恰是这二位，沈从文代丁玲创办的《北斗》约请她俩供稿，先后在创刊号和第二期发表了林徽因的《激昂》和冰心的《惊爱如同一阵风》。沈从文这才可能留存其诗稿，丁玲也才可能有所"见解"。两首诗歌发表时间距沈从文写此信分别只有一个月和两个月，似也可用来佐证，两人必居其一。又可排除林徽因，因为信里已经称她"山友"。锁定冰心还在于：其一，这一阵沈从文与冰心往来较多，且较随便。他在冰心家摘过一朵花附在信里寄给羁留美国的朋友，数月前在另一封信里给这个朋友报告：“冰心也为老爷生了儿子。”其二，冰心就读的中学、大学皆由教会主办，她又喜欢在作品里做爱的说教，送她这个戏谑的雅号应不算悖乎情理的推想。

由“山友”和“教婆”，我联想到沈从文与林徽因与冰心的关系。起初，沈从文多接近于冰心，相识的时间较久，她性格也不似林徽因那么直露锋芒。这一年沈从文写文章高度赞颂冰心的文学成就：“十年来在创作方面给读者的喜悦，在各个作家的作品中还是无一个能超过冰心女士。”（《论中国现代创作小说》）不过对她的创作并非没有微词，也是这一年，他私下说道：“冰心则永远写不出家庭亲子爱以外。”（复王际真信）语气略含调侃。林徽因光彩逼人，加之林长民的女儿、梁启超的儿媳这身份，“乡下人”沈从文不能不带着几分仰视，但同时也对沈更具吸引力。《沈从文全集》留存了沈氏大量书信，辑为九卷，多达千余封。最早的一封，正巧是一枚印有林徽因与泰戈尔在先农坛合影的明信片（那次泰戈尔访华的照片很多，至今未见“出土”这一枚。想是它不够完整的原因，边缘被焚去一块，可惜之至）。“最早”虽纯属偶然，但怕也不全是无缘无故。随着相处日久，沈从文与林徽因友情进展很快，当然是才女也看到了小说家的非同寻常的才华，还有他与众不同的朴实。两年后沈从文结婚，林徽因和丈夫馈赠了百子图锦缎床罩，无力排场的婚房顿时生辉许多。年长两岁的沈从文还会像弟弟似的找林徽因倾诉苦恼和委屈，将她引为知音。林徽因避居四川乡下，重病在身，仍兴致勃勃与人谈论《边城》，说及小说里的精彩处，忍不住感叹，这才是小说！沈从文闻及此事，认定林徽因是他“最好的读者之一”（致陈从周信）。晚年他又说，“思成夫妇也是一生最好朋友之一”（致陈从周另一信）。林徽因逝去多年，“文革”期间沈从文在金岳霖住处偶然遇见外地回京的梁从诫，念及故人，他专程请梁从诫夫妇、梁再冰夫妇吃饭。事后感慨，“再冰瘦得眼已下陷，和她妈妈老时相近”。他对林徽因的友情绵长至下一代。

沈从文与冰心却似乎渐行渐远。起因不甚了然，不过从冰心的交友看沈从文对他们的好恶，或许寻得一些蛛丝马迹。梁实秋与冰心私交不浅是读者熟知的，但沈从文很是嫌忌他，声言“至于梁实秋这个人，我始终并不和他有什么友谊”（致孙玉石信）。梁实秋曾经化名“灵雨”撰文批评林徽因一首诗看不懂，沈从文立即致信胡适，告状“那文章却实在写的不大好”。冰心看不惯徐志摩：“他生前我对着他没有说过一句好话……我和他从来就不是朋友”（见冰心致梁实秋信）。而在沈从文心里，徐志摩是一见如故、终生不忘的性情人。从这褒贬的交错，就可看出他与她的取向差异，就无从推想两人像林徽因似地推心置腹交流了。如以上有点捕风捉影的话，则抗战阶段冰心有件事确确实实令沈从文不满。他当时即写信告诉施蛰存：“××作参政，实因走内线，与宋庆（按，应为美字）龄攀同学，宋拟利用她办文化。结果，如说与文坛有关，恐不是光彩，近于××。虽说办文化事业，末了恐不外与梁实秋、熊佛西诸老友办一杂志，装点装点而已。”前一个“××”显然是全集编者为贤者讳（后一个“××”似一形容词，非人名），知情者不难看出这人是冰心。这里不去理论冰心出任参政员、与宋美龄往来的功过是非，可是它在知识分子中引起了非议。林徽因向美国友人费正清、费慰梅夫妇流露过有节制的讥讽：“但是朋友‘Icy Heart’（按，指冰心）却将飞往重庆去做官（再没有比这更无聊和无用的事了），她全家将乘飞机，家当将由一辆靠拉关系弄来的注册卡车全部运走，而时下成百有真正重要职务的人却因为汽油受限而不得旅行。她对我们国家一定是太有价值了！”如果说因为林徽因与冰心有前嫌才出此语，那么吴文藻、冰心的朋友陈伏庐该持客观态度的，他目睹冰心夫妇越来越靠近政界，便作画《红竹图》相赠，以示劝谏，特将通常的墨竹画成全身通红，并题句：“莫道山中能绝俗，此君今已着绯衣。”沈从文以为冰心不耐寂寞，想着林徽因身处僻壤、坚守清苦，他的情感天平如何偏斜，不言而喻。

沈从文与林徽因与冰心相处，一亲一疏。开始，他于前者多有钦羡，对后者不无亲切。以后，前者渐趋莫逆，后者少有发展，敬而远之，单就他们的公开文字是不易察觉的。一九五三年沈从文经受“三反”“五反”运动，奉命上交一份“交代社会关系”材料，其作家关系这部分开列的一串名单里，有冰心无林徽因，在较熟的同事中，有梁思成、金岳霖等，亦无林徽因。其他重要社会关系，竟有台湾的胡适和死去的徐志摩，仍无林徽因。何以这么交代，颇费猜测，但我不作亲冰心疏林徽因读解。

方令孺的前期诗和后期文

跨越了民国和共和国两个时期的不少现代作家，他们的创作历程往往以改朝换代为界，划作前后期，而我这里将方令孺创作分期界点划在抗战爆发之时。至于她在共和国时期的作品则不计，因为那段时期方令孺作品虽数量不算很少，但几乎全是应时应景的文字，内容既苍白，艺术也没有什么特色。作为作家的方令孺，能在文学史上评论她的，还该是她民国那一段的诗文，正如许多作家也是如此，有人谓之“何其芳现象”。这是先要交代一下的。

方令孺的创作总量本来不多，纵然冠以“新月诗人”，却少得难以凑成一本诗集。那时出诗集本不需要如何多的数量，像臧克家的《烙印》仅二十二首短诗薄薄的一册。她和另外一位“新月诗人”林徽因生前没有诗集一样，但林徽因诗歌比她多了不少，而且曾经编过诗集，只是被抗战时局耽误了。方令孺则连出诗集的想法也不曾有，大概她明白自己诗的数量实在太少。民国时期方令孺出版过一本薄薄的散文集《信》，收入作品仅八篇。她去世以后台北最先出版过《方令孺散文集》，增添了《信》外的一些散文作品，还带进了几首小诗——不过依旧相当单薄。一九八二年大陆由上海文艺出版社首次出版《方令孺散文选集》，所集她民国时期作品与台版大体相同，然而加入共和国时期散文的篇数则不亚民国时期。名为选本，实无多可选，这回附录的诗歌竟多达十八首。纵然如此，此"选集"也不过欠厚的一百六十页。两岸都在散文的作品集里夹带诗歌，不免叫人会心一笑，不无凑篇幅之嫌吧。十年后的一九九二年，天津"百花散文书系"丛书中的《方令孺散文选集》，由两位学者重新编选，删去诗歌，又删了写在共和国时期的部分散文，名副其实为选本了，书就更薄，连编者十七页"序言"在内，合计一百三十四页。民国时期的散文作品非但没筛选掉一篇，还补充一篇《找房子》，更将梁实秋为台湾版"方集"写的序言中提及方的一段私下文字节录出来，冠以篇名"题赠梁实秋"，全篇仅百余字。由此可想，凡编者所见方氏民国时期散文已悉数揽入囊中。其实，搜寻民国报刊，方令孺还是有若干散落在集外的文章，按方令孺散文总量而言比重并不算很小。它们既不为学者所知，一般读者尤难以寓目。这里略作介绍，连带她未入集的几首前期诗歌。

先说诗歌。这几首新诗（旧体如《和二兄海棠巢诗》且不论），大体与她同期的诗作，情调类似，艺术的精致亦相仿。《幻

想》(《诗刊》季刊第四期)写得几分朦胧:

在我睡梦的边陲,
幻觉悠悠的扶起,
一根将断的游丝,
丝丝的飞在风里。
从来没有听见过,
像它所说的故事:
不是悲哀与喜悦,
宁谧、冒险都不是。
它的声息比风吹
烟篆更细更飘忽,
落花洒向舞筵上,
不像那样幽悄,不。
像野马在日光下,
像月光里的轻烟,
像披着蔚蓝的纱,
在初开朗的春天。
也许它就是灵魂,
想要轻轻的脱体,
替你温习着生平,
当你毫不能记起。

诗人尽力描摹了幻想的“情态”“形态”,却无意明确揭示它的含义。既然诗人还心存幻想，那么她温暖的余绪还没有消失殆尽，而《任你》（《诗刊》）这一首就冷却了许多：

任你是：天神一样尊严，
或是冰崖一样凛冽；
千年一现的彗星
能把你毁灭。
任你说：心像月一样皎洁，
或是海水一样平静；
可惜这阴云的天
谁信有星辰。

于是又有了另外一首《她像》（季刊第四期）的恸哭：

她像是夏夜的流萤，
光明随着季候消尽。
是海上的渔火，
在波涛里闪烁。
她像一缕轻云，
随着秋风浮沉。
更像深林里的枭鸟，
只爱对着幽暗默祷。
我从哀梦里醒来，
我哭风吹动长槐。

如果说《幻想》里不无期盼，尽管那期盼实在脆弱，在这一首里，它就像流萤、渔火、轻云、夜鸟，都只是存在梦里，经不住严酷现实的一击，醒来唯有面对槐树恸哭。几年后写于某夜的《梦中路》(《新诗》一卷四期),再一次表达了相同的情绪：

梦中路
全是一片
金色的阳光；
澄蓝白天
天空落上一声钟，
听：这四野的人声
像波涛一样
在那儿赞扬。
醒过来
只是一个
没有星的夜；
空幻的黑。
什么是我的路?
说：最无用，是咒
这尸骸一样
僵冷的沉默。

在与《梦中路》同时创作的《诗二首》(《新诗》一卷六期)

中，诗人借音乐以抚慰孤寂、苦闷。其一《音乐》：

音乐，
请祛散我的忧愁，
我心里
这股荒凉，
苦涩
还胜过药酒！
困倦
已成为流行的病症，
那仅仅是你和我？
幸有音乐
且静听。
且静听
玛格琍的悲哀
在于今也还不过分，
十九世纪的氛围还在。
苦味
更弥漫到心头！
天是蓝
星是亮；
无聊——
酒阑人散的时候。

第二首《蒙德开罗民歌》，情绪异乎寻常的明朗，但多半可能做着一个白日梦：

像是在春日的花丛中，
我和你学着蝴蝶翩跹的舞；
无数鲜明的花枝，
各样的粲笑，
围绕着
像月光迷恋一对小鸟。
是五月的和风吧，
温柔的吹煦？
融解了深山里冰凌的积雪！
像是在春日的花丛中，
我和你，轻轻地，轻轻地，
学着蝴蝶翩跹的舞。

此后，在民国时期，她几乎不再写诗，除《悼念寒冰》一首例外。它内容特殊，篇幅也改此前一二十行的短章。长达百行“巨制”（就她惯于短章而言），已丝毫不辨诗人凄婉的面影。此时好像还有一首《石工》，至今未得寓目，很是遗憾。

在共和国时期方令孺诗歌产量倍增，新体旧体齐发，旧体里有诗有词，虽数量远超过民国时期所作，但诗风大变，愈加面目全非。其十之八九为配合时事的文字，如《总路线是永远不落的太阳》《欢迎金日成首相》《读〈王杰日记〉有感》，不见当年那个凄婉形象的女诗人了。

要是说方令孺在新中国时期的诗歌无足轻重，可以忽略不计的话，那么建国前方令孺的诗歌创作便无所谓前期和后期。然而她的散文就完全不同于此，在民国的近二十年，大可分一分前与后。巴金曾经回忆，他编辑方令孺散文集《信》，因基本是前期作品，所以他这么说："我隐约记得一位善良的女诗人在吐露她的胸怀，她苦闷，彷徨，追求。"那时巴金尚未结识方令孺，编书稿仅神交而已。到抗战时期他见到了女诗人，则又说："但我认识她的时候连这个印象也淡化到没有了，教授代替了诗人。"（见《怀念方令孺大姐》）方令孺何止身份的变易，更本质的是她情绪变化。单说《信》系列作品，后几则写在抗战的西南后方，变化已经见出端倪。初到重庆写下的《信之六》尚恋着黑夜；《信之七》强颜欢笑，开始反省自我，有了蜕变愿望；《信之八》表明愿望已经付诸实现：

> 其实我心里确是快乐的。我确是觉得大时代给我心有一种新的悸动，新的颤栗，新的要求。过去几年止水似的生活，到此完全给推倒，翻动。现在再也不容许我停顿，悠闲，和沉迷在往古艺神的怀抱里。

抗战洪流冲毁方令孺那道闺门院墙，已编入"选集"的《古城的呻吟》写于抗战爆发之际，这正是后期散文之始。凄婉的方令孺虽还不及激进作家，不过"呻吟"而已，未能愤怒、激昂，但她以后的散文便逐渐趋于昂扬。

发表于翌年《创作月刊》一卷三期的《一九四一年的秋天》，写她昨天还困于疟疾的病扰，但一夜过后，全心舒展，把文字献给窗外的秋天：“像今天早上，这东方宁谧的光辉，蓦地给我一阵欢乐的启示，像是看到了希望，听到颂扬的钟声，我曲肘凭倚在窗沿，头靠在掌心，静静地眺望着，心魂飞越出青山外。”这样的情绪，这样的句子，在她前期散文里是很难读到的。

《听到孩子到临的欢欣》(《创作》月刊第四、五期)，如标题一样，情绪尤为欢欣。不能说抗战前方令孺没有过欢欣时刻，但那时欢欣从她笔下无视而过了。约莫那时期哀怨太多，不屑为偶尔的欢欣耗费笔墨。彼一时此一时，现在她特别意识到生命的可贵，乃至伟大，新生命给人以希望。她文章里说：“每一个婴儿都可以说是人类的始祖，他能创造光明。”

不只婴儿给方令孺带来欢欣，就是初春子规的啼鸣也令她油然生出“一阵淡淡的欢欣”。《听今年第一声子规》(渝版《时事新报》的《学灯》副刊一七五期)便是这情绪的流淌。哪怕窗外风雨大作、楼屋摇撼，仍不掩她内心的“温婉”“恬静”，禁不住与子规絮语，流露出些许童心。宗白华的编后按语，似乎没有察觉到方令孺的面貌变化，竟依旧赞美“这篇灿烂凄美”，依旧说她，“诗是诗人用他的灵魂抚摩这世界，熨帖这世界，因而抚慰着自己，弥补着自己的心灵的伤痕”。灿烂固然是有的，但凄美正渐渐离去，“欢欣”倒是一再出现的字眼。

即使生活中不尽是欢欣，任何人总还有不愉快的时候，在方令孺笔下也不再是一己愁苦。《病人》(渝版《时事新报》一九四二年六月十五日《学灯》副刊)摆脱了顾影自怜的情感天地，关注他人，关注不止于病人的肉体病痛，还有病人的内心世界，乃至升华自己："对着一个病人，你才体会到人类广大的爱；那些宽恕，仁慈，忘记自我的好性格，都在这时候放起光来。"

有论者判定："方令孺的散文在新中国成立前、后有很大的不同。在她的早期作品中，由于所处的时代和环境的影响，流露出较多的苦闷、忧郁和辛酸哀怨的情绪，追求一种朦胧、高雅的艺术风格。"（张以英等著《中国现代散文一百二十家札记》）这是以建国为界，由三十年代一步跨到五十年代，忽略了新中国成立前的四十年代里方令孺散文已经出现的情绪变化，去朦胧高雅已远。可能论者未能读到这几篇作品，仅依据出版于一九四五年的散文集《信》，这本集子没有把《一九四一年的秋天》等篇收录进去。由于这样的散文未得进入学界视野，由此学者对方令孺散文创作的评论往往失之偏颇，未见其发展，未见其全貌。如果不了解方令孺的后期散文，就难免诧异，她如何由凄婉进到明朗。当然根本原因在于时代的变迁，散文正是她随时代变迁而生的思绪的反映。

另一位论者称赞，"她的散文远较诗好"（许道明著《京派的文学世界》），恐怕过于偏重方令孺的散文了，而且也是着眼于《信》集。方氏散文固然秀丽，但艺术特色终究不够十分鲜明。至于内容，尚欠丰厚蕴藉。沈从文曾指出方令孺性格的短处，"就是有些只合年轻妙龄女人所许可的幻想，她还不放下这个她不大相宜的一份"（致徐志摩信）。品味方令孺散文，特别是她后期作品，秀丽依旧，却并不见到随阅历增长而应该有的深沉。

方令孺的诗歌，其相似的内容、情绪，也曾出现在其他女诗人笔下，但是那别具的艺术魅力却不为她们之中多见。相类似的情愫化为丽词，在林徽因缺少她的刻骨，在石评梅达不到她的精致，就不说旁的女诗人了。

附：

一九四一年的秋天

秋天是一个滚圆成熟的时期，田里的稻已经收割了，剩下一些断梗败茎，狼狈的和萍藻一道委弃在浅水里。柚子已长得有碗口大，虽然仍是碧青的，却已经有人摘下，拿到集上去卖。这些起伏的山坡上，原都是碧绿的野草，常常我凝目看着这一大片地毡，心也柔和起来，忘记这绿色底下那□确不平的砂石。那些草有的是尚可齐腰的白毛草，倘若你从山坡下走过，仰头从根向上看，才疑心是密密的竹林。又有酣醉缭乱的狗尾巴草，诗人赞美它“像十里低平的大江芦苇”：农科学生说它是小米的祖先，现正在做一种试验，把小米和狗尾巴草种子结合起来，小米得到这原始的遗传，更可以生长得健康些。现在这些草上都像洒了一层淡淡的金粉，几个背着筐箩的孩子们，在披离的草间，挥着镰刀，把这些草一排一排割下来，因此，有几处山坡上，都曝露着黄土，像一个剃发的人只剃了一半的头。红薯和地瓜都上了市。桂圆的累累褐色的珠子，新从树上摘下来，还带着鲜嫩的绿叶。今年梨子特别多，卖梨的老太婆，简直照顾不过来，时常有顽童趁她不备时就偷走一两只，要是她看见了，就怒吼着捶他们的手，把梨子打落到地下，别一个顽童又拾起跑了，老太婆只有气得咒骂。旁边的人看着笑，这地方孩子和女人都很利（厉）害。

秋天真是一个可爱的成熟的时期，我那应当在这样丰饶的季节，荒萎掉时候里所开过宝石般红，磷光般绿，燃烧硝石般紫色的花朵，而不在这时候结成一个坚实圆明的果子呢？

今天疟虫不再摧残我，清早我就起来，凭窗看天，这是我一向的习惯，灵魂在广大的天空里游泳。我曾经有五年住在看不见一片绿叶的楼上，只听见小贩叫卖和妇人叱骂，和秦腔的急管繁弦；这五年当中幸亏有北方澄碧的天空像一片大海，时有白云变幻成湖沼岛屿，有时又变成伟大的老人的面形，非常智慧的在深思似的模样：这些就是我五年中间的朋友。今天早上，天空满是灰色的云，十几天来连绵阴雨,原没有想到看见早霞。可是今早,东方的那片天，都开朗像一个大洞口，太阳并没有出现，但这奇妙的，穹形的厚实的大洞口，却照耀着金黄的光彩，我像是从洞里面看见外界的光明，看见重叠的青山，山以上又密层层灰色雨云，像一望无尽的山岳。

夏天的黎明，也是这一片天，常常有惊人的蔚蓝，像海边的曙色；山也是蓝得像透明的水晶。俄而太阳升起，金紫辉煌的云彩，像一阵喧嚣的铙钹,拱拥着太阳一道出来。是,我不敢对这景象多看，并不是为着这光太烈，而是心的柔弱，受不住那惊人的灿烂。尤其是当心里怀着深切的忧愁的时候，曜目的光，像是能把心中的疼痛，勾引出去，然后又把它镕铸成尖锐的镞反射过来。

像今天早上，这东方宁谧的光辉，蓦地给我一阵欢乐的启示，像是看到了希望,听到颂扬的钟声。我曲肘凭倚在窗沿,头靠在掌心，静静地眺望着，心魂飞越出青山外。

今天我又感觉到生之欢欣，悔恨昨日在病中思路的消沉。

一九四一年九月北碚

听的孩子到临的欢欣

正伏在这山坡上的小楼后窗上，唤人给我从楼下合作社里买一包麻秆糖来泽这枯涸的心，就看见邮差送来一封快信，第一封就是你给我的，虽是从窗台向下看，有相当的距离，只要眼睛一瞟，就认出是你的笔迹。我不禁轻喊一声，“呀，有我的信！”立刻奔下石阶，不管号房工友愿意不愿意我不等登记就抢过来的眼光，我就拿着信跑到楼上，急急的拆开，迅速得教人不会有一秒钟的思索，先看看其中的任何一行，以求先得到这封信告诉我的是什么。我不愿意在这里写出我当时心里担心畏惧的是什么，我只能说，我所想晓得的，也就是自己的生和死的交关。谢谢天，我第一眼见的一行是“《安娜·卡列尼娜》里吉蒂生了一个孩子之后”，只要这几个字我也就不容一秒钟的犹疑，知道都是平安的，这才敢从头细细的读。读到你描写她受苦难一节之后孩子诞生了，我忍不住哭泣起来，哭着读着，模模糊糊的，只觉得这颗心全是浸到莫名其妙的温柔慈爱里，我只觉得好像在深深挚爱抚慰着我那娇弱的孩子，她也经受了人生最庄严而神圣的苦难，诞生了一个人，为世界，为人类，添加了一份灵智的动力：好像她还是那样雏毛未净。伏在我胸上的一个柔嫩的娇儿，“痛得喊出来，满脸是汗”。那种挣扎的情形，想像中，像撕裂我们的心一样，我沉沉地哭了一场，心上才觉得宽□些，把信装在信封再夹在书的匣下，又拿出来搁在上面，恍恍惚惚，站起身，在房里走走（房里只有我一个人）。号房工友拿□登记簿来补记，替他登上地名与件数，底下再补写一个“收”字，不知道是否因为感激他没有一点无礼的态度。不，大概是因为我终于在这时候遇到的任何一件事，一个人一句话，或一个行动，都洋溢着无涯的感激似的，送给他一根麻秆糖。也许是被不自觉的悲喜交集的感情推动，递给他这一根，他稍稍退让一下，我说："接着接着。"不知道他是否被我那种坚决的态度所服，就接下，悄悄地走出去了。我又莫名其妙地翻动翻动桌上的纸和墨，自己全然不知道是些什么意义。过了一会儿，又坐在桌子旁边，重新把信摊开看，这才是真正一字一字的看清楚，这才明白是一个女儿的诞生，女儿是在无论什么情形之下，更应当多给她一些慈宠体贴，应当比给男孩多十倍的爱情，我准是爱她胜过一切的。我是这样一边想一边看信，看到"我认识了人生最庄严最神圣的问题！母亲忍受怎样的苦痛，迎接孩子的诞临"，是一阵辛酸，泪盈于睫了。我现在就是在想给她一个什么名字呢？我正在写一篇秦良玉，就叫她秦良玉好不好？想想，还是不用这名字，秦良玉虽是一个智慧有胆略的斗士，这名字究竟太俗气，容我再仔细地想一个最好的名字给我第三代化身。

你说孩子有一对明亮的眼睛，和一对大耳朵。这不是智慧与福泽的征象？我想那红红的像一朵顶小的玫瑰蓓蕾，伏在玛利亚圣洁的怀里，未来的命运就像天边的大海一样在那里潜伏着波涛；像黎明的天空，在一线金黄的光中，将要开展白昼的炫赫。每一个婴儿都可以说是人类的始祖，他能创造光明。耶稣，释迦，牛顿和居里夫人，贡献于世界的，在他们出生的时候，谁又想到给世界的有多少？或者她长（按，疑有脱文）或是一个平和的平凡的小村姑，守着一群绵羊在崎岖的山谷里畜牧，远远笛声响了，别一个牧童，在暗示她气候的阴晴，或是什么地方水和草的丰盛。她站起来，身上穿着蓝布衫头，头上系着一条小小的红巾，驱着这一群羔羊，（朝）

笛声的方向走去，山野是一片宁静，她明亮绰约的丰神，渐渐隐没在地平线外。你想到这里，能不感到她那无涯的幸福，人类始祖的幸福，都从她身上生长起来吗？近来我屋旁果园里，橘花正在盛开，我更欢喜孩子生命的开始，正当这橘橙开花时候，橘橙的花是这样洁白，它的香味，虽不像菊花的幽远，玫瑰的温馨，都是这样强烈的，教人感到崇高圣洁，结成果子又那么圆融，那么光彩，那么充实，而且给人甜蜜，给人滋补。最近郭沫若先生写的《屈原》剧本上有一段说："你看那些桃子树吧，那真是多好的教训！它们一点不矜持，一点不怯懦，也一点不懈怠，而且一点也不迁就。它们喜欢太阳，它们不怕雾雪。"真的这样子，正当橘橙开花时节到临，确是给人鼓励。我到此想给她命名后树，这是引用屈原的橘赋第一句的首末两字合组成的。我现在把屈原《橘颂》写在后面，也就是当作给孩子的祝福。

后皇嘉树　橘徕服兮
受命不迁　生南国兮
深固难徙　更壹志兮
绿叶素荣　纷其可喜兮
曾枝剡棘　圆果抟兮
青黄杂糅　文章烂兮
精色内白　类可任兮
纷缊宜修　姱而不丑兮
嗟尔幼志　有以异兮
独立不迁　岂不可喜兮

深固难徙　廓其无求兮

苏世独立　横而不流兮

闭心自慎　终不过失兮

秉德无私　参天地兮

愿岁并谢　与长友兮

淑离不淫　梗其有理兮

年岁虽少　可师长兮

行比伯夷　置以为像兮

三十一年四月嘉陵江畔

听今年第一声子规

昨天晚上我坐在窗前读书，忽然听见年在高空里叫了两声。这还是今年第一次听到呢。我□抬头，轻轻地说:啊，你回来了吗?我有一阵淡淡的欢欣，像轻烟似的，慢慢升起。是的，你这并不太热烈，却含深意的声音，仍旧是这样！并且更加温婉，更加恬静；我幻想着你的秀颜，像是到了山中，闻到梅花香味。你是从什么地方来的？为什么你的声音里带着透明的泉水？我听着，听着，心上涌起因感激而想哭的滋味。这是你今年才回来的第一天，就忙忙的先到我的窗前叫唤，清纯的友谊，我一定毫不犹疑的永远留着。我在你声音里寻过，又见了那一个我顶熟悉的音符。这音符是我最初发觉，那时候是在巴江的一座小楼上。从此你就赠给我：这确是比王后冠冕上任何宝石都要光辉的一个音符；对于我，它好像是集合天空中无量数的星光，炼成的一滴火焰；我曾经把它深深的怀藏在心里，几年来我独自滞留巴蜀，都是它温照我，滋养我，教这些伤心寂寞的日子，不觉得空虚，不觉得寒冷。

今年我又听到了它，并没有因为一年的阔别，稍有变更，还是那样亲切的告诉我衷情之□乐，无限的深意——我像是听到了延陵季子的宝剑碰触墓碣的铿锵（注二）；易水上萧瑟的寒风（注三）；《神曲》里天堂的音乐（注四）；伊斐琪妮 Iphigenie 一声超脱的叹息（注五）；我更听见了永恒与刹那的差别；善与罪的边沿。这些我都听见了。是的，只有我懂得它的光彩，体会它的激昂，它是永远属于我的。

今晚，外面刮着奇怪的大风，雨点夹在风声里，洒洒飘落。你正在黑夜里彷徨吗？遇到这样的风雨，一定是羽毛粘湿，口噤不能开，真是狼狈不堪吧？谁在这时候披着雨衣，徘徊在黑暗的林荫路上，等候你；拿起毛巾给你揩干翼上的水珠？就是在今天下午，我还不顾一天工作之后的疲倦，走上山坡，去寻觅你的声音，翘望着你的形影；可是声音得到了，却从来没有看见你的影子，你是春日的灵魂吗？

在我对你说这些话的时候，也曾踌躇过好几次，自己也不晓得为了什么，只想停顿不说吧；但是我还要讲下去。我为什么不讲呢？当我的心还是这样为你活着，而且熊熊地燃烧着想说的愿望，我为什么不多说一些呢？谁知道这活着的心，能有多长的寿命！

禽鸟学家对我说，你来是有益于农事的，田里的害虫多亏你啄除。因此我更喜欢你是这样为人类尽力。可是，他也说你的坏话哩。他说：你不营巢，不伏卵，自己生的孩子，丢给别人去养。他说这事他可以证明：因为有一天黄昏的时候，他在一个幽静的林中散步，在一丛灌木底下，发觉你悄悄地产下一对卵，就用口含着偷放在黄莺的巢中。黄莺这时正站在一棵古槐树杪上，贪心地歌赞落日巢里也留下它自己产的四枚小卵。后来这位禽鸟学家又告诉我，说：也许黄莺是只耽于幻想，不顾实际，也许它有慷慨仁慈的性情，它把你留下的，和它自己的小雏都孵出来了。可是你的小雏却生来凶狠，长大一点的时候，就不甘心和雏莺同栖，把它们一一都挤出巢外，独自享受哺育。这是真的吗？你能让你的孩子做这样一个无情的，可恶的小鸟，像世界上侵略别人自由的恶魔一样吗？我不信。你的声音曾安慰过多少漂泊无家，患难中的人类，你口口声声教人“不如归去”，你难道会抢夺别人的家，教别人去忍受饥寒么？不，我决不相信。

外面风雨越来越大，在我的窗口，争夺着，号叫着，要闯进来。楼屋都在摇撼了！要是在这时候啊，你能在窗外啼叫几声，陪伴我，我要多么感激。所以还是让我再和你谈谈，这样，不就像有了伴侣，心里也热闹些了吗？

风更在怒吼了，像是对我发脾气，不许我再和你说话，可是我坚强地，执拗地不管。

无论什么都不能阻挠我的意志。

现在让我把灯更移近一些，再和你慢慢谈……

注一：子规一名杜鹃，繁殖于我国、西伯利亚、喜马拉雅山等处，体小，色灰黑，栖处随气候为转移，春末自南来，至秋后返。春末夏初则昼夜哀鸣，尤以夜中飞□□□，人皆闻其声，但睹其貌者极少。

注二：□延陵季子将聘晋，带宝剑以遇徐君，徐君不言而色欲之。季子为有上国之事，未献也，然心许之。致使于晋返，则徐君死，于是以剑带徐君墓而去。

注三：荆□为无□□复仇，径刺秦始皇，至易水上，与客击筑作歌："风萧萧兮易水寒，壮士一去兮不复还。"

注四：《神曲》，但丁作。

注五：Iphigenie，歌德著，代表希腊的人文精神。女主角Iphigenie静穆□对于人情之□解，不但能自超脱，且救其憨情之兄弟。

病　人

我站在病人的榻前，就像临着世界上最痛苦的一面镜子——见到病人面容上那样苍白，沉滞；被苦楚纠缠着，被无情的酷刑拷打着，被绝望降服着；他的精神一会儿升上高空，像是在苍茫中寻找希望，诉求生命；一会儿又沉落下来，摇摇头，面上露着屈服的凄惨，好像他的生命就临近一座危崖，只要稍稍松一口气，就会跌下去。我心里也跟着在那里起伏，跟着在那里摇摆；一种怜悯，一种比怜悯更深的感情充塞在我的心中；对于我自己，竟看作比一片叶子还轻，比风还要飘，比大气还要空；只想能有一种力量，把病人的痛楚给抓去，把折磨他的恶魔给除掉，教一个人，一个想活的人活起来！

有什么再比看见一个想活的人而不得活的哀痛呢！七年前我为玮德的病，玮德的死，有过这样最大最□的感觉。我自己也曾生过大病，但是对于自己的病，远不如看见别人的病，那样□□。我不知道，世界上竟有看别人受难而感觉自己快活的人，是什么原故？

病人的每一个动作，都是足够教人注意：他们一皱眉，一撇嘴，一个手势，都教人觉得有深不可测的含意，得去猜想，去奉承。不管你平日有怎样高傲的脾气，不屑卑躬屈节去顺从人，但在那一个病人面前，这些都像露水碰到阳光似的溶解了；竟会想自己无论怎样精细，病人还是不如意，无论怎样敏捷，还自觉得愚笨。

病人除肉体上的苦楚之外，还有深不可测的心灵上的张皇；比如我看着的这个病人，他一会儿把两只眼睛翻上去望望天，又左右看看；一会儿又低下头，闭着眼睛，叹一口气，轻微的说：真是！真是！真是！这三声叹息，是含着无穷的沉痛，怅惘和悔恨！但是，谁能猜得出他这沉痛的原因是什么？一个人怎么会知道另一个心里深锁着的意念呢？而又不敢凭自己的经验妄自揣度。病人又轻轻的对我说："我吃的苦可太多了啊！"刚刚说这一句，像是把他心里沉重网络才揭起一端，就停止了。这更教人迷惑，这个人一向看来都是很幸福的，他竟也吃过多大的苦吗？并且在病势这样沉重，他自己疑心将要死的时候，会有那多么黯然的回忆在心里□□？我们常常是为了一个人的外表，污蔑了一个人的内心，也许一个人潜伏在内心的苦痛，才是最深刻的苦难呢？但是，这个病人，他所悲苦的是什么？一切的经历，比起"死"来，不都是太渺小了吗？他不会是像一个哲人那样，痛悔自己的死不是为了坚持一个思想，像苏格拉底那样牺牲？不像一个诗人，死得那样逍遥？是为儿女之情？还是为了，在生活里，心的确比别人多有依恋的地方呢？他这三声沉痛的叹息，到底是含着什么深意？一个人心真是如显克微支所说一个幽奥、阴森的深谷，你真是不敢进前一步去探索！

当你看见一个病人的时候，不管他是怎么样的人，不管你认识不认识他，在这时候，你一切都不管，推倒对于他的赞与毁，像是推倒一座隔离的墙。你看见的，只是一个痛苦的人，一个受罪的人，心中油然升起一种怜悯，一种温情，一片无垠大海似的宽柔。除了希望他活起来的愿望而外，什么渣滓都没有了。所以我说，对着一个病人，你才体会到人类广大的爱；那些宽，恕，仁慈，忘记自我的好性格，都在这时候放起光来；并且对着一个病人，你会感觉人与人之间一切争斗之无益，你会发出对于人生飘忽之悲哀；觉得一个人，生与死之间的距离是那么狭小，在这一个小小的圈子里，竟不如好好的生活，为人，也就是为自己造了一些幸福，却是有那么多的饥寒，困苦与冤仇，想起来不是人人都该惭愧警戒的吗？所以我给一个兄弟的信上说，让只有死离开我们吧；活着的，亲切的人们，为什么有那么些可怕的冷漠，可怕的歧视？生与死之间的圈子是太小了，让大家快乐的相处；为大家的快乐而快乐，为大家的忧愁而忧愁！

世界上最苦痛的，却又最傲慢的是病人；但他却也是一个圣徒。因为他的苦痛，给病人看了，扫除性情上的黑暗方面，把光明燃点起来。

（佚文据旧报刊复印件，漫漶不辨的字代以□）

陆小曼译作及徐志摩佚文

论聪慧，陆小曼未必逊色于冰心、凌叔华、林徽因她们，她在绘画、演剧、写作、翻译诸多方面都能来得一手。单说写作，她的散文大家熟悉的，无需唠叨。除此之外，还写过新诗、旧体诗，写过小说和剧本。《卞昆冈》是她和徐志摩合作的成果，徐志摩写剧本平生就这么一次，如果没有陆小曼联手，大概诗人不会问津此道吧。再有翻译，陆小曼自幼即显示此项禀赋，后来果然精通英文、法文，早早为当政外交部服务了。然而，除绘画她尚可谓略有建树，其余皆谈不上成绩显著。尽管被人尊为作家，但创作少之又少，怕名实难副。她的创作，数量最多数散文，而严格意义的“美文”也只寥寥几篇；小说唯短篇《皇家饭店》一篇；剧本则半篇。要说陆小曼做翻译家最有基础和条件，可她的译作几乎为零，唯留下《萤火虫》一篇，还是徐志摩逼出来的，刊于一九二八年《中央日报特刊》第三卷十八期。见异思迁的萤火虫请求幻术家把它变成一颗星供众人仰望，可是满天繁星，不知人们是否注目到它这颗；再请变自己为一盏玻璃灯，耀眼地放出骄人光亮，但得以骄人的时刻只限短暂的夜晚；又请变作长明灯永不熄灭，最终封闭在帝王墓穴，与世隔绝了。凑巧林徽因一生的文学译作也只是一篇童话——王尔德的《夜莺与玫瑰》。这陆小曼唯一的译作《萤火虫》，不知她译成以后有何感想，或者根本没有所感，仅仅为完成徐志摩指定的一件作业罢了。后人则不免会想，某种意义，某种程度，陆小曼自己以后的人生是否演绎了萤火虫的悲剧？当然不能说，陆小曼就是这童话里的萤火虫。

刊登《萤火虫》时徐志摩加了一小段“附注”，这段注文未入编徐的“全集”，不妨抄录：

近来小曼一提笔就嚷头昏，要她写成一点东西实在不是易事。那天浩徐来，要我替中央附刊留心文稿，我随口说，让小曼给译点小说吧，浩徐倒是不含糊，他一回去就接连派人拿信来催稿。这回小曼可急了，要我给她想法，替她临时抱佛脚。她说长的她没有力气译，“贫相”的她又不愿意译。这倒是个难题目，我想了好久才想起 Richerd Garnett 那本 *the Twilight of the Gods*，果然翻着了这篇《萤火虫》，正好！文章短，意味深，再好也是没有的了。嘉耐德是英国文学界里一个博学鸿儒，与 Tcglic Stephen 和 Edmnnd Gosse 齐名的，他的夫人就是几乎包办全部俄国文学的康丝当斯·嘉耐德（Constance Garnett），我们东方人能够赏鉴俄国几个大家的作品的谁不感激这位大气魄的翻译家。

第一句真把陆小曼的惰性写活写透了。此时她才二十五岁，翻译起点不为低，若勤勉下去，建树当可期许。然而，说陆小曼三天打鱼两“年”晒网，绝不为过。她过分耽于享乐，即使那么喜爱粉墨登台，其实还只是玩玩，并无事业心用在上头。在剧坛，她受人追捧，也作文追捧别人，捧来捧去，实玩来玩去，玩物丧志。以陆小曼的聪慧，她本该于社会文化做较大贡献，然而没有。陆小曼留给世人太多惋惜，可能名列文学史或翻译史的非凡女性，如今却以名媛形象为后人津津乐道，甚至遭人误解为交际花。

陆小曼何故如此

——校读她的三种版本日记

陆小曼日记，最早公开在一九三六年良友图书印刷公司出版的《爱眉小札》单行本。此前，徐志摩去世后两年之际，陆小曼应约整理诗人的日记、情书，以徐志摩手书的“爱眉小札”为题，陆续发表于《论语》杂志。开始发表时陆小曼写了细说缘由的“前言”（后来的单行本《爱眉小札》只载陆小曼一九三六的序），虽然提到了两人曾“各写一本”，但《论语》并未刊登陆小曼日记。直到单行本出版，她才把自己的二十篇日记收编到书里。

《爱眉小札》出版之初大受欢迎，被一而再、再而三地加印、再版。二十世纪八十年代以来，更以各种版式屡屡付梓，广为流传。它成为徐志摩研究的学者必读之物，乃至研究胡适、林徽因、凌叔华的专家、学者也要参考。一般爱好文史的读书人同样喜爱浏览，青年读者尤其喜欢。一位作家说："陆小曼的日记似乎非常能激发我的热情。"(《西服与小脚》)有位学者则推崇之至："《小曼日记》是更具灵性的作品，是更值得千秋万世人人宝爱的作品。其词句的流畅，感情的纤细毕呈，一定也不亚于他的志摩，甚至过之。"(《陆小曼文存序》)

虞坤林先生寄阅所编《陆小曼未刊日记墨迹》(三晋出版社二〇〇九年十二月出版)，为专家、学者、读书人提供了一个真实的新文本。尽管此本缺少一篇应有的整理说明，尽管还有一些误字、误标和误断的句读符号，然而它的文献价值远甚于流行的《爱眉小札》版。读过虞编"墨迹"影印本，不仅知其披露了相当数量的未刊日记，而且发现它与已刊《爱眉小札》的文本差异极大。不妨先对照第一篇(一九二五年三月十一日)日记。

"墨迹"影印本：

(注：黑体字部分系"爱眉"本所无)

我现在起始写一本日记，实在不能说是甚么日记，叫"一个可怜女子的冤诉"吧，我一向的忧闷，全放在腹内容他自懒(烂)，现在我不拟，为什么不泄漏在纸上，亦无人看见，倒可已(以)稍微让心怀里松一松。

前天我送他在上火车，送他远走他乡，我心里满不愿意的去送，我心里怎样难受又不能叫人知道，我们最后的几分钟还是四面站满了人，月光多(都)落在我们身上，仿忽(佛)我们不应当这样的亲密似的，我心里一阵阵的酸，回想起来亦分不出什么味儿。眼看着车要开了，他的眼不住的向我看。呀，爱呀，我那（哪）里还敢看你呢？我知道你眼眶里亦一定满着无限的眼泪，难道你会真愿意抛弃你的爱而远走他乡？这种无可奈何的事情偏偏来的多。他泪中带着许多的话，我全明白，我只不敢看他，恐怕在这许多人前泄漏了我的神圣恋爱。他，他还要来握我的手。咳，真好像一把刀在那里切我的心，我头亦不敢点，一直到车动了，他站在车边用手送吻给我们（给我一个人我知道的）。我才看一看就把头藏在梦绿胸前了，并不是我十分怕那炮竹声，不过借此盖去我脸要哭出来的样子，车子甚么时候走完的我亦不知道，回头就走。在马车里他还说“你的眼睛为甚么红红的？哭甚么？”咳！他明知我难受，还要成心来呕我，我倒亦不怪他，因为他，本来是木头人，懂甚么叫情呀。得，完啦，他走啦，无情的火车虎虎的带了他去了，我的爱！我现在才知道离别的苦趣（凄）呢。你去了到（倒）不要紧，我的心就不过丢了。我这孤单的心去向谁要那温存的安慰呀。我只能冷凄凄的等着吧！咳，天呀，我等，等到几时呀？亦许我等不到我的“那一天”便怎样呢！好危险呀，我得去撞、打，挪去那一切可恶的东西，我回家后收拾了一下他给我的东西，他的日记同他心爱的信，我亦看了一遍，日记我没有敢看，恐怕没有什样的胆量，可惜这样一个纯白真实的爱，叫她生生壁了回来，看得好不生气，难道他亦因得女人的苦么？许多女人老说男人怎样的看不起她们，她们亦不想想自己有令人看得起的地方没有？我说不然女人亦有怀（坏）的，有种男人可以

拿他嬉玩的，有一种（像他似的）难道亦叫人看不起么？那她还不如拿镜子先照照自己的脸吧。他还说他不敢侵犯她，她是个神女□，我简直不用谈这件事吧，我说起就发抖。

昨天一日在广济寺伴和尚们念经，家里在那里做佛事，我这几天的心里是难受到无可再可的地步了。再到庙里去，耳边一阵阵的风吹来的钟响，禅声，叽叽咕咕，好不凄惨。我老眼泪往往（汪汪）的同人家说话，娘直问我为甚么难受，我只能说"心里不高兴"，她是明白我的，两眼向我看看一言不发。到晚来殿里，和尚么，那（在）那里放焰口，庭前石栏杆上被银月照得雪白，只见树枝映在地下，摇摇摆摆，同我心里一般的摆想着，里边出来的叫魂声同月光惨淡的颜色，使得我忘却身上的寒冷，独坐在杆上发愣。**我那时心里真空，想想甚么事多无趣极点，做了个人本来已经无味极的！又其遇着我这等的境遇，我既不能同我的恋爱同享那理想的娱快，过我一直切想的日子，我又为甚么不搬弃这万恶的社会，去过那和尚一般的生活呢？我心里觉得空极了，到（倒）亦没有十分的苦楚，因为随便甚么事看开些就不觉得有十分快活同苦楚的。我愣愣的独自背人坐在月下，糊（胡）思乱想被娘来叫醒了我。咳，见了她老人家，我心里不由的甚么丢开了，她年已半百，身体又非常的弱，不在这几年内尽我点孝心还等何时呢！我等着，耐着吧。**

今天早晨他去天津了，我上了三点钟的课，先生给我许多功课，我得忙起来了。这两天，自从他走后，这世界好像又兑一个似的，我到东到西多觉得没有意思，娘说"你有多大的心事终日咳（哀）声叹气的"，她们又那（哪）里知道我的心呢，我想他现在不知在何处，记（计）算起来是在哈尔滨？今天晚上我可舒服了，一个人，呀，好难得的机会呀，昨天从庙里回来人是乏极了，倒上床上心里隐痛同日开客头的，一起涌上来。我心里叫着他，远在几千里路外的他。面上假意的笑对着近在咫尺的他，咳，我的天呀？再这样下去，怕我不长了吧，我真不起了，精神上，身体上，同时的受苦，又有谁能怜我爱我，明白我呢？**淑华今日来信，安慰我，我感激极了，她亦明白我了，今晚不写了，明日课毕就给他写信。**

今天足足忙了一天，早晨做了一篇法文，出去买了画具，饭后陈先生来教了半天，说我进步一定快。方才给他写了封信，情长纸短，写了九张亦没有写完。唐三伯母送来糖果等，又约我到寄妈家去，我已回复，她们多很生气，可是我亦管不得这许多了，梦绿亦叫我去，我亦回了。

饭后看了几张他的日记，又难受了一回，**他拿她二人的照像合在起，我真不要看，说出来多可笑。**

可叹我身（生）平是个最高傲的人，偏偏遇着这等环境，有气亦不能吐，有冤亦无处诉，我自从觉悟我没有得到我理想的期望。虽是心里难受，脸上从不叫人看出，处处自己强自瞒着。

装出快活的样子，忍忍，忍到无可如何的田地，**上次发生的事情亦是我一时性急，要想离开苦，不知事未成，到（倒）叫社会人误解了我的意思，可叹的狠，我真愈想愈无生意。我这两天灰心极了，在他身上亦不想有多大希望，他的心里的真爱多给了她了，我愈想愈不当来破入他那真情破网里。**

他虽然失意，可是他的情仍未死，我为甚么去绕（扰）乱他。你，为了她成就了他的人才，一个中国名人，亦许我来破坏他？嗳！不！不！我可不，我宁死不能害他。那天酒后满想吐出真情，同他远走他乡，可是他的前程，他的名誉惊醒我的妄想的梦，提醒了我的痴梦，我忍害他么？我这一世已经招了不少不白之冤，我难道连带着他么？我回想我所经过的事情，将来写本小说泄一泄我的冤气，不怕，我一定做，就是他不许我，亦得发表出来，我心里的话我多敢写上去么？试试再说。

“爱眉”本：

（此据柴草编《陆小曼文存》辑录的《小曼日记》，黑体字系增写，或较大或重要改动。）

一个月之前我就动了写日记的心，因为听得“先生”们讲各国大文豪写日记的趣事，我心里就决定来写一本玩玩，可是我不记气候，不写每日身体的动作，我只把我每天的内心感想，不敢向人说的，不能对人讲的，借着一支笔和几张纸来留一点痕迹。不过想了许久老没有实行，**一直到昨天摩叫我当信一样的写，将我心里所想的，不要遗漏一字的都写了上去，我才决心如此的做了，等摩回来时再给他当信看。这一下我倒有了生路了，本来我心里的痛苦同愁闷一向逼闷在心里的，有时真逼得难受，说又没有地方说；以后可好了，我真感谢你，借你的力量我可以一泄我的冤恨，松一松我的胸襟了。以后我想写甚么就可以写甚么，反正写出来也不碍事，不给别人看就是了。**

本来人的思想往往会一忽儿就跑去的，想过就完，现在我可要留住它了，不论甚么事想着就写，只要认定一个“真”字，以前的一切我都感觉到假，为甚么一个人先要以假对人呢？大约为的是有许多真的话说出来反要受人的讥笑，招人的批评，所以吓得一般人都迎着假的往前走，结果真纯的思想反让假的给赶走了。我若再不遇着摩，我自问也要变成那样的，自从我认识了你的真，摩，我自己羞愧死了，从此我也要走上“真”的路了，希望你能帮助我，志摩。

昨天摩出国，我本不想去车站送他，可是又不能不去，在人群中又不能流露出十分难受的样子，还只是笑嘻嘻的谈话，恍惚满不在意似的。在许多人的目光之下，又不能容我们单独的讲几句话。这时候我又感觉到假的可恶，为甚么不能要说甚么就说甚么呢？我几次想离开众人，过去说几句真话，可是说也惭愧，平时的决心和勇气，不知都往哪里跑了，只会泪汪汪的看着他，连话都说不出口来。自己急得骂我自己，再不过去说话，车可要开了；那时我却盼望他能过来带我走出众人眼光之下，说几句最后的话，谁知他也是一样的没有勇气。一双泪汪汪的眼睛只对着我发证（怔），我明知道他要安慰我，要我知道他为甚么才弃我远去，他有许多许多的真话，真的意思，都让社会的假给碰回去了，便只好大家用假话来敷衍。那时他还走过来握我的手，我也只能苦笑着对他说“一路顺风”。我低头不敢向他看，也不敢向别人看，一直到车开，我还看见他站在车头上向我们送飞吻（我知道一定是给我一个人的）。我直着眼看，只见他的人影一点一点模糊起来，我眼前好像有一层东西

隔着，慢慢的连人影都不见了，心里也说不出是甚么味儿，好像一点知觉都没有了似的，一直等到耳边有人对我说：“不要看了，车走远了。”我才像梦醒似的回头看见人家都在向着我笑，我才很无味的回头就走。走进车子才知道我身旁还有一个人坐着。他〔王赓〕冷冷对我说:“为甚么你眼睛红了？哭么？”咳！他明知我心里有说不出的难受，还要假意儿问我，怄我；我知道他乐了，走了我的知己，他还不乐？

回家走进了屋子，四面都露出一种冷清的静，好像连钟都不走了似的，一切都无声无嗅（息）了。我坐到书桌上，看见他给我的信，东西，日记，我拿在手里发怔，也不敢去看，也不想开口，只是呆坐着也不知道自己要做点甚么才好。在这静穆的空气里我反觉得很有趣起来，我希望永远不要有人来打断我的静，让我永远这样的静下去。

昨天家里在广济寺做佛事，全家都去的，我当然是不能少的了，可是这几天我心里正在说不出的难过，还要我去酬应那些亲友们，叫我怎能忍受？没有法子，得一个机会我一个人躲到后边大院里去清静一下。走进大院看见一片如白画的月光，照得栏杆，花，木，石桌，样样清清楚楚，静悄悄的一个人都没，可爱极了。那一片的静，真使人能忘却了一切的一切，我那时也不觉得怕了，一个人走过石桥在栏杆上坐着，耳边一阵阵送过别院的经声，钟声，禅声，那一种音调真凄凉极了。我到那个时光，几天要流不敢流的眼泪便像潮水般的涌了出来，我哭了半天也不知是哭的甚么，心里也如同一把乱麻，无从说起。

今天早晨他去天津了。我上了三个钟头的课，先生给我许多功课，我预备好好的做起来。不过这几天从摩走后，这世界好像又换了一个似的，我到东也不见他那可爱的笑容，到西也不听见他那柔美的声音，一天到晚再也没有一个人来安慰我，真觉得做人无味极了；为甚么一切事情都不能遂心适意呢？随处随地都有网包围着似的，使得手脚都伸不开，真苦极了。想起摩来更觉惆怅，现在不知道已经走到甚么地方了，也许已过哈尔滨了吧。昨晚庙里回来就睡下，闭着眼细细回想在庙后大院子里得着的那一忽儿清闲，连回味都是甜的。像我现在过的这种日子，精神上，肉体上，同时的受着说不出的苦，不要说不能得着别人一点安慰与怜惜，就是单要求人家能明白我，了解我，已是不容易的了！

（以下文字“墨迹”本另标为第二天“十二日”）今天足足的忙了一天，早晨做了一篇法文，出去买了画具，饭后陈先生来教了半天，说我一定能进步得快，倒也有趣。晚饭时三伯母等来请我去吃饭，ML也来相约，我都回绝他们了，因为我只想一个人静静的坐坐，况且我还要给摩写信。在灯下不知不觉的就写了九张纸，还是不能尽意，薄薄的几张纸能写得上多少字呢？

临睡时又看了几张摩的日记，不觉又难受了半天。可叹我自小就是心高气傲，想享受别的女人不大容易享受到的一切，而结果现在反成了一个一切都不如人的人。其实我不羡富贵，也不慕荣华，我只要一个安乐的家庭，如心的伴侣，谁知连这一点要求都不能得到，只落得终日里孤单的，有话都没有人能讲，每天只是强自欢笑的在人群里混。又因为我不愿意叫人家知道我现在是不快乐，不如意，所以我装着是个快乐的人，我明知道这种办法是不长久的，等到一旦力尽心疲，要再装假也没有力气了，人家不是一样会看出来的么？所幸现在已有几个知己朋友们知道我，明白我，最知我者当然是摩！**他知道我，他简直能真正的了解我，我也明白他，我也认识他是一个纯洁天真的人，他给我的那一片纯洁的爱，使我不能不还给他一个整个的圆满的永没有给过别人的爱的。**

同一天日记本该相同的两种文本，差异如许，大体可归纳为下面几种类型。

一、“爱眉”本作了数量可观且内容重要的删削。如上“墨迹”本引文，释文本所删黑体标出，黑黑的几大片。

二、“爱眉”本作了数量可观、内容重要的增写。亦如上释文本引文，“墨迹”本所无也黑体标出，又是黑黑的几大片。

三、所标日期变动，“今天足足忙了一天，早晨做了一篇法文，出去买了画具，饭后陈先生来教了半天，说我一定能进步得快，倒也有趣”此句及以后的文字，“墨迹”本标为第二天的日记，但“爱眉”本归为前一日，均记在十一日的标题下。

四、内容无大变，文字却明显变动。记广济寺佛事，“墨迹”本:“昨天一日在广济寺伴和尚们念经，家里在那里做佛事，我这几天的心里是难受到无可再可的地步了。”“爱眉”本则是:“昨天家里在广济寺做佛事，全家都去的，我当然是不能少的了，可是这几天我心里正在说不出的难过，还要我去应酬那些亲友们，叫我怎能忍受？”

五、除文字改动，同时内容也大有变动，开头一段述说写此日记的起缘即是。“墨迹”本自述，写这本日记原来是出于她情绪宣泄的需要，到“爱眉”本，改成受各国文豪影响，平和地“借着一支笔和几张纸来留一点痕迹”。两者意思相去甚远，不过，都可看成两种文本的宗旨。宣泄情绪，文字是情绪直接投影，自然朴素、本真；为了留下痕迹，便夹入理性，未免有种种顾忌，正如她出版日记时宣称，“大胆的将它印在白纸上了”。虽说的是大胆，这话本身已经暗示了不无顾忌的心态。宗旨不一，两种文本面貌差异之大，似已由此定下。

校读了整本的“墨迹”本和“爱眉”本之后，上述种种差异：删削，增写，日期变动，文字变动，内容变动，非但种种齐全，甚至愈加有过之，几乎篇篇可见。尤有甚者，“一九二五年三月二十日”（“爱眉”本标为二十二日）全篇不足两千字，除第一段二百余字还算内容相同（文字已改写），其余竟删去千余字，又另写了千余字。这样的同一天日记而内容判若两篇者，还有一九二五年的四月十八日、五月十四日、六月二十一日；甚而又甚者，“爱眉”本的多篇日记在“墨迹”本里不见踪影，一九二五年的三月二十八日、四月十五日、四月二十四日、五月十一日、五月十九日、六月二十六日、六月二十八日、七月十六日、七月十七日，都是。“墨迹”本一九二五年的日记全部书写在每页十竖行的笺纸上，日与日之间换行，却连写，日期标在每日第一行上端，唯最后一日，或许空白处不足书写，才移至前一日上端。一九二六年部分另用花边大方框、无分行竖线的笺纸。照常理，不见踪影的那么多篇数，“墨迹”本里断无书写它们的“缝隙”。“墨迹”本一九二五年四月十八日开头的话亦可佐证：“喔！我的日记呀，我们十几天没有谈天了。”但此日的前一篇是三月二十九日，和这数目相符。依据“爱眉”本的前一日则是四月十二日，显然不足“十几天”，四月十八日是插队了。

按说，主人或亲属整理出版日记，略作某些删削，删些自己的隐私，或贤者、亲人、师友需要避讳的言行，乃至其他不得已原因不宜公之于众者，这不难理解。然而，出版者对此有义务作些交代；删减最好尽量节制，以求日记的大体完整，不失基本面貌。像陆小曼似的大删大削，则很不可取。“一九二五年三月十八日”（“爱眉”本改标“十九日”）这篇，竟删去差不多全篇的三分之二，下面删去的这些文字，其实保留它们实无大碍：

……我一个人受罪我倒不怕，我处处总为他适（设）想。我又爱他，我又恨他。恨他为甚么不早来，我们为甚么不早遇，既然不幸在这时机相遇，为甚么又踏入千年解不开的网里去。可是早四年他那（哪，后面多是混用，不再一一注明）里会来爱我！不是我做梦么？我又那儿有她（按，指林徽因）那样的媚人阿（啊）！我从前不过是个乡下孩子罢了，那儿就能动了他的心呢！得啦，我又来说些这个有甚么意思呀。这几天受庆亦不出门，所以我简直没有时候写东西，看见他我就心烦，甚么事多不想做了。昨天又在新月社请了二十几个美国军官吃午饭，我真烦死了，我最恨的是同外国人吃饭。下午适之、梦绿、慰慈、溪（按，原信如此，当是奚字）若、道宏都来吃饭，因为上午多了一桌菜正正的忙了一天，到了晚上人散后我只得躺下了。

有的内容本来不乏研究价值，删去倒是可惜的。就情爱的狭义概念，林徽因究竟是否爱过徐志摩，学界持不同观点，“墨迹”本被删去的文字倒为持否定一方提供了有力的新材料。看“一九二五年三月十五日”（“爱眉”本标为“十七日”）所删：“咳，若是他曾经没有看得起我，现在我何必要他爱我呢？我真生气。况且他亦爱过她（菲）的，人家多（按，即都字，陆小曼行文习惯，都均写成“多”）不受。得啦，我的心是最软不过的。我虽怨，可是我偏可怜他，因为她们多太自傲。男人固然是多半无情的，那些厌喜无常的男（疑漏一“人”字）是因（应）当玩玩他们。可是有的人（像他）还得受像她（指林徽因）似的人的冷眼，那岂不是太不公平了么？”冷眼与相恋，情感差距十万八千里的。还有删去的：“她（林徽因）给他（张歆海）的信我亦见了，简直同给你的完全两种口气，今天歆海看完信，他说：‘这样看起来志摩没有 hope（希望）了。’”（一九二五年三月二十日，“爱眉”本题为二十二日。）“在他（徐志摩）心里寂寞，失意的时候，正如打了败仗的兵，无所归宿，正碰着了一个安慰心的，一时关关心也好，将来她（林徽因）那边若一有希望，他不坐着飞艇去赶才怪呢！”（一九二五年三月二十五日）

再如，凌叔华与徐志摩的过从关系，外界多有传闻，删去的“墨迹”本里这一段说明了原因：

这三天我一心一意老想记日记，可是老没有机会，真难受，那坐立不安的样子出来了，也没有甚什么东西，不过做了些法文的“文”，还肯（啃）了几首法文诗，别的多没有做。对啦，还画了几张画呢，同淑华写了一封长信。我有点纳闷，他爱她么？我想他亦许爱她，我狠（恨）不要立刻拉他来问个明白才心死呢。我真想他，□不写这个□，给他写信去□。

至于“爱眉”本增写了“墨迹”本没有的内容，有的差不多属无事生非了。一九二五年三月二十八日（“墨迹”本无这一天日记）所增内容，就为考察徐、陆关系，徒然节外生枝，弥漫起雾障：“所以我不该盼你有信来，临行前，你我不是约好不通信，不来往，大家试一试能不能彼此相忘的么？”有传记和文章引用此话作徐、陆之恋的情节，其实这个约定是否存在很可质疑。从徐志摩临行前写给陆小曼的最后两封信，并无中止通信的表态，相反，他三月三日信末尾认真嘱咐：“以后的信，你得好好的收藏起来，将来或许有用。”三月四日信上又说：“我想要你写信给我，不是平常的写法，我要你当作日记写，不仅记你的起居等等，并且记你的思想情感，能寄给我当然最好，就是不寄也好，留着等我回来一总看。”哪里见到成约的一丝影子。事实上他俩刚分离就迫不及待地往返书信。车是往东北开的，没到锦州徐志摩耐不住写了信来，头几天几乎天天来信。假如有过不通书信的约定，按徐志摩性格，对于违约行径必要先解释或抒情一番，可是信里找不到。与此相反，头一封信还在末尾说道：“至少得过一个多月才能盼望看你的信，这还不是刑罚！你快写了寄吧，别忘了（经由西伯利亚）要不是一信就得走两个月。”陆小曼说的“约定”,叫人不敢置信勿疑了。再有，徐志摩赴欧洲离开北京的日期，我得已寓目的多种徐志摩、陆小曼传记,皆将三月九日误为十日,讹传的最初源头正是“爱眉”本对稿本的改动，它的十一日日记记道：“昨天摩出国，我本不想去车站送他……”“墨迹本”的记述是准确的：“前天我送他上火车，送他远走他乡……”前天即九日，徐志摩寄自途中哈尔滨信转述“日记大纲”，亦是有力佐证：“星期一，松树胡同七号分脏（赃），车站送行百子响，小曼掩耳朵。”星期一正是九日。至今，徐志摩十日离京俨然成了无人质疑的定论，讹传数十年，莫不是真印了希特勒宣传部长的那句名言。

“爱眉”本与“墨迹”本所以差异，可揣度到的原因如下：

一是为人避讳，朋友或非朋友。尽数删削关于张歆海追求她的若干内容，属于前者。林徽因的有些内容也删削了，可算后者。

一是为自己遮掩或粉饰。一九二五年三月二十八日有这么一小段：“我很愿意你能得着你最初的恋爱，我愿意你快乐，因为你的快乐就和我的一样。我的爱你，并不一定要你回答我，只要你能得到安慰，我心就安慰了，我还是能照样的爱你，并不一定要你知道的。”纵观陆小曼一贯表述，包括紧靠此信前后的在内，她还远没有这般豁达吧。

一是想有点文章样子，以为日记一经出版就成了文章，因而作大量的文字润色。“墨迹”本文字随意本色得很，也不受语法拘束，“爱眉”本有点像做文章了，好似闲常穿着的陆小曼换上一身礼服。

一是想丰富日记内容，将事后的感想、情绪丰富进当初的记述，例子太多，不举。

一是整理时有误，主要在日期偏差。“墨迹”本里，只有开篇第一天的日期“三月十一日”标在笺纸竖格内正文的前一行，以后的日记，所记的一日日（不是每日）连着书写下来，不再空行。当时未标明日期，都事后补标在正文第一行的上方。记忆难免欠准，补中出错，就对不上号了。这第一天原先标的是“七日”，后又涂改成“十一日”，改动笔迹十分明显。

可是，大幅度地删，大幅度地增，乃至整篇地添加，便不是上述所能解释的，实在令人匪夷所思。陆小曼何故如此？不便度之以小人之心，断定她存心作伪而难辞欺世之嫌，话就说重了。设想陆小曼精心伪作，她未必有此心机。即使有了心机，也未必有此耐心、耐力——她是个十分疏懒的人。若作大胆设想，“墨迹”里没有的这些整篇（部分增删的不在列）日记，也许原是写给徐志摩的信函，便按写信日期插在日记里一并付梓了。与陆小曼约于一九二五年致徐志摩信函（两人婚前陆致徐唯一存世的一封）比读一番，内容、文气，何其近似。究竟还有什么我们料想不到的缘故呢？它给现代文坛留下了一个悬念。

学人流传一个说法，读传记不如读年谱，读年谱不如读书信，读书信不如读日记。可见学人对日记真实性的期许。名人日记，一经公诸社会，便具文献性，影响深远，出版者应该自觉地负起历史责任感。不然，只可混淆一时，岂得久远。纵然遂了眼前心意，代价是失却了诚信度，大大得不偿失。近年来，出版的日记越来越多，倘若忽略本真原则，其遗患怎敢想象。

“爱眉”本染此不当，她的其他文字，势必诚信度打了折扣。而且会连累到她整理出版的徐志摩日记、情书，不禁被问，他的日记、情书，是否也遭过相似的改动呢？至少手边就有现成一例，《爱眉小札》中徐志摩一九二五年情书日期的标注便有差误。标作“三月十日”“十一日”的两封，应该分别是九日、十日。前一封信里写得清楚：“我在十几个钟头内就要走了。”后一封落款更是明确：“星二奉天”。

陆小曼在“爱眉”本里特意大大发挥了一通关于“真话”的感慨，然而这感慨本身就是“墨迹”本中没有的“假话”，是否有点此地无银呢？也许到底是心虚了一点，她在《爱眉小札》序二里说到付梓的日记，称“大半都是事实”。“大半”两字透出她可爱的诚实，尽管“是事实”的部分仅仅占了小半。日记出版有所改动已不罕见，有些颇负盛名的作家，其日记出版亦未能免俗，给研究他们的学者增添无谓的麻烦，但是如陆小曼改动如此之大，实在罕见得很。“爱眉”本编入的全部日记共二十篇，判若两篇或“墨迹”本不见的计十二篇，占大半。两者如此大的差异，谓之二度写作怕不为言过其实。当然，“二度写作”亦不失为可供陆小曼研究的文本，她为什么删，为什么增，变动的内容折射出陆小曼在徐志摩死后如何的心态、情绪，这不无意味。只是，它不可再作真实日记来研读，失去了文献价值。

“墨迹”本出版无疑是陆小曼研究中一个重要成果，对徐志摩、林徽因、凌叔华等的研究亦不无裨益。“墨迹”本理应该替代“爱眉”本为广大读者接受。有鉴于此，“墨迹”的影印本与其所附的释文，姑且称“释文”本，对照以后也有些话可说。

《陆小曼未刊日记墨迹》全书由“墨迹”影印和“释文”排印两部分合成。影印部分编者未予任何说明，“释文”部分有一类似前言的简单注文：

本书所载日记内容大多采用二〇〇四年虞坤林先生在国家图书馆发现的陆小曼稿本，也有部分采用良友图书出版公司一九三六年出版的《爱眉小札》中的《小曼日记》，两者相互补充。收录在本书的日记有七十二篇之多，远远超过出版本《小曼日记》二十篇。本日记能更真实地反映陆小曼在当时的想法、情感，还可以帮我们厘清一些史实。

此注显然不是冠名“墨迹”本编者虞坤林所撰，为出版社编辑代庖。全书只有这一点说明怕是不够的。读者有兴趣了解相关的整理、付梓情况，譬如，“墨迹”发现过程；“墨迹”本所用纸样，包括纸质、纸色、纸面开本、装订；以及释文对手稿的处理原则、方式，种种，都应介绍。

此注说，“墨迹”本和“爱眉”本“两者相互补充”。这里只肯定“爱眉”本的补充，却未指出它的大量改动，容易造成读者误听误信，负面影响不小——指出后者远比肯定前者必要。

注文说的“部分采用”，其实仅一九二五年一篇。补这并非“墨迹”的一篇，非但不伦不类，有文无墨，有悖书名“墨迹”。而且它以“假”充真，为其彰目，助长流弊，很不可取。

还值得指出，为“墨迹”助读的“释文”，略嫌粗糙。不少字、词与“墨迹”不同，且举些例子。

误认。误——正：倒床就笑——倒床就哭；月光——目光；败坏风化——败坏作风；像他——像她；没有人骨——没有人管；思前屡后——思前虑后；那千年辞不开的网里去——那千年解不开的网里去；这世不能露头——这世不能聚头；法文巧课——法文功课；狠不爱用我的爱说话——狠不爱司我的爱说话。

漏字。释文——补正：他心爱的信——他心爱人的信；真爱多给了她了——真爱多给了她非了；我处处总为他想——我处处总为他适（设）想；不是我不爱——不是我不爱你。

衍字。释文——删正：别的也写不出来——别的也写不来；送他在上火车——送他上火车。

还有一些很难辨认的字，不该勉强顺文意度之，可取通常办法以□代替。如“愈觉得我的前途茫茫”，那个字实在不像觉，倒近似繁体“显”字。

误标的标点符号，就不一一举例。

顺便一说，那个时代有它通常用字习惯，“那”、“哪”不分，“只”即“祇”，“狠”即“很”。陆小曼也有个人用字习惯，“都”写作“多”，“恨”写作“狠”，“仿佛”写作“仿忽”。彼一时此一时，释文不必改动它们的，只要首次出现时作个总交代，无需每处注明“哪”字、“只”字、“很”字、“都”字、“恨”字。

挑了这么多（并非全部），如果以为苛求了“墨迹”本的释文，那么这里再郑重申言一遍，哪怕琐碎的瑕疵再多，怎么都掩盖不了“墨迹”本于学界的贡献。

大陆的作家张秀亚

名满台岛的女作家张秀亚，作品甚丰，且文字兼具功力和灵气。那里文坛尊她为女性散文家里一面旗帜。痖弦就说，她在中国台湾，“是现代文学中‘美文’的传承者与发扬者”。张秀亚自己也很钟情这一体裁，散文集多达二十余种，专谈散文的文章也至少有五六篇。大陆远眺台湾作家，介绍她们的散文创作，特别是研究女性散文者，每每道及张秀亚。由此，今日我们读者心目中的张秀亚，仅知其隶属台湾，仅知其擅写散文，无论其余。

追溯起来，台湾作家张秀亚乃大陆所“进口”。她一九四八年赴台，并非如苏雪林追随当局，那时国民党尚未迁政宝岛。不意大陆政府很快易帜，她回不来了，无奈定居年深。而此前，早在二十世纪三十年代，大陆文坛上已经有个十分活跃的张秀亚，凌叔华主编的《武汉日报·现代文艺》副刊、顾颉刚编辑的《大众知识》,还有《论语》《中流》《国闻周报》《大公报》《益世报》，这些名报名刊无不是她频频亮相的园地。体裁遍及诗歌、小说、散文、散文诗、书评、翻译，有全面开花之势。

许多作家由生活而写作，张秀亚则俨然由写作而生活，生活异常文学化，“作家般”地生活。还是个中学生，暑期她满怀创作梦想，带着两块银元，独自由天津来到她心仪的庐隐、苏雪林母校——师大校园，醉心寻访前辈踪迹。敬仰闺秀派的凌叔华，凌氏邀约她登门叙谈，并允留宿一晚。凌叔华的信异常温馨：“这两天春当真来了，丁香开了，杏花也在打苞儿，我的院后有很多的花木，清香满庭，你来了一定会喜欢……我有的是诚挚的性情和坦率的谈吐，也许不会令来看我的朋友失望的。”果然，见面给张秀亚留下极好印象：“她很会谈话，亲切，从容，使一个生客听了感到舒舒贴贴。在言语中，她并不自炫所学，掉弄书袋。但她的机智与才华，闪动于词句中，如同松间明月，流照出一片清辉。”

台湾学人据张秀亚自述，称刊于一九三五年的短诗《夜归》是张秀亚处女作（舒兰：《抗战时期的新诗作家和作品》），而发表在一九三四年一月二十三日《益世报·文学周刊》的散文《寂寞》，比《夜归》早了整一年。而处女诗作大概还是比《寂寞》更早一点的这首《夏天的晚上》：

青色的灯带来了青色的夜，

青色的夜，绽开了星的花，
让我轻轻的来数夜的足音吧，
在远处大伽蓝的声音里。
牧女空吹着她神秘的笛音，
而白色的云朵却不曾渡过天河，
池边的草色渐渐褪浅了，
池水中是谁丢进了那枚圆圆的银币？
如果这时候你守望在窗前，
请悄然的为我祝福吧，
为了我将开始梦的追寻，
不问明日的阴晴风雨。
当你的园中第一颗露临，
灿然的如银星飞坠。
当你的窗前第一片叶落，
轻轻的像一片暮云。
那是初秋的叹息，初秋的泪。

此时张秀亚还是初中学生，才十五岁，足以见出她早慧，而且创作起点惊人的不低，尽管还多少夹着“为赋新词强说愁”的刻意。另外一首《雨后》(《人生与文学》一九三五年一卷五期)，轻灵、晶莹，有如童话：

星子在树梢，
闪动着闭了许久的明眸。

在去得远了的轻雷叹息声里，
一天灰云，
拂了拂衣袖，
随着凉风飞去。
荷叶片上的小雨点，
在风中一滚变成大珍珠。
又被未栖稳的蜻蜓点破。
像天边一颗流星，
悄然坠落。
落上小草的叶尖，
小草兴起感激的一声嗟叹：
“我已饱饮了雨水，
谁又慈悲的为我洒了，
一点清凉的泪。”

一九四〇年张秀亚创作了五百行长诗《水上琴声》，据说轰动了沦陷时的北平大学校园。名家陈之藩读了长诗，“恍如置身于十九世纪的那个海岛国家，在听雪莱的《西风歌》，是那样的凄美；又好像在听华兹华斯的《两个四月的清晨》，是那样的苍茫”（转见《抗战时期的新诗作家和作品》）。后来张秀亚以此为书名出版了第一本诗集，她曾经是位诗人。名噪一时的诗人，可惜身处抗战时期沦陷区，不逢时，不宜地，时过境迁，被历史遗忘了。

张秀亚纵然早慧，毕竟人生体验有限，她说到那时写作背景：“我来到世界这大屋子的时间还太短。最初，一些光色与错综的形象对我都那么陌生、新鲜。对它们，我像扒着篱笆缝窥看人家园林的孩子，带着点惊讶的神气，用好奇的目光去看。”她看到的世界，“是一首富于光色和谐雅丽的诗歌”。《雨后》正是此时情绪的留痕。一旦接触社会本色，年少脆弱的作者惶恐起来，不敢正视了。她说：“在沉默里，我深思着，想象着，插了幻想的翅子，去寻觅一些园林，溪谷。到想象的深海，去打捞一些美丽的藻荇。在心理上，我完全成了一个遁世者。到梦的国度安排自己，泛溢在我们的生命边缘，是无边无际的‘白日梦’。”(《在大龙河畔》自序)

她评论巴金小说集《沉落》说：“作者并不像梦幻的诗人一样，闭起一只眼睛，自欺的用天上霞霓的颜色来涂饰这世界。”(《大众知识》一九三六年第三期)可能她联想到自身创作。一九三六年，十七岁的张秀亚出版了小说集《在大龙河畔》(台湾资料多误为一九三七年)，她的“自序”如此反思：“我觉察出自己以往的错误，我明白那隐士的态度是不合理的，我冲出锁闭的生活，企图硬朗的与现实生活正面接触。”或许张秀亚以小说创作纠正她诗歌情绪，其中《偎依》《风》《霾》皆有体现。翌年发表的连载长篇小说《蜕》(《文风》杂志一九三七年一卷一期)愈加证明了她的努力。作品似未完篇，我只读到它开头数千字的几个小节。单凭这开头已经显示她兑现了许过的承诺：“我睁开了眼，我看见我的邻人，我的朋友脸上，刻画着被损害的纹路，在我身边走过，枯干样削弱的躯体，拖着长长一条灰影。”平心而论，大陆时期的张秀亚尚缺拳头作品。如果得以完成《蜕》,大可期待它是部令人刮目相看的力作。抱憾的是,《蜕》仅存开头，后来的小说则未能“硬朗”得彻底。

刊在一九四〇年《辅仁文苑》第三辑的《梦之花》竟还是原先做过的“白日梦”，大学同窗薇和珊相伴来到“茵梦湖”似的南方所在，正是在这里，两人“心灵却走着相反的道路”。薇邂逅了年轻英俊的画家,随即堕入情海,置社会度外。而珊“怀抱了一付弦琴，弹奏着追慕光明的曲调，作了一个到处为家的流浪人”。她遇到老渔翁的小孙女，纯洁、娇憨的女孩荷姑。荷姑划了小船，不顾湖面杂草刺眼刺手，坚韧倔强地迎向岸边的珊。

……转瞬之间，那一只水上的小鸟儿（荷姑），随着一阵顺风，轻灵的，来到她（珊）的足边。

珊代她拿过了那支桨，用另一只手，握住了她带汗的小手，她（珊）这时，蓦然觉得，湖的碧色，延展成更广大的一片绿海，岸上的白屋，荫荫的葡萄藤……都渺小无迹了。全宇宙，只有这一片动荡的水，这一只绿色的小艇，这女孩子脸上的微笑，那像阳光一般，照映得湖水灿烂。

珊相信 :“我的心灵，寻求不到的，会在这不盈七尺长的小船上，那小姑娘的歌声中找得到。”她鼓动荷姑瞒了祖父，在月夜，和她一起出走，寻求不知在何处的理想。途中，荷姑说，星光洒在水面,像水莲花。“珊说,那不是水莲花,是梦之花——值得我们追寻的，灿烂的花。”珊从河里捞起一卷纸，是那年轻画家画的薇头像，薇头上插一朵红蔷薇，遗弃了，经河水浸渍，“如血如泪”。小说如其篇名，距现实生活很是遥远。读者似台下观众，透过纱幕观赏海市蜃楼，美丽而飘缈，作品的优美行文里掩不住思想苍白。那时张秀亚才二十一岁，由于她自囿“作家般”生活，便不能像二十多岁的庐隐、丁玲、萧红那般敢于直面惨淡社会，无论它如何残酷。莫不是沦陷的时局不容她继续努力？抑或主人公珊就是柔弱的作者自己，又回到反思前的原点。由《蜕》而《梦之花》，一边写乡村种田人，一边写城市知识青年；一种是质朴的写实，一种是华美的诗情。题材、手法、文字，迥然不同，不得不佩服张秀亚驾驭两副笔墨的本事。发表《梦之花》的《辅仁文苑》是办在日寇占领的北平，不久张秀亚离开故都到了西南大后方，这篇小说又署笔名陈蓝在重庆的《创作月刊》刊登了一次，作者偏爱之情可以想见。

北方沦陷区的文学创作不景气之际，张秀亚的《珂罗佐女神》，据称轰动一时。“当她的《珂罗佐女神》被读者发现时，立刻由每一个爱好文艺的人们中，一齐喊出了赞颂。她写的那么细腻,柔美,深刻,动人。立刻,她成了华北顶荣誉的作家。”（王蓝《沦陷七年来的北方文化》，刊《文化先锋》一九四四年三卷二十五期）张秀亚曾经是位小说家，有人称誉，“她是我国后起之秀的十几位作家中，一颗光芒万丈的巨星”，“具有丁玲的前进精神，而兼着冰心的美丽的技巧。换句话说，就是有着冰心、丁玲二人之长，而无丁玲、冰心二人之短”（林慰君《漫谈张秀亚及其他》刊《中国公论》杂志一九三九年一卷五期）。剔除此话的言过其实，张秀亚的引人瞩目当无可置疑。她从多位京派作家沈从文、凌叔华、萧乾处受益，那篇巴金小说的评论即颇具沈从文书评的笔致，说她是‘京派后起之秀”当顺理成章。

张秀亚能诗，亦能小说，终究是更能散文，成为散文大家的形象。前几年台湾出版了十五卷的《张秀亚全集》，未得一睹为快。想台岛搜集大陆资料不易，可能有所遗漏，不知这几篇作品是否都入编“全集”。

虞岫云亦曾激扬

说虞岫云是位诗人，当然是不错的，她留给文坛的唯一著作就是诗集《湖风》。并且整理好第二本诗稿，仍将由现代书局付梓。当时的杂志《现代文学评论》《马来亚》都发了消息，只是出版人因事才出版未果 。其实虞岫云也创作小说，当时报刊的《文讯》又报道过她将出版小说集的消息，只是如今知之者甚少。说虞岫云诗歌内容“忧郁”“颓丧”，也大体不差的。一个十八九岁未曾经历多少世事的女孩，患病离家，孤寂地寄居西子湖畔疗养,那种病中少女的“愁滋味”可想而知。鲁迅的《登龙属术拾遗》未予点名地讽刺某女诗人“啊呀呀,我悲哀呀！”,《鲁迅全集》注释则坐实指的是虞岫云，她便这样一度不很光彩地被定格于历史记忆。后人以为虞岫云仅此而已，有人说，“这样诉苦叹愁的一个小姐，正像《红楼梦》中的林黛玉似的”。今日再提及虞岫云若还以为仅此而已，那就不能不说有点冤屈她了。

出版于一九三零年的薄薄一册《湖风》并非虞岫云创作的全部，而单以《湖风》来论定这位女诗人，必定会以偏概全。她的若干集外诗歌，不是一味蹲在湖边自怜，也曾看湖外的世间辛酸、云际变幻。代跋的《后面要写的几句话》里她已自省：“近来我也很想写些有生气的东西，几月来鼓着勇气来写，结果总是失望的走入旧路，即使写成，也好似含着眼泪装着苦笑。”此话或许是诗人自谦，或许此时她暂未摆脱欲转变却尚不自如的窘况。很快她真正地激扬起来，《寒夜之声》大概可以验证：

◎虞岫云

凶暴无忌的北风，刮着那阴冷的雪花。紧逼着暗淡的路灯，抑塞着凄惨的长巷，满显了冬之夜底脸貌的狰狞！在这死沉的包围中，远处送来了苦力们叫喊的声音——庞大的车轮，转动着古和今的运命。银白的雪地，深刻着潮和汗的足印。高楼上拥着锦被的人憎恨他们这扰梦的呼声，长檐下吃饱了的狗也惊吠着他们的形影。努力呀！“杭！育！”莫顾风雪的猛烈，黑暗的欺凌。你且听！那无私的晨鸡正在高呼了：“是神圣者的脚啊！才能踏破社会的不平！”“是神圣者的血啊！才能放出世界的光明！”

这般高亢的诗情足以见出，人称“忧郁的女诗人”，诗风上也不尽是“我的悲哀呀”，确有过“金刚怒目”的一面，且不只是偶一为之。再录一首《过渡时代的牺牲》：

在黑夜沉沉的东海之滨，幽囚着无数被运命判决□的牺牲。几千年来宗法社会的枷锁，紧紧地束缚着可怜的她们；她们由凄惨的呼声渐渐地激成狂大的吼叫。这狂大的吼叫啊，曾震破了那壁‘礼教’的牢狱之门。这凄惨的呼声啊，曾惊醒了那般美梦正酣的人。虽然，这牢狱之门模糊不清，在星光下还显着黄金似的运命，但，已掩蔽不了那历久残杀的血腥。企望这罪恶的全部摧毁，只待东方再现着光明；可怜的她们啊，喊破了喉咙，爆裂了心胸，在这漫漫的长夜里，祗做了个过度时代的牺牲。

此外如《胜利》，如《一匹战马》，看题目便可想见绝非“啊呀呀，我的悲哀呀”一流。《赠SS女士》勉励友人：“努力！别走向那颓丧的路去！若不怕那荆棘刺出了血，也得能走到峻险高山之顶，奋勇，向前，尽你的力！”（诗中一节）即使悼念诗篇，写给徐志摩这样柔情似水的文人，全诗虽短短八行，竟同样显示出高亢昂扬气概：

原野布满了狂风，
狂风吹起了灰尘：
痛快的飞腾、喊叫与奔跑，
是这一个走掉了的诗人！

关外布满了马蹄，
马蹄踏断了草颈。
这时应当有千百万首诗，
我们在需要一个诗人！

比起同时期一些名家悼徐的诗篇，包括男性诗人的作品，虞岫云要胜几分豪气。无需再引，这类诗歌集中来阅读，还能说她只“诉苦叹愁”么？你可以苛求她空乏、浅薄，然而不应否认一个青年的正直、善良，真诚向往人间的善与美。她摊上了富商巨贾的祖父，哪里算她的错。身居豪宅而不耽声色犬马，怀一颗文艺之心，吟咏真善美，倒正是她的可取处。

至于《湖风》里的忧郁，曾遭人“失恋”的猜测，女诗人则明确否认。她的解释是，那些颓丧作品，“都是为了我那最爱我的祖母逝世而写成的”。后人有说忧郁正是她湖畔养病所致，这真是不易排除的原因。但我想，一个更重要的潜因素可能是，她的一位高小同窗，本身体强健，不料患伤寒症骤然病故。虞岫云作《哭张君芝芬文》说：“一时思想便转入悲观，觉得人生实在空虚。芝芬啊，你落得如此结果，真足以令我怀疑人生、诅咒人生不置！”那时虞岫云刚是六年级小学生。这大概是她首次经历人生无常，精神戕害厉害。所以，不该笑她“为赋新词强说愁”的，作为文艺青年，忧郁确系情感流露，她无非夸饰了杯水风波，毕竟不是完全无波。

虞岫云好像也填过旧体词，至少有过一首《浣溪沙》，惜未得寓目。她早慧，文采竞秀的《哭张君芝芬文》出自十三四岁女孩，实在难得。早慧的女孩不少，成大器的不多。日后虞岫云人生毕竟超越不过豪宅深院，纵然不乏现代都市的社会活动，但来去车马，结交不外豪绅富贵。她的生活体验仍极为有限，贫乏生活尚能支持写些短诗，对于需要较多生活积累的小说体裁，捉襟见肘是难免的了。虞岫云短篇小说，较之她的诗歌，内容反而格外“忧郁”，不出乎思亲、失恋的伤感。艺术上，她大概不大分得清散文和小说的区别，两者不是一种体裁。有些散文，所写不是她的经历，虽然那份情感是她的。有些标作小说的作品，其实只能算是散文，笔墨仍重在直接抒发情感，感受未必不真切，但无力摄取生活场景或细节以支持。小说不可少的描景状物，又缺乏独特的观察、体验，仿佛他人不成功的小说的摹写，未脱学生腔。当然小说不妨散文化，虞岫云远没有达到这个境界。说句刻薄话，不知虞岫云小说也罢。

虞岫云与曾今可过从匪浅，许多作品在曾的刊物上发表，曾也卖力为之宣传。虞岫云订婚之际，曾今可赋词《好事近》公开披载："喜讯到寒窗，闻到佳期将近；美满姻缘如此，应是前世料定！春深似海百花开，鸳鸯约同命；花好月圆人同寿，长看双双影。"词写得不为高明，不过泛泛酬作，殷勤有过。除显露他们的亲近，读者并无所得。虞岫云夫君陈宪谟系财会专家，但积极投身早期话剧运动，与虞岫云同台演出过《威尼斯商人》，不知是否由此结下了良缘。似乎婚后女诗人诗性尽失，她终究是文坛一个匆匆过客。到一九八〇年春虞岫云题签《湖风》送人，敝帚自珍亦人之常情。总体而言，虞岫云的创作实绩不及其一度享有的声誉。声誉之隆显然和曾今可大力鼓吹相关。遭遇鲁迅顺带讥讽，也属事出有因。鲁迅厌恶曾今可，曾、虞近乎，难说不正是这点引发鲁迅不快，女诗人做了城门下的池鱼。传闻一九三四年虞岫云与鲁迅都出席了赵景深设中华饭店的婚礼，给两人一晤印象；还说与席的有沈从文等。此传闻似不大靠谱。那天《鲁迅日记》有记："李小峰之妹希同与赵景深结婚，因往贺，留晚饭，同席七人。"年份在一九三〇年；谓留饭，看来不像在饭店；沈从文与鲁迅早有嫌隙，更不可能安排他们同席；虞岫云躬逢的可能也很小。

意会错了的“无灯无月”

——闲说周鍊霞

研究中国现代文学史料卓有贡献的陈子善先生辑录过一册《遗珠》，系钩沉民国海上著名女画家周鍊霞的白话文学创作，所辑尽管仅寥寥数篇，却好像有一网打尽周氏佚文的意思。若真要网里尾尾不漏，则谈何容易。我手边的《错》即漏网之一尾，很短，抄一下吧：

陈蝶衣先生要我助编本栏时，刚正我牙齿痛得很厉害，所以只把稿子交给陈主编，没有自己去看样；及至出版了，翻开一看，不禁大叫起来，为什么张大千名字上，多排“已故”两字呢？立刻跳起来打电话去问，才知排印处把张大千的画，和善孖的画调错了。他俩虽是兄弟，但这样阳差阴错，错得太远了，实在荒乎其唐！现在特为更正，并向大千先生敬致十万分歉意！

要说补遗了《错》有怎样的意义就太夸饰了。然而它于史料专家如子善先生，多少透露一点周錬霞的人际信息；于读者如我辈,看作者把常用词刻意翻新为“阳差阴错”“荒乎其唐”“敬致十万分歉意”，捉摸作者行文的个性及其写作心态，多少能会心一笑。

《遗珠》遗漏的另一篇《关于“无灯无月”》，文章涉及周錬霞最为时人称许的旧体词作《庆清平·寒夜》，这未免有点儿可惜。《寒夜》词全文是：

几度声低语软，道是寒轻夜犹浅。早些归去早些眠，梦里和君相见。

叮咛后约毋忘，星眸滟滟生光。但使两心相照，无灯无月何妨。

单看字面上的遣词，和它散溢的温婉氛围，叫人不难想到“花间”词，想到李后主、柳三变、吴梦窗。《寒夜》所以传诵一时，大概与看似缱绻缠绵的意蕴不无关系，然而比照作者创作的题旨却南辕北辙。误解多了，作者不得不作《关于“无灯无月”》出来澄清：“当时上海正在沦陷时期，夜间灯火管制，家中闲坐，觉此时此地，暴富新贵，触目皆是，其果能免于昙花一现乎？必须心地光明，则一旦战事胜利，国土重光，其欣慰为何如！穷与苦复何足道哉！因当时文网森严，未许作露骨之辞，爰掇成小词，鼓励身心清白之士，坚其信心……或指为香艳大胆，并以‘易求无价宝，难得有情郎’，及‘月上柳梢头，人约黄昏后’，拟为鼎足而三，是以儿女之私衡之，未免曲解。”不过，作者一味地责怪读者“曲解”，怕有失公道。读者不明背景，阅读指向缺乏提示，意会发生偏差乃属事出有因。作者是否自忖过，为避“露骨”而近乎隐晦？假如题目“寒夜”易作“夜禁”，也算给了读者些微暗示。“风云”题材写得太过委婉恐不很相宜。周鍊霞有同类题材的七绝《过旧居有感归写海棠双燕即题》：“山河仍在事全非，惆怅东风燕子飞。回首已无王谢第，海棠花外又斜晖。”还有七律《题江山无尽图》，它最后两句是：“不尽江山寥落感，还凭彩笔补金瓯。”两首都同样发表于沦陷地，同样容不得她“露骨”，可是，民族情感虽含蓄而不掩显豁。再说开去，误解作品的“风云”宏旨，误作“风月”妙词欣赏，倒也无所不可。有一说法：“作者未必然，读者何必不然。”欣赏诗词可以这般通达，且不乏先例。唐诗名句“莫待无花空折枝”，作者原本也不含后来被广为引用的警世意思。

周鍊霞的文学创作，白话的小说、散文都平平，不足与她的旧体诗词比肩。几年前移居美国的徐昭南、徐昱中姐弟编印了纪念母亲的《女画家周鍊霞》，近八开的铜版纸，胶布硬封，书名烫金，很是精美。并不相识的徐昱中先生，因我选编《太太集》收录他母亲小说两篇，特越洋飞赠一册。书名突出“女画家”，书中画品仅选载七幅，而录旧体诗词多至三百余首。粗粗读过，其词似胜于诗，而诗几乎皆七言，或绝或律，或长排，五言的只有一首《丹翁生日贻画为寿并缀小诗》。

冒鹤亭为周錬霞《螺川韵语》写序说："自来作者多愁苦之言，以其易工，其实际有不尽然者，等于无病而呻，以求动人之听已耳。螺川词一破陈规，务为欢娱，以难好者见好，而有时流于骀荡。"愁苦而工又非无端呻吟，女词人沈祖棻即是。盖两人命运差异较大，相对来说，直到"文革"浩劫前，周较之沈，人生是略微平顺一二的。因此周錬霞即使写愁苦，如那首《清平乐》："空阶雨碎，作弄凄凉味。云幕沉沉天也睡。吹落梦中丝泪。潇潇一夜添寒，新愁齐到人间。欲倩胆瓶梅萼，先传春讯江南。"纵然里面有"愁"有"泪"有"凄凉"，但"春讯"在望，所谓愁苦，浅池微皱，太太的闲愁而已。

周錬霞更多的是怡情笔墨，为民国时期女词家笔下少见。《苏幕遮·红豆》算典型的一首："樱颗妍，花瓣美，绝似珍珠米。采向枝头红又紫，付与多情，付与多情你。配胸针，镶约指，南国佳人，南国佳人喜。便到成灰心不死，日日相思，日日相思子。"此类作品在她好像更加得心应手，尤以遣造复叠词句出采。"人醉花扶，花醉人扶""红妆惯作翩翩，英姿翻效娟娟。拼取吟魂销尽，恣情恣意相怜"均把寻常意思写得不太寻常。今人填作旧词，不易摆脱古人已然的用字、设境的思路，周錬霞则不染陈词俗调，每每自出机杼，一片清新气息。

《女画家周錬霞》里三百余首作品并非她诗词的全部，翻阅民国旧报刊，不时会碰到"忏红轩近诗""忏红轩近作"，未见载此书的何止十首八首。印在书里的一幅画作《麻姑上寿》，画上的题诗："麻姑三见海成田，灿灿祥光映日鲜。桃熟千春无量寿,殷勤献与地□仙。"不明何故,并没排印于正文。书前的《周鍊霞小传》引到的两首《卜算子》也未见诸正文。还有本文前述的七律和七绝,均失录。有的作品遗漏了殊为欠当,如《轧米》:

其一
重愁压损作诗肩,
陋巷老贫又一年。
相约前街平籴去,
米囊还倩枕衣兼。
其二
梦里曾留云鬓香,
缕金丝绣紫鸳鸯。
从知煮字饥难疗,
不作诗囊作米囊。

两诗记录国难中作者沦于三餐之困的窘境,恰与冒鹤亭批评的"无病而呻"相反,是有病无呻,平实,动人,是周鍊霞诗词里的难得的一类,创作中不宜忽略的组成。

听说已有人搜集了周鍊霞全部诗词付印,不知有无注释,像"无灯无月"就得说明其本事,不然,读者将永远北辙下去。有学者主张当代作家的文言创作应该进入新文学史家的视野,那么周鍊霞大可上文学史册的,至少她别具一格的词风值得好好探讨。

如今才女的花环亦如"美女"廉价(见谁谁是美女),周鍊霞能书能画（现今画家题款那字多不敢恭维），能诗能词，且能创作白话小说、散文（传说还烧得一手好菜），称得上全才，再怎样去苛求，她也无愧才女中的才女。才女往往貌不俊美为人间恨事，周鍊霞有才有貌，郑逸梅夸赞她："如流风回雪，在女画家中是最具仪容的。她本身就是一幅仕女画。"《女画家周鍊霞》刊七十多岁时画家留影两帧，果然此言不虚！貌美者多敌不过岁月磨蚀，渐老渐衰，至多到半老徐娘，稍存些许风韵。周鍊霞竟驻颜有术，端丽永葆耄耋之年，委实是人生晚境一道奇观。

作家冯铿

著名的左联五烈士，大家对于女作家冯铿仅闻其壮烈捐躯，而知其文学创作者甚少。把冯铿和柔石联系在一起人们习以为常了，他俩都属左联成员，同时同地被捕、牺牲，还有过恋情。然而，就冯铿的左联经历而论，其实是短暂的；与柔石的恋情，同样短暂，都只一年左右。冯铿这永垂史册的笔名，也只用了短短一年，当年读者更为熟悉的还是她的本名冯岭梅——长兄替她取自古人诗句"十月先开岭上梅"。一九八六年书目文献出版社出版张靖、王燕芝两人编的《晨光》，此书系柔石、冯铿遗稿合集，均据鲁迅博物馆收藏的手稿整理，弥足珍贵，但一般读者不大阅读它。

冯铿父亲冯孝庚吟诗填词，名闻乡里；长兄冯印月与人结诗社，论诗颇多识见；二兄冯瘦菊乃郁达夫诗友，主编过刊物。

冯氏父子类同苏洵、苏轼、苏辙，乡人誉为“汕头三苏”。外加姐姐冯素秋亦有文名，著诗词《秋声》一集，可惜未待付梓即毁于战火。冯铿自幼熏陶于如此墨香的家庭环境，纵然只有二十四春秋短短人生，竟已经走过不算太短的六年创作道路，留下相当数量的作品。她创作伊始，诗歌、小说一并起步，大多发表在家乡潮州的《岭东民国日报》副刊，署冯岭梅名。地方小报偏于一隅，外地读者难得一睹。很叫人担心，她这些作品可能招致湮没的厄运。

幸好人生的最后两三年她到了上海，此段时期作品得留存于都市杂志，其中几首诗歌是她百余首诗歌的一点雪泥鸿爪。此逡录《春宵》(《白露》一九二八年第一期)：

谨记着那样的一个春宵！
这春宵呵，使我毕世难忘！
是华灯初上的聚餐会里，
无端竟惹上如此的癫狂！

女伴的彩衣还混着脂香，
男宾的华发亦亮得可怜。
年轻的朋友啊，谁不沉醉——
这酒波荡漾着的浅笑和剧谈间？

静寂的心扉怎捱上你的频频敲叩？
可怜我近来只有凄损。

笑声中真懒得举起双眸，
恣情的只有手里的香醇。

真不能忘啊，是那一瞬——
凄怨的眼光两相遭逢。
多情的主妇以为我们还是陌生，
她说，你们很可以做一对好朋。

心上的你，怎会也在这儿，
无言里只有两瞳在传达幽衷。
你清癯的白袷少年啊，
好似白莲开在浓艳满园的池中。

真是五百年前的旧债么？
为甚从此便洗也不能把你忘清？
你幽恨绵绵的眼波向我一瞥，
叫我再装做实已不能！

谨记着那样的一个春宵，
这春宵呵，无端惹起我的泪零！
今夜的雨声淅淅在耳，
何时才了呀，这相思之情。

如此浓烈的相思之情，出自烈士手笔，不大容易想到的吧。

同时的《这帘纤雨儿》《高举杯儿》都是类似的情爱作品，也都写在她加入共产党之前不久。不能说她入党前的诗作全属此类题材此种情调，那缠绵之声的数量大概不会少的。百首系列小诗《深意》，其“深”怕不在思想不在革命方面，虽然她已经是很进步的青年了。但进步青年也在热恋，对象是许峨，一个同样倾向革命的文学青年。

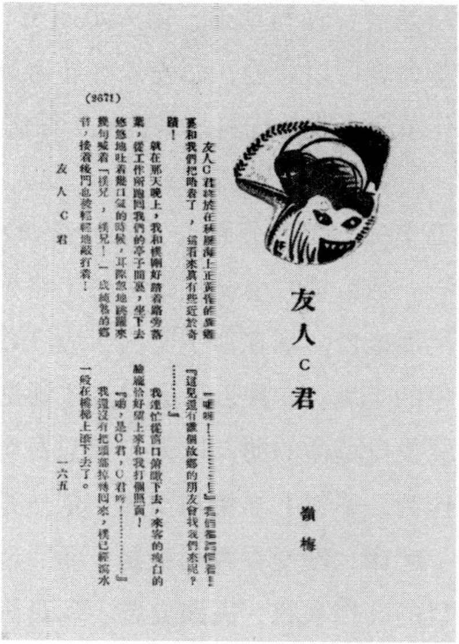
友人C君

嶺梅

友人C君終於在秋歷海上正黃作的旗幟裏和我們把晤着了，看看來真有些近於奇蹟！

就在那天晚上，我和模剛好踏着路旁落葉，從工作所跑回我們的亭子間裏，坐下去悠悠地吐着幾口氣的時候，耳際忽地跳躍來幾句喊着「模兄，模兄！」一段純熟的鄉音，接着樓門也被輕輕地敲打着！

一味呀！……」我們都詫怔着！

「這兒還有誰個故鄉的朋友會找我們來呢？……」

我連忙從窗口俯瞰下去，來客的瘦白的臉龐恰好望上來和我打個照面！

「啊，是C君，C君呀！……」

我還沒有把頭部掉轉回來，模已經滴水一般在樓梯上滾下去了。

友人C君　一六五　(2671)

◎冯铿（嶺梅）《友人C君》原刊

或许冯铿有意以不同体裁形式表现不同倾向的内容，诗歌着重抒写个人情感，小说则揭示动荡现实。《遇合》(《北新》半月刊一九二九年三卷二十、二十一期合刊）写了三个革命青年的握别。四川籍的“他”为了革命事业与相爱的姑娘黄忍痛分手,来到岭南又结识另一个姑娘“我”。共同志向中引发了“我”的爱意,“他”再一次为革命舍爱出走。翌年“他”流浪到上海，不意“我”与黄成为志向一致的大学同窗，三人此时重逢,“我”与黄面对昔日爱人彼此想让:“爱不是独占的”。情节不了了之:“我们三个人能永久维系这样的关系下去么？。”不能说《遇合》是成功之作，刻意编织故事的痕迹明显，人物也是概念化的。

写爱情旨在写革命，落入那时流行的革命加恋爱窠臼。本来，革命者可以恋爱，恋爱未必妨碍革命，以两者对立，或拿恋爱作革命小说的佐料，这就流于诟病了。

冯铿最后发表的小说《友人 C 君》(《北新》半月刊四卷二十一、二期分载)，仍署名冯岭梅，可谓是她创作成熟的碑石。她略早的小说,《最后的出路》《重新起来》, 均拘泥于故事，笔墨拖沓。现在似乎明白了应该着力人物性格的刻画、人物形象的丰满。C 君于家道中落才洞见社会腐败，神往着革命。已经投身革命的朋友以为 C 君只身奔赴风暴中心的上海将有一番作为，不料 C 君懒散至极，依然是过去公子哥儿做派。睡到近午起床，慢慢吞吞喝牛奶，而后请朋友陪逛百货公司，琳琅满目的高档衣料、高跟皮鞋、玩具汽车令人目不暇接。因囊中羞涩，不禁诅咒："让炸弹来把这些炸成粉碎！只有他们能够享用吗？"于是"恨恨地，同时又是恋恋地，和我走出这大公司的铁门"。十多天里，革命云云置之度外了，纵然还是牢骚满腹，抱怨二房东可恶，遗憾出门没有汽车。说到喝酒，"他有点兴奋起来的样子，赶着洗脸和穿起衣服来"。小说到此戛然而止。C 君是个还没有穷到底的零余者，描绘 C 君，或许是作者对革命队伍成员的自省。小说情节以朋友"我"的期望到失望为线索，渐次呈现一幅幅素描，技巧娴熟。冯铿若不是过早夭折的话，她的创作有望展现新的创作景象。

关于冯铿，创作之外我们知道的实在太少。鲁迅写过：

我对于她终于很隔膜，我疑心她有点罗曼蒂克，急于事功；

我又疑心柔石的近来要做大部的小说，是发源于她的主张的。但我又疑心我自己，也许是柔石先前的斩钉截铁的回答，正中了我那其实是偷懒的主张的伤疤，所以不自觉地迁怒到她身上去了。——我其实也并不比我所怕见的神经过敏而自尊的文学青年高明。

她的体质是弱的，也并不美丽。

悼念死者，而且是鲁迅所认定的中国的普罗米修斯，竟然带出这么一段文字，冯铿给他的印象差得可以，尽管他对自己的印象缺乏信心。鲁迅把冯铿归为“神经过敏而自尊”的一群，显然不喜欢她近乎“创造社”才子们的那种气质。

除了鲁迅这几句，那时很难再读到关于冯铿的文字。她牺牲一年后，作家马宁写了五六千言的《冯铿活着的时候》，但无处能够刊登这样公然违禁的文章。直到时局发生巨大变化、国共再度合作的一九三七年，文章才得以发表在《艺文线》创刊号。马宁笔下的冯铿可爱多了，她的热情、率直，跃然纸上。马宁单身闯上海，租赁住处因“非眷勿问”碰壁。冯铿冲口而出：“我同你一道去租就可以租成了。”“借你做一回（假）妻子有什么相干。”那时她还正和在柔石前面的爱人许峨同居。她这般仗义，马宁心存感激；这般爽朗，又觉得她可爱，虽然她批评他的粗鲁行为是“流氓意识”，虽然她似鲁迅说的“并不美丽”。马宁的文章为后世留下冯铿的生动素描，关于冯铿的文字十分稀少，就不必苛求马宁的笔墨尚不够深入、深刻。

聊以悼念梅娘

尚健在的民国女作家屈指可数了，近日又走了一位九二高龄的梅娘。以前我在《北平沦陷时活跃过一个雷妍》里开头说到："学人中长期流传着'南玲北梅'的说法，尽管止庵先生曾经有文章质疑，但这个说法怕是不易消除了，大家依旧视梅娘为北平沦陷区女作家的代表，以至有人不知，那时的北平除梅娘外还有别的女作家哩。"果然言中，媒体关于梅娘谢世的报道，再次冠以醒目的"南玲北梅"，似乎不如此不足以显示她的才情、成就。不意我的话引起他人误会，以为我也认同玲、梅曾经并举的传言。其实我只是想说，人云亦云的顽固，纠误多么不容易——看来词不达意。

梅娘生平的讹传何止"南玲北梅"，而梅娘的文学史地位又何须借重张爱玲。与其借重她人，不如切实了解作家的本人业绩。此刻我想到，读者熟悉梅娘往往在她的小说、散文，却不太了解她还是文学翻译家。梅娘勤奋创作同时，已有相当数量的翻译成果。她通晓日文，自然译著多取自日本作品，我见着的，便有连载的石川达三著《母系家族》，选译的细川武子作品若干，《翌年之春》《女人》《千人针》皆是。她还译有小滨千代子著短篇小说《桂花》。我未得寓目的则有久米正雄著《白兰之歌》。这些译作，或整本，或散章，数量不算少，未可忽略。她偶有翻译非日籍作家作品，如H·海塞的作品。虽然没有翻译拜伦，却撰有介绍拜伦一生的文章。

其中略显特别的是《桂花》，原著乃当时正旅居华北的日本女作家作品，故事背景有涉中日战事。青梅竹马的表兄妹修二、阿佐，兄暗恋妹，但眼睁睁看着阿佐心甘情愿地嫁给年长许多且再婚的名画家村山。家中有意为修二选配阿佐妹妹奈绪。修二走了，往中国大陆服役军中。五年后从华北退役回国的修二邂逅姐妹俩，阿佐已孀居在家，依旧楚楚动人，似意属表兄；奈绪也依旧孩子似的天真、聪明，添上一点时代色彩。修二惊异妹妹的美丽，尤感动于姐姐的“日本女性的韧力”。然而可能“有一天他会接一位她们姐妹以外的女人来作自己的妻”，“那一夜，修二的桌上，久违了的日记本的白色的页上，滑上了飒爽的墨水的踪迹。桂花下，栖于丧的寡妇孕育着遗儿。有孕的寡妇笼在桂花的香味里”。小说不乏川端康成作品的意蕴，梅娘在作者介绍里赞赏小滨千代子“特殊风格，是有着纤细的观察力，她的文学视野，仿佛在尽可能地深深地发掘着日本人的生活”。梅娘的译笔同样清秀，不染常见的洋调调儿。

更为特别的是,梅娘为日本小说《白兰之歌》写过下面的话:

战争的开始可以说由于政治,但也可以说是由于文化。就如同现在流行的德谟克拉西主义、法西斯主义,以及马克思主义等底存在的价值,说它们是寓于文化也可,说它们是寓于政治也可。所以战争也可以说正是政治与文化的演进。固然也有的时候,政治是完全属于文化的一部分的。

在这种演进中,政治与文化的本身,自然就免不了有生发与扬弃,在它生发与扬弃的过程中,我们想要抓住它,认识它的真正的价值,那就只有看一看它的存在有没有恒久性,所说的恒久性,就是说它是不是能恒久地属于大众。

文化一部门的文学,对于这种生发与扬弃的作用,犹(尤)其是有着助长与抑制的能力的。

从事文学的人,也可以说是文化人,在文化人属于为政者时,与属于大众者时,对于那助长与抑制,其间所产生的效果,是有着绝大的不同的。

译了久米正雄先生的《白兰之歌》,我痛感到这一点。

这段文字见之《献》,写在一九三九年十月一日,刊于《华文大阪每日》。《献》全篇不满千字,此引占了大半。所言关键处语焉不详,本该作具体一点的阐释。大概话不很好说,不论从敌从我,两方面都不好说。中日战争之际,身处日寇铁蹄下,中国文人能这般触及敏感话题,极其罕见。梅娘与日本的复杂关系,是其人生灾难一个重要原因,也是学界至今不甚了然的题目。

“文革”后梅娘重返文坛又译过一册日本人关于赵树理的专著，我曾获老人题赠这本译著，书不在手头，记不得是谁的原著。以梅娘作家形象，读者很难想象她和“山药蛋”派的“老赵”（梅娘这么称呼赵树理）的联系，这是另外的话题，且打住。

我还有幸得老人的著述《梅娘近作及书简》《邂逅》。寄赠《邂逅》时老人嘱咐写点什么，我竟一直未敢妄言，现今悔之晚矣。噩耗传来，姑且以此“札记”移来悼念，祈祷老人安息。

杂文家姚颖的性别

现代文坛上，多的是女小说家，是女诗人，写过散文的女性作家就更多，专写散文而成家的就不多了，散文中专攻杂文，或以杂文家驰名的女性愈加难数出几位了。二十年代的景宋（许广平）勉强算一个，实影响有限。当下专栏作家毛尖女士，创作杂感数量可观，文字尤为灵动。然而毛尖又有影视评论，影响不让杂感，分去了一半成绩。真正专以杂文蜚声的百年来或许只有姚颖了，二十世纪三十年代她在《论语》半月刊开《京话》专栏，颇受称道："写各地通讯文章，运笔犀利，刻画入微，而讽刺酸刻者，除姚颖外，无与伦比，是为林语堂叹为唯一的杰出人才。"（见一庵《读论语忆姚颖》）深谙时事题材来稿难的编辑谢兴尧，深感这些作者才、学、识的三不足，渴望眼光敏锐、思想精密、文笔轻巧的稿件却不多得，他叹道："以前《宇宙风》

上的京话（按，‘京话’实刊《论语》杂志），已经有那么点意思，竟已脍炙人口，盖亦佩其着笔之难也。”（谢兴尧：《〈逸经〉与〈古今〉》）

然而，姚颖，她的女性身份当时便遭人怀疑，因为她的文风太不“女性”，以后似成一公案。早年编辑《论语》的章克标晚年出书言道：“姚颖女士的玉照，赫然在列，而且风姿不凡，相当漂亮。但也有人说，这些文章是出于国民党的一个中委王漱芳之手，相片和女人的名字不过是烟幕。”（见章的《文苑草木》）姚颖杂文《京话》是刊在《论语》上的专栏，当事人如此模棱两可的说法，且他的可信和影响都不小的。二〇〇〇年，上海书店出版社出版大型的《民国史料笔记丛刊》，含姚颖《京话》一种，其“出版说明”即断言，“署名姚颖，实为王漱芳著”。去年及前年，《深圳特区报》《新文学史料》都还见到议论姚颖性别的文字。某博士的标题即《姚颖的身份之谜》。另一位学者以女性作者不擅议论为据，“对姚颖性别的疑惑还在于《京话》的议论和取材”（《姚颖与〈京话〉》），她所谈论多关乎政治时事。

十多年前我写过一篇《论语派女杂文家姚颖》，原是作她女性看的，略有辨析。但收入我的文章集子时，虽再补充辨析为女性，但为谨慎起见，还是在“女”字上加了个引号。知晓姚颖的读者不多，以文风揣测性别，固然无妨，然以此推定男女则不大可靠了，且可能无事生非。男性作者未必不会有女性化笔墨，无需举例。至于姚颖的文字固然脱尽脂粉气，若认真咀嚼，女性语言印痕还是时有流露的，她的《京话》自序，头一、二段很不男性。认真探究的学者，包括前述“博士”和“学者”，多信谢兴尧之说，姚氏仍系女性。

近从故纸得到一则新的佐证，即《京话》未载的《怎样做一个新主妇》，刊二十世纪三十年代《广播周报》，并配女士半身头肖像，与《论语》上那张亭亭玉立的全身照不同，而绰约风姿如一。此文是姚颖在电台的讲稿。在电台出声，那音色的性别不难听出来的，而淑女头像更不至于乱配在男主讲人身上吧。姚颖谈的是新式女性的规范，“精神革命化”“生活平民化”“工作劳动化”“思想科学化”，许多建议，今天看来仍不失针砭意义。

大体说来，姚颖算是现代文坛的匆匆过客了，但也并非如有的学者所说的：“迅即从文坛上消失——《京话》以后，姚颖似乎再无所作了。”（《姚颖与〈京话〉》）《京话》出版于一九三六年九月，此后谈不上完全销声匿迹，《谈风》《西风》《宇宙风》《永安月刊》诸多杂志仍有它余绪，仅我所寓目者约十来篇。四十年代偶尔还能见到她作品，《西风副刊》第四十期登的《爪哇的玛琅：南洋印象》是篇游记。不过，自然景观的笔墨远不及社会景象，她透过这个繁华的“小日内瓦”表面，显示它的贫困、愚昧、凶杀。她讥刺：“没有贫民窟里的一群，哪能烘托得出绅士的神圣，淑女的娇妍呢！”杂文家的游记到底有别一般作者。

同为游记的《小武当忆游》（刊《旅行杂志》），署名姚颖，可是行文有一句“邀了两位河北老乡”，由此不敢轻信它为姚氏作品，姚乃江苏武进人氏也。

姚颖好像已经被历史淘汰，若按以稀为贵的常理，姚颖可谓无可替代的一位女性作家，文学史家们实在不该忘却她的。

曹诚英曾经是位诗人

这二三十年来，胡适的名声由舆论的平反昭雪到百般美誉，如今差不多和鲁迅平起平坐了，由此曹诚英也随之渐渐为人所知。不过，知道的大抵是她与胡适的恋情故事，凄美得很。只少数读者还能知道，她还是颇有建树的农学家，在棉花、马铃薯改良上很有成绩。

更少的人知道，曹诚英又曾经是位诗人。年轻时她负笈杭州女子师范学校，因汪静之关系，和“湖畔诗人”们多有往来，也和女作家吴曙天过从不浅。她恋上胡适，应该追溯内中的文学青年气质。那年秋天她随胡适往海宁观赏钱塘大潮，同行有徐志摩、朱经农、陶行知、汪精卫一群——此行的汪精卫，身份是文人盖过政治家吧。曹诚英披露的照片不多，这次江边众人合影，保存于徐志摩的《一本没有颜色的书》，亦是幸事。

西子湖畔那段“烟霞洞”恋情左右了曹诚英一生的情感。古云:“情动于中而形于言，言之不足，故嗟叹之，嗟叹之不足，故歌之……”具文学禀赋的曹诚英自然要凭借文字宣泄郁闷，写下若干旧体诗词,以词居多,如写于一九〇零年的《满庭芳·念西湖游伴》:

湖畔闲行，湖堤携手，湖中划艇先争，歌声相应，惊起鹭鸥鸣。饮罢枕岩卧，分餐后，慵倚危亭。联诗句，称雄抢韵，个个要争赢。

韶华飞似电,良辰美景,过眼流萤。念当年欢笑,踪迹难凭。落得销魂回忆，无人处，独自思寻。朱颜改，衣宽带剩，谁解此凄情。

题目说思念的是游伴，怕也渗透着念恋人的思绪，不然，最后三句,凄苦到面容、身材都改了形制,就不免言过其实。曹、胡的热恋情状、失恋痛苦，虽在胡适诗歌、日记及徐志摩书信等略有披露，但终究系当事人的隐情，或友人出自为贤者讳的传统，均影影绰绰。唯曹诚英这些诗词，具体、真切地表达了她不堪往事的悲怆情愫。

曹诚英去美国深造过一回,暂时埋却了伤痛。一组七绝《留美杂吟》，难得地摄入佛罗里达州乡间的平和景象：

小溪茅舍玉琅扞(玕),牛背儿童笑语欢。无那又添家国恨，眼前风景似江南。

较之她其他诗词，这一首跳脱苦风凄雨，存着几分清新气息。只是身在异域，邻国又觊觎国内东三省，这清新不得不打了折扣。

时至抗战爆发，国难当头，加之患病，加之恋人音信渺茫，曹诚英情绪十分低落，更加借诗词遣怀。一九四三年九月七日至十三日，几乎日日有作，有时一日两三首。看九月八日一首《唐多令》：

旧病缠绵，无人解慰怜。卧危楼独望云天：多少当年游息地，都一一走心田。

景色想依然，新添血染溅。问而今，谁领霞烟？冷落长堤应只是：疏柳外，剩鸣蝉。

曹诚英由师范出身，后来改业农学，她在《南歌子》里道及为何学农：

富贵非吾愿，功名岂敢求？学农原为遣游，岂料生之鞭策强人留。何日归田也，方将笔砚投？竹篱茅舍自区（按，疑为风）流，一任王侯下马不回头。

她学农不为富贵和功名自然属于实情，但胡适先前便是学农的，难道只是巧合？如果度其心存继续恋人未竟的学业，怕并非毫无根由的猜想。投诸笔砚的向往，也暗合了所恋者先农后文的人生轨迹，稍许不同的在，胡适求兼济天下，她退守独善其身。“一任王侯下马不回头”，掷地有声，见出她的刚烈。与此相通的还有一首七绝《郑板桥》：

诗竹词书尽可怜，生迟恨没见先贤。神投总为纯真性，心折由同骨骼坚。

曹诚英也有自况自怜之外的作品，一曲国际题材的《水龙吟·意大利投降》尤为别致：

真无条件投降，权威雄霸今何在？问他昨日，独裁专政，黑杉樑彩。墨索里尼，料应深悔，不当初戒：把人民奴役，南征北战，除别国，称私快。

纳粹作何观概？更东条土肥原派，毁人国境，贼残文化，无情惨杀。殷鉴非遥，回头是岸，何如兼爱？纵百年何益，为儿孙积深仇债。

表达略微直白了一点，自不及她其余作品动人，但她未敢忘却天下的情怀让人不能无动于衷。此时曹诚英以遗传学专家长项写过文章《根据遗传原理论女子与民族复兴》《改良国民品质之建议》，该算是她为抗战做出的贡献。

曹诚英诗词冠以总题目《归依集》，集中发表在重庆《妇女月刊》上，署名为曹珮声、珮声，今人文章用曹佩声，“佩”字或误。偶尔在别处刊登她的诗词，具本名曹诚英，可能不是自己投去，送稿友人所代署吧，《满庭芳·念西湖游伴》即是。《归依集》里有《好事近·归依》一首，显然总题出于此：

随喜说归依，试问此心归未？烦恼无边难断，负千般宏誓，众生冤苦不如侬。佛不为儿洗，你教众生谁度？我如何忘己？

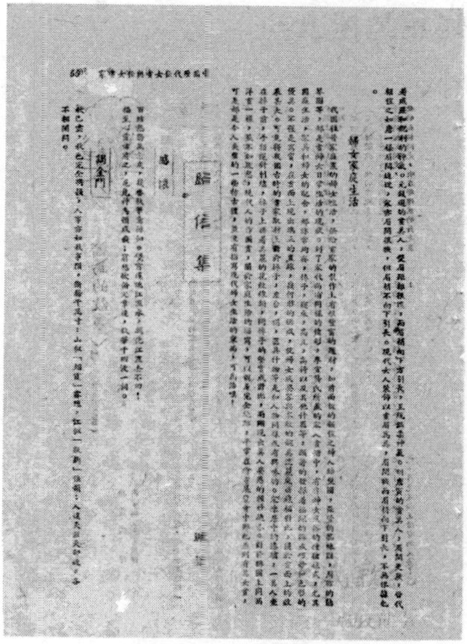
婦女家庭生活

歸依集

◎曹诚英（珮声）《归依集》原刊

曹诚英一度欲遁入佛门，总题称“归依”，其实竟归依不得。真的归了佛门，则没有了这许多公之于世的凄婉文字，即使此前有过。她的诗词绝大多数自况自怜，虽说爱好文学，却不怀作家梦想，所以没有结集出版。据汪静之言，曹诚英临终托付他一包材料，尽是她的日记、书信，嘱死后代为焚毁，想来其中也该有若干诗稿。物随人去，走得那么干净，可惜，可惜。

何止是佳人

——读王映霞七绝诗

现今似乎是追捧才女、名媛、佳人的时代，每天不难撞见关于她们的八卦。有许多这样的女性本当引以为幸，然而，假如见女而不见才，一味地津津乐道其绯闻，难免误导涉世未深的年轻人，那就庆幸不起来了。

我由此想到了王映霞，网上多有她的玉照，冠之“杭州第一美人”。王映霞与郁达夫的婚恋曲折，当年说得纷纷扬扬。这些年来再度旧话重提，且延及姓许姓戴的，絮叨不已。王与郁的情史仅是她漫长人生的一段、一个侧面，以此定格人物，王映霞实在很委屈的。之所以生出这点感慨，因为近日从民国旧报刊读到王映霞一组七绝《忆浙江金耐先女士》。郁达夫与鲁迅、田汉他们三位，在新文学作家中皆乃有口皆碑的旧体诗高手。王映霞在高手身边耳濡目染了几年，近赤近墨的缘故吧，她亦吟咏自遣。或者话应该倒过来说，王映霞原出身名校杭州师范，又是班上高材，本来具赋诗潜质。她赢得郁达夫一见钟情，不单单为貌美，犹兼之这份才情、气质。

《忆浙江金耐先女士》发表于抗战时期重庆的《妇女月刊》，计六首，每一首未再另拟题目。其实回忆金耐先的唯第一、二、四首，第一首是：

犹记年前住富春，
澄江如练照丰神。
别来几度沧桑改，
浙水狂涛忆故人。

“故人”金耐先也是才女，丹青名家，中、西画俱擅，又长摄影。与女画家何香凝、陈小翠、方君璧、蔡威廉及名媛马珏多有过从。王映霞生父为金姓，因过继出门改姓王。金耐先或许乃原姓的同宗，加上同窗之谊一层，于是成闺中密友。六首七绝均附有作者跋语，这一首是：“八一三烽烟起后，余与耐先均避居于浙之富春江畔，时正秋高气爽，橘绿枫红，二人除痛述敌人之强暴无理外，于薄暮清晨，辄携手徘徊于山崖水际，几又忘却人世之波涛矣。”“波涛”却不容你忘却，很快日寇攻陷杭州，近在咫尺的富春告急。王映霞只好再避他处，金耐先则回了上海，就此依依分手日久。翌年金与国军将领王皞南结缡，王映霞闻喜命笔，有了第二首：

容易年华似水流，
钱塘别后两经秋。
春风沉醉花开夜，
深锁瑯瑯燕子楼。

岂料大喜才三日，王皞南便死于非命，“燕子楼”人去楼空。夫君猝然辞世，弃下妻女，金耐先如坠冰窟。王映霞唏嘘：“人间恨事，莫此为甚。”（诗后跋语）同情闺蜜而没有忘记另一个不幸者，即寄语新妇善待遗孤：

盛筵难再事多磨，
后果前因问梦婆。
莫记春闺三宿恨，
且留遗爱抚笼鹅。

王映霞宽厚之心可见。抗战胜利了两位故人聚首沪上，回顾分离时日必感叹一番。王映霞幼子见金阿姨，烟卷在手，侃侃而谈。此时金女士经受过国与家的双重灾难，往日的优雅里添了些许豪放。

其余三首均无涉金耐先：

烽火长沙夜入吴，
残冒霜风过闽都。

一帆又渡南溟岛，
海国春来似画图。

春来朝气溢溪山，
翠影萧疏树几行。
一路野花迎笑靥，
依稀风物似江南。

青山环列水沙明，
云影岚光阴复晴。
领略此中闲意趣，
浑忘遍地满刀兵。

《王映霞自传》只载前四首，文字也略异。或系作者后改，或自传时误记。《自传》里“犹记”一首末句“浙水”为“浙江”；“容易”一首末句“瑯瑯”为“琅琊”；“烽火”一首第二句“残冒霜风”为“残年风归”。郁达夫的《毁家诗纪》曾哄传一时，联想郁诗，当然不在其“毁家”，唯“诗纪”耳，诗里留下王映霞流离西南的履痕。与大才子的颓唐、自暴亦是迥异，王映霞多作欢欣语，显然是抗战精神所致。尽管她未作豪言，烽火里倒偷闲领略“云影岚光”，但不宜视作“商女”之音。她拾取“闲意趣”时，决没把“烽火”“刀兵”的战乱背景抛却云外。酷爱自然，无拒美景，是正常人的天性。不失此中意趣，正表明精神未被压垮。有精神在，才能抗敌持久。若成天戚戚，焉可坚韧到底。

说到这六首七绝的诗艺，怕难数可称誉处。它意境和文采皆多少似曾相识，未见到翻新，找不出佳句——翻新和佳句毕竟很是不易。纵然如此，她的娴熟技法却是明摆着的。当年称得佳丽的女性，姣好面颜无不由学养支撑。王映霞赋七绝前后，爱恋过胡适的曹珮声也发表过数十首旧体诗作，有律、有绝、有古风，还有长短句，总题曰《归依集》。当下佳丽们，于美容、交际外，能从此中有所感悟才好。

八十春秋文学路

——女作家罗洪创作述评

自一百零二岁的苏雪林走了以后，过百岁而健在的中国女性作家，或许唯有罗洪一位了。生于一九一〇年的罗洪，如今仍然矍铄、硬朗，大有希望创女性作家的高寿纪录。罗洪更以百岁之腕奉献了短篇小说《磨砺》，此举尤为中国现代女作家中所未见。即使在古今中外，即使在男性作家里，到了百岁还能创作小说，又数得出谁呢?

罗洪隶属松江籍，松江乃人杰地灵。远古的不说，就在她的同时代文坛，便有著名作家施蛰存、赵家璧、朱雯一群，还有清华大学的文学教授浦江清和早逝的钱江春。二十世纪初吴江柳亚子竟然喜好署名“松江女子潘小璜”在《女子世界》杂志发表文章。

罗洪是松江后起的才女，要说给予她文学启蒙的还是她父亲。父亲留日习医，由于经济缘故不待毕业即回国求职。父亲没有做成医师，只谋了个知识上有点相关的化学教员、药剂师。他无意从事文化事业，但喜欢订阅、购买新的书刊，家里有《小说月报》《东方杂志》以及《天演论》《黑奴吁天录》这些新潮书刊，这自然熏陶了幼小聪慧的罗洪。罗洪真正献身文学，则起始于离开家庭之后，在苏州女子师范读书的那几年。因在外有机会自主选择作品，她贪婪地阅读了大量外国名著和新文学作家的小说，诸如罗曼·罗兰、托尔斯泰、契诃夫、鲁迅等的作品，对于他们无不倾心崇拜。

罗洪从痴迷的读者转为勤奋的小说家，契机在于结识了朱雯。她由师范学校毕业回松江教书，偶然见到苏州东吴大学才子朱雯主编的文艺杂志《白华》，看篇名和作者都是她喜欢的，便汇款订阅，接着又投去稿子《在无聊的时候》。《白华》因故停刊，朱雯将稿子转《真善美》发表，罗洪写作信心大受鼓舞，她也与朱雯萌发了恋情，动情地写下滚烫的诗句："……我紧闭心扉，等待我希冀的来者。如今我的心扉开了，我看见了含泪的深情，我听到了诚挚的语音。"两年后两人终成眷属，罗洪出版的第一本书即是热恋期间的书信集《从文学到恋爱》。

朱雯比罗洪年轻一岁，此时却已有文学建树，出版了短篇小说集《现代作家》，并将完成一部长篇小说。他与文坛联系甚多，很快就陪同罗洪往上海拜访寄居亲戚家的巴金（另说是巴金去苏州时相识），罗洪开始了与这位老大哥七十年的深厚友情。罗洪深得这位文豪的帮助、提携、呵护，成为她奋进在文学道路上一股力量。朱雯又介绍了另一位正活跃于文坛的沈从文，沈从文常写信给朱雯谈论写作，每封信短不下数百字，长则逾千，累计五六万。朱雯说："那些长信，也深深地启发了罗洪，使她在后来的创作道路上，留下了若干值得自己回顾的脚印。"罗洪与朱雯结婚，沈从文远在青岛未能赶上婚礼，寄来长信贺喜，写得热情洋溢："希望你（朱雯）替我为你那位太太请安。天保佑你们，此后尽是两张笑脸过日子。"因沈从文关系，罗洪的作品多次发表在《国闻周报》。

以小说家著称的罗洪，诗歌与小说是同步尝试的，最初的两首诗歌是写于一九三〇年五月二十日的《梅雨时节》和二十二日的《梦影》，它们发表在《当代文艺》，现今不易寓目这份刊物，不妨移录。《梅雨时节》："丝丝的梅雨滴得梧桐的叶儿颤摇，蔷薇的柔枝也在阴雨冷风中潦倒，娇美的花朵如今只见它东零西落，怎禁得细枝如落花各自凄凉懊恼？连绵的细雨浑成了一片迷离朦胧，阴沉的天幕上密布着无垠的乌云；几回怅望天空只勾起了心头烦闷，深夜梦回时又倾听那雨声的音韵。沉闷的天色使我也染了它的气息，天空依然迷蒙而雨丝又点滴不停，艳阳的光辉为甚不驱散朵朵墨云，我要投向爱人的怀里温暖我的心。夜阑寂静中听那细雨向人间飘拂，是黑的长空奏着轻微哀怨的歌手，温和的风为甚不吹断这雨丝根根？我要奔到爱人的面前倾诉那离情。"《梦影》："急滴的雨声将我睡梦惊醒，只孤寂的灯光伴着我个人；移了枕儿想和着雨声低吟，而梦境呵尽是是心头憧憬。晚霞的残虹在天幕上褪尽，月儿懒抹轻妆向人间缓行；四围的苍茫呵笼罩了一切，我独自在迷离中踟蹰逡巡。小路崎岖我叹着行路艰难，垂柳尽拂着我脸儿啊肩头；满怀的愁绪湧上满眶热泪，走遍那天涯吧为什么逗留。迷羊凄切的呼叫声声悲哀孤，愁的心怎堪悲哀的振摇？彷徨四顾我何忍听它凄叫，歧途的人怎救得迷路羊羔。急滴的雨声将我睡梦惊醒，只孤寂的灯光伴着我个人；移了枕儿想和着雨水低吟，而梦境呵尽是在心头憧憬。”或许她读了新月诗人的作品，诗里染有新格律体痕迹。那时罗洪正与朱雯热恋犹酣，毫无诗里的孤寂情绪，多少有“为赋新词强说愁”的味道。这样的自怨自艾情绪，以及文体的抒情定性，终究不合罗洪的性格和胸襟，她随即弃之而专攻小说创作，一生发表的诗歌仅此两首。未发表的还有写给朱雯的情诗两首，留存在当年罗洪致朱雯信里，一首有题无文，一首有文无题。

为得到充裕的时间来创作，也得以和朱雯就近切磋，罗洪辞去松江的教职往苏州做人家的西席。她勤奋不已，每天作文数千字。创作起步的一九三〇年下半年，便发表了四篇短篇小说。第二年发表短篇小说虽只有三篇，但并非是懈怠。投寄给《妇女杂志》和《小说月报》的几篇短篇小说稿，均成了“一·二八”淞沪战事中商务印书馆大楼里的灰烬。投给《小说月报》一篇两万字的小说，同样不幸归于灰烬。更为可惜的是，一部长篇小说稿被关门逃债的书店老板卷走了不知所终。这一年她的小说合计有二十万字。一九三二年夏天，罗洪和朱雯回家乡定居，她不再谋职，全部精力投入小说创作，附带翻译俄国、日本的小说。

二十世纪三十年代文坛，特别是女性作家们，笔墨多缠绵于个人情感天地，或者趋奉时髦的工农兵题材。然而罗洪的创作，既不以自怜来浇胸中块垒，也不强写自己生活之外的阶级矛盾。她甚至不同于亦师亦友的巴金、沈从文，没有前者的革命激情，更不似后者张扬人性。罗洪所持仅在疾恶如仇的正义和悲天悯人的善心，她说："我不断地接触到许多悲哀痛苦的人，在人们的笑影里我看见泪痕或欺诈，在悠扬的乐声里我听见号哭和惨叫。我自己，也往往感到世界上多的是悲哀痛苦，以及可怕的欺诈，幸福和愉快实在太渺茫了。"（《创作回顾》）笔墨自然免不了落在穷苦人身上。《稻穗还在田里的时候》写到农民春发，那也无非是她投射以人道精神，谈不上政治层面的阶级意识。她的初期作品描写了各色人等，农夫、工人、小贩、老板、律师、医生、教员、诗人、儿童、烟民、小偷、佛徒、兵卒、官吏，以及种种女性；题材亦颇为广泛，家事世态，婚恋困境，儿童关怀，民生维艰，社会动乱，民族斗争，等等，但看不出她着力的主体方向。要说它们的共同点，可谓社会众生相给予作者的悲哀。

直至创作了长篇小说《春王正月》，罗洪终于显露了擅长商业题材的潜力。学界多以为这是她的第一部长篇小说，假若被书店老板卷走的那部小说稿本能见天日，那么《春王正月》该是第二部了（一九九七上海百家出版社重版《春王正月》所附《罗洪著作年表》,将《春王正月》出版之前的短篇小说《溃》《稻穗还在田里的时候》《儿童节》《红虫》均误植为长篇小说）。《春王正月》是罗洪十分重要的作品，也代表她前期小说的成就。可惜它初版印数本来不多，又碰上爆发抗战，便不能广为流布，读者知之有限。今天容易读到的是六十年后她修改了的一九九七年修订本，尽管作者声言“力求保持本来面目”，力求而已，总不得原汁原味。《春王正月》的创作，从题材到写法分明受了《子夜》不小的影响，然而自有其都市以外的特色。小说中县城的绸缎庄主程之廉远不及都市资本家吴荪甫的资产和霸气，但也尚未落到乡镇业主林老板的寒酸和末路。围绕主人公破产经历，《春王正月》留下了文坛不多见的一道小城商场风景线。罗洪大处取材、细处描摹，那气派，那手笔，便在女性作家中不同凡响。

处于创作初始阶段有如此建树，可料前景广阔。只要给以时间和环境，她有望走出女性小说家一条独特的创作道路，有望是位女版“茅盾”。然而，抗战爆发，环境失去了，时间也不再是所如愿的时间，罗洪小说融入了抗战主题的洪流。

日寇的炸弹扔到松江，罗洪扶老携幼仓促离乡背井，经浙江、江西、湖南，到广西桂林才小住下来。一路的劳顿、困苦，全都记述在她散文集《流浪的一年》里。避居桂林郊区良丰时，女儿出生八个月就跟着颠簸，一岁半患急性肺炎夭折。病本不难治，实为战乱环境治疗条件极有限所致命。年轻母亲受巨大伤痛，好几篇散文一写再写此不幸。罗洪、朱雯原打算去云南昆明，许多文人陆续走这条道。但远在上海的老父挂念随罗洪颠簸的老母，召女儿送母亲返沪。恰逢那时去昆明的交通很是不易，又听说沦陷区孤岛的秩序还算平静，他们便在小别一年多以后折回上海。这次时间不算太长的避难经历，扩展了罗洪原先有限的生活视野（她漫长一生极少离开上海）。

国恨兼之家仇，给罗洪创作打下很深的烙印。她明白，“我没有扛上枪，手里却有支笔”（《〈群像〉后记》）。又说：“敌骑纵横，山河变色，每一个炎黄子孙，对此都会激起深仇大恨，而跋山涉水，间关踣顿，看到祖国的壮丽山川和全国人民的英雄抗敌，又会油然产生同仇敌忾的民族自豪感和保卫祖国的神圣责任感。因此，每当生活稍得安定的时候，特别是在桂林的那段时间里，我便奋笔疾书。”（《从 < 急流 > 到 < 孤岛时代 >》）她，发表了大量抗战题材作品，一部散文集，一部小说、特写集，三部短篇小说集（有少部分抗战前作品），一部中篇小说，一部长篇小说（战后出版），一部未得完成的长篇小说稿（发表了部分章节），勤奋一如既往。抗战前罗洪小说已经接触民族矛盾主题，《白的风暴》酣畅淋漓地描述了“一·二八”淞沪战事中国人的情绪，遭审查删去大半终得发表。抗战时期的小说几乎全部集中于抗战题材或以抗战为背景，就数量而言，占据她全部小说各类题材的首位。不能不遗憾，罗洪正面描绘抗战题材的长、短篇小说的成绩并不突出，虽以数量活跃于文坛，而上乘之作委实不多。短篇小说《群像》如一份辩论记录，感染力有限；中篇小说《后死者》亦无多精彩笔墨；至于重磅作品《孤岛时代》，作者和评论者都视为失败之作。罗洪此时的成功倒在以抗战作背景摹写世态的一些作品。《王伯炎与李四爷》中两位主人公，窝囊、屈辱的性格刻画得栩栩如生。虽说他俩的卑微相似，然而，王伯炎存留纨绔遗习然不失骨气，李四爷多点文墨却尽除酸腐、狡猾，他的有梦无为，又和王伯炎的落魄玩世，相映成趣。这一对乱世里挣扎、苟活的小人物，为现代文学画廊添进两幅精彩画像。从某方面看，这类小说是抗战前罗洪小说主题的一种延续。由于不是直接反映抗战风云，当时不为时论重视，应该说委屈了作者。

战后罗洪创作劲头一度稍减，四年间仅十篇左右的短篇小说，也没有结集出版，这于她前所未有。那是前景未卜的几年，社会动荡的时日，远比艰辛却单纯的抗战八年更叫她难以集中思绪。罗洪坦陈，“自己写作的热情比过去衰退了不少”(《〈前奔〉附记》)。然而决非没有值得称道的作品,《刽子手》又见类似《子夜》里的商人形象，重显茅盾式笔墨。看重信誉重过借条上印章的公司协理吴志明，他方正性格、儒雅风度，为《子夜》人物群像做了一点补缺。正是这时候赵景深寄予罗洪厚望：“我希望作者做一个‘女中吴沃尧’，‘中国的巴尔扎克’，继续在社会小说这一方面努力！”(《文坛忆旧》) 另外一篇可注目的作品是《逝去的岁月》，罗洪少有地取第一人称，流露浓浓的抒情笔调，娓娓道出一个温柔优雅的年轻姑娘饱受战事的磨难。两篇小说是否意味着，罗洪或重返旧路似《刽子手》，或新辟蹊径如《逝去的岁月》？

一九四九年新中国成立再一次改变了罗洪创作行程方向。新中国诞生后社会巨变、人事迥异，原先国统区的女作家面对新的陌生世界，正在忙于适应而无心创作。罗洪在她们之中比较“进步”,在比较“进步”的女作家中又比较年轻,年轻且“进步”，就容易融入新社会。新中国伊始她即投入创作，一九五〇年起发表小说，孜孜不倦继续奋进在文学道路上。她一面在中学任教，一面时常参加作家协会组织的作家活动，下乡搞“土地改革”运动，下厂搞“三反五反”运动。出席全国“文代会”给她极大鼓舞，因为会议由政府组织，与会代表资格成为一种含有政治意味的认定，若干著名作家被排斥在会外。罗洪固有的创作热情得到激发，她像当年创作起步时做过的抉择，辞去教职，专心致志于文学。纵然学校诚恳、盛情地挽留，她决心已定，最终获得请辞转到了文学岗位。先后编辑《文艺月报》（后改名《上海文学》）、《收获》杂志，直至退休。平心而论，罗洪的人生和创作不能说有多大曲折、坎坷，特别是进入新中国后一路尤为平顺，比起许多惨遭厄运的作家还算幸运的，只是“文革”中丈夫受的冲击略大一些。

罗洪作品色彩一变过去的暗淡而为明朗，发表并出版在新中国的第一篇小说《喜悦》、第一本作品集《灯塔照耀着他们》，题名、书名足以说明这变化。为了迅疾歌颂新人新事，她采用的体裁以纪实的报告文学居多。时代变了，她的创作观念不得不随之而变。党的文艺方针、政策规范着作家。罗洪放弃往日自己观察生活叙写感受的思路，自觉去体验陌生的生活，视创作为宣传，讴歌工农兵——讴歌确实出于衷心。时过境迁，宣传使命的作品成为文学史上匆匆过客，后人少有阅读它们的兴致。六十年代初以“阶级斗争为纲”的形势日益严峻，她感到难以跟上飞速的政治脚步，未待“文革”发生，一九六三年春天早早主动停止了创作。

罗洪没有料到，“文革”结束，她沉寂了十多年步入古稀之后，竟然重登文坛，再度焕发出创作青春。她思如泉涌，新作连连，包括三个中篇小说。《没有写完的生活答卷》反映改革开放的新气象，同时也不回避改革引起的新矛盾。生活答卷没有写完，既是时人对贸易公司改革认识的局限，多少也包含作者对矛盾认识的局限。小说里伴随公司改革矛盾的还有其职工的婚姻烦恼。最终主人公的婚姻问题同样没有交一份答卷。作者赞同主人公对婚姻的执着态度，她的执着又蕴含一个普遍性的伦理命题，即性格因素对组成家庭的制约，如果不相投合，两个好人未必能成一对和谐夫妻。新时期的罗洪作品,不同“文革”前她一味地赞美生活，现今有了针砭，有了思考。此外她仿佛有个“抗战”情结，念念不忘抗战题材。《夜深沉》是从旧作《孤岛时代》一条线索演绎成的一个中篇小说。似意犹未尽，十多年后罗洪又创作了孤岛上海民众抗日的长篇小说《孤岛岁月》，此时她已高寿八十有六。

才女往往恃才自傲，罗洪却谦虚一生。三十岁时她作品频频亮相众多有广泛影响的报刊，赢得赞誉，那时她诚恳自省："我自己所感到困难的，还是自己的笔不够生动不够活泼，常常不能把题材剪裁得恰如其分，处理得毫无裂缝。"（《创作回顾》）到了近八十岁，她仍旧重复道："由于年纪太轻，学养太浅，写作时只凭一股热情，很少考虑到选材时的周密构思和通盘规划，以及文字上的谋篇布局和斟酌推敲。"（《〈为了祖国的成长〉和〈流浪的一年〉》）说得这么具体,就不是故作谦虚姿态。而且说："最近我很想把以前写下的东西逐一检查，看看过去的短处到底在哪方面居多，这大概不算一件无聊的事情。"（《创作回顾》）她一再表示改写自己作品的愿望，事实上改写过的小说不止一篇两篇。施蛰存最可见证罗洪的低调，他说："我和罗洪很熟，但一点也不了解她。罗洪在当时已是一个女作家，但我一直以为她（只）是朱雯的妻子。”（《罗洪其人及其作品》）罗洪四十多岁了，给许杰的印象依旧是：“她并不显得特殊，确确实实是一个平凡的外表”，“她那有些近于农村妇女的文静而又大方”（《人与文》）。晚年罗洪的小说选集列入权威的人民文学出版社出版，此时她看到的还是不足：“这些内容上贫乏、文字上谫陋的文章，即使在写作的当时，也未必是什么值得称道的作品，到了四五十年后的今天，自然更显得幼稚可笑了。”（《逝去的岁月·序》）

文如其人，罗洪为人低调，作品也质朴、本色，恰如许杰说的：“罗洪之为人的典型性格，不就隐隐在她的作品中流露出来吗？”（《人与文》）罗洪追求真切地再现生活，刻画不是夸大，笔墨不染感情，就此特点赵景深说：“以前女小说家都只能说是诗人，罗洪女士才是真正的小说家。”她擅长心理描述已为学界共识，而对她其他艺术长处有所忽略：对话逼肖，描绘人物于心理外多辅以传神细节，并敏感于人物性格弱点，着墨不动声色，以人物自身言行矛盾自我暴露。所以她笔下反面形象较之正面的更具生活气息，愈加鲜活。毋庸讳言，罗洪的小说，本色有过而提炼尚欠；也不很精于结构艺术，构制长篇固然无暇顾及，巧布短篇亦多力不从心。

海外学人曾经误读赵景深意思，断言‘半个世纪前就崛起于中国现代文坛的女作家罗洪，在小说艺术成就上其实远超过冰心、庐隐和白薇等，但长期以来，却饱受文学史家和出版家的冷落”（郑树森编罗洪小说集《倪胡子》封底的介绍文字）。

此话难免有广告之嫌，罗洪本人未敢认同，但至今仍有这样报道罗洪的标题："最受文坛冷落的女作家。"事实是罗洪已经青史留名，杨义编著的《中国现代小说史》、盛英主编的《二十世纪中国女性文学史》、闫纯德主编的《二十世纪中国著名女作家传》均专门列她一节评述。"四人帮"刚被粉碎时，中国社会科学院文学研究所编辑"中国现代文学史资料汇编"便辑有罗洪与罗淑合为一册的《罗洪罗淑研究资料》（二〇一〇年该"汇编"再出单独的《罗洪研究资料》）。不久"上海抗战时期文学丛书"第一辑即列有罗洪的小说选集《群像》，接着又出版她另外一个选集《浮虻集》，此后权威的人民文学出版社再出版代表她小说成就的新选集《逝去的岁月》，香港和台湾也相继出版了她的小说选集。而《后死者》等多个短篇小说入选各种有影响的选本，二十世纪末重版她旧作《春王正月》、新版她和朱雯的随笔合集《往事如烟》。二十一世纪更接连为她付梓新著《罗洪散文》《孤岛岁月》，并且推出集作品大成的《罗洪文集》，这般厚遇是要让同辈女作家葛琴、沉樱、凤子、赵清阁她们羡慕的。

上苍眷顾罗洪成人瑞，她却不愿苟且余生，暮年连创文坛奇迹。八十六岁那年她摔跤造成胛骨开裂，正是这一年，以病躯、以高龄，创作了长篇小说《孤岛岁月》于翌年出版；二〇〇九年她已虚岁百年，再奉献了短篇小说《磨砺》成文坛绝响，赢得媒体纷纷称誉。不过，各领风骚的文坛，如今多属新世纪的后来人。罗洪在小说里表达的情感和表达方式似乎显得古老，故当下趋奉现代审美的读者不大青睐。但无论如何，罗洪的热情、勤奋、精神，赢得大众一致的敬佩。佘太君百岁挂帅仅为夸张了的传说，罗洪百岁壮举，乃确确实实的史实，她的佳话会载入文学史册的。深入研究罗洪创作，充分评价她的成就和文学史地位，迟早会列入学界课题。

杨绛任校长

女作家罗洪百岁那年我撰文说：“过百岁而健在的中国女性作家，或许唯有罗洪一位了。”其时杨绛九十九岁，第二年便该说两位人瑞。前几天一百零五岁的杨绛先生作古，现在又只是一位了。

连日来媒体关于杨绛的文字极多，还重新刊发了她好几篇旧文。于是我想到杨绛的一则《本学年学校概况》（刊一九四〇年第一期《振华校友通讯》），她的公文性文字很是罕见，身边没有《杨绛文集》，估计不会收进去的，不妨移录于读者。原文无标点，标点系笔者所加。

迳启者，本校自二十七年九月迁至上海复课，猥承季玉师及校董等嘱令暂时担任校长。季康才疏学浅，勉膺其任。兹将一年以来情形，大略报告如左：

一、校址在公共租界爱文义路赫德路口，暑假以后仍在原址。

二、教职员除苏地旧有人员外，在沪酌聘数人。

三、新旧生两次招考，共约二百名。

四、本届毕业生，初中、高中两班，共约五十余人。

校内情形大略如右，校内同人尚能秉承在苏时精神办理，尚祈各

地校友随时指示，俾免陨越，无任感祷。此致

诸位学长公鉴

杨季康谨启

紧连此文还有一则振华女校上海校友会全体大会的报道，会上议定出刊《振华校友通讯》，选举了会长、书记、会计、干事、庶务，杨绛任了"文牍"一职。既然有了书记（今日谓之秘书），那么这文牍，该是专门负责撰写应用文章的差事。这篇报道可能也出自杨绛手笔。然而毕竟没有署名，不便就此认定成她的佚文。

《本学年学校概况》本是寻常应用文字，要说略有非常之处，就在它的内容简要、文字简练。此类公文，篇幅通常数千言，至少上千，杨绛则短至不足二百。苏州振华女校创办于清末，以西方理念施诸中国教育，卓有成绩，名扬海内。杨绛说到的季玉师，王姓，正是创办该校的现代教育家王谢长达女士的第三位千金。王季玉自美国留学归来继母亲任校长，以校为家，

终生未嫁。抗战期间苏州沦陷，女校凛然拒绝日寇接管，不得不借上海租界坚持办学。王季玉本人隐姓埋名，避居太湖东山，另聘刚从欧洲留学归来的杨绛。选任杨绛，固然不排除师生之情（她曾经就读振华女校），更在于杨绛的品与学。杨绛可谓临危受命，业绩如何不甚了然，而出刊《振华校友通讯》，借助校友资源，于困境中坚守，肯定归之她的努力。不是没有理由推想，她的贡献绝非仅此而已。

想起我的识字开蒙，正是在上海合肥路的振华义务小学，虽只读了一年，"成绩报告单"却珍藏了一辈子。如今上了年纪，儿时在振华的印象依旧清晰，人生头回看的电影就在校园幕布上，班主任朱了红老师面容如在眼前。这个振华与杨绛的或苏州的学校有无关联？多年寻访没有线索，并不甘心，还在寻访下去。

杨绛当校长日子不长，钱锺书从抗战后方回到上海，女儿尚在襁褓，她就当了"全职太太"。这位太太胜任家务有余。那阵上海剧坛蛮热闹，杨绛也写起剧本来。她的喜剧《称心如意》《弄真成假》接连上演，反响热烈，真是"一不小心"，杨绛大名红遍戏剧界。《称心如意》观众更多，钱锺书还为《弄真成假》不平，埋怨曲高和寡。（林凡:《评〈称心如意〉和〈弄真成假〉》，载《妇女月刊》）少有读者知道杨绛步入作家行列原在钱锺书先，两三年后才有《围城》。今日，在小说《洗澡》、散文《干校六记》及她诸多译著的盛名之下，杨绛的剧作被渐渐淡忘。中国现代文学史上，女剧作家不多——女作家大多尝试过剧本创作，又往往知难而退——女性喜剧作家尤为凤毛麟角。有评论者寄予杨绛更大期待：“杨女士在这剧本显露出的潜能还很大，如果能突破目前生活的围子，放眼游目于广大的社会，我相信更伟大的作品是可能出现的。那时她的作品，我敢说不止于是一件细腻的艺术品。”（林凡：《评〈称心如意〉和〈弄真成假〉》，载《妇女月刊》）期待落空，不久共和国诞生，文化人必须个个“洗澡”，杨绛犹如《隐身衣》里说的，“身处卑微，人人视而不见。”她哪里还有适宜的创作环境、创作心态。潜能蛰伏，这一伏竟三十余载，直到“革文化命”戛然而止。以后大家熟知了，杨绛实现了当初评论家所期待的，放眼了广大社会。只是依然细腻，文风与她民国时期终究还是一脉相承。无疑，《干校六记》《洗澡》是杨绛创作的高峰，窃以为，论文学史意义，作为女性喜剧作家，她则是无可替代的。

第二辑

不是纪念胡适

二〇〇一年九月二十五日是鲁迅一百二十周年冥诞，北京、上海、绍兴都开了纪念会，不少报纸发了不少文章，这是理所当然的，我也写过一则短文。胡适比鲁迅小十岁，生在十二月十七日，这个月里纪念他的文章却寥寥，更不必说纪念会，想来也是自然的。

我由鲁迅想到胡适，因为俩人起初并肩战斗过，到后来又针锋相对（主要是鲁迅针对胡适），以及身后被相提并论和褒褒贬贬。想到的结果是翻出压在书柜底层的一本旧书《胡适思想批判资料集刊》。此书系中国作家协会上海分会编辑，新文艺出版社出版于一九五五年，那是建国初一场文化运动的产物。近来常听人感叹，如今对二十来岁的年轻人诉说“文化大革命”，他们仿佛是听前朝故事。如果感叹者本人的年龄未满花甲的话，那么他还能记得五十年代全国范围批胡适的那场运动么？《胡适思想批判资料集刊》算是为历史作了存照。

这本“集刊”收录了四十七万余字文章，选自诸如《人民日报》《光明日报》《解放日报》以及《人民文学》《中国青年》《新建设》等很有影响的报刊，作者几乎都是有影响的知名学者。据书里附录的“批胡”文章索引，自一九五四年十二月至翌年二月，仅三个月各报刊发表了一百三十四篇，尚未计与此相关的批判俞平伯《红楼梦研究》的百余篇。可见声势之大之猛烈，这在当时称得上空前了。较声势猛烈尤可道者，有些文章的论断非今日读者所能想象。就说打头的第一篇《胡适这个人》，全文八节，各节小标题依次是：“继承了官僚地主商人家庭的遗风”“上海滩上的小流氓”“留美七年养成一个洋奴才”“也混迹于‘五四’新文化运动之中”“卖膏药的骗子”“当上了资产阶级和大地主、大买办的文化班头”“人权抛却说王权”“过河卒子祇能奉命向前”。半数以上属鲁迅所说的“谩骂”而非“战斗”。其论证也颇古怪，此摘取“卖膏药的骗子”里一段看看：“（他）真像一个卖膏药的骗子，口中念念有词，面前摆着许多药包，使许多人把他当做医生一样，胡适也被许多人当做了‘学者’。（此处语法欠通，恕照录——笔者）胡适考证过象棋，考证过麻将，并且号召人们注意这种琐屑的问题。人们如果相信了胡适的谬论：‘发明一个字的古义与发现一颗恒星都是一大功绩’，那么也就不会去参加反帝反封建反官僚资本主义的斗争，不相信马克思列宁主义的科学真理了。”古文和天文的研究竟与马克思列宁主义这般不共戴天。

这本“集刊”第一七九至一八八页和三一一至三二二页两

处已被出版者裁去，装订线留有未能裁尽的纸迹，显然活儿干得匆忙。查前面目录，被裁的两篇文章题目尚存，但被纸条贴盖，对亮光一照，是《论胡适政治思想的反动本质》《胡适文学思想批判》。看题目并不有碍批判方向，问题出在两位作者身上，他俩牵入了刚刚事发的“胡风反革命集团”案，恨书已印成，非裁非盖不可（那时崇尚俭朴，还无后来宁可化为纸浆的气派）。这一裁一盖，于藏书爱好者乃幸事。物以稀为贵，又裁又盖，尤其是裁，仍为正式出版正当发行，实属罕见。而裁和盖之于我，是想到两位作者的可叹可怜。正当他们为党赤胆忠心、冲锋陷阵时，马上等着自己的是比遭受批判惨过十倍百倍的命运。所幸两位其一在八十年代复出，于学界建树昭著。就是这位，距当年写那篇文章四十年之后，再半月之内一连写成两篇关于胡适的文章。前一篇开头即说：“胡适于一九六二年在台湾逝世，据传为他送葬的人约近三十万，其中还有一些不相识的劳动者。”又说：“去年是胡适的冥诞，情况却显得十分冷落了。虽然报刊上也发表了一些纪念文字,但多半是应景之作。”不难看出作者的春秋笔法，是篇不是纪念的纪念文字。或许是如此不足尽兴,他到后一篇就把话说得非常清楚明白了:“他（胡适）开倡白话文运动，在中国文化史上作出了披荆斩棘的贡献，这是谁也不能否认的。”真乃彼一时也此一时也。其实十二月的冷落大概是一时的拘谨，此前此后谈及胡适的文字并不少，有的言论未免偏激，似乎矫枉要过正一下。有人呼吁出版《胡适全集》，看来有待时日，不过八卷本的《胡适日记》全编年前确已进了书店。

释一封沈从文佚简

沈从文不擅言谈，但喜欢写信，三十二大卷的《沈从文全集》，其中书信便占去了九卷。沈从文并且喜欢发表书信，或者以书信形式发表文章，它们有《废邮存底》《续废邮存底》《新废邮存底》《新废邮存底续编》《湘行书简》，再加上若干单独发表的，又达数百封之多，散编在全集的散文卷、杂文卷、文论卷，其总的篇幅在未发表的九卷书信外又不下于一卷。《沈从文全集》编者搜集书信时力求完备，虽如此仍不免还有遗漏，一九四四年十一月发表在上海《万象》杂志第四年第五期的一封即是。近来解志熙、裴春芳两位先生各披露了一批沈从文佚文佚简（见二〇〇八年一期《中国现代文学研究丛刊》），也未见录此信，而系事详备的吴世勇编《沈从文年谱》，同样失记了这一条。现迻录于下：

自滇池寄

一

××：

人有说你已过福建的。得□□信，方知犹在上海，未作他计。法国文学史工作想已完成甚多。这里熟人多如旧，生活或已如“黔娄先生”，情绪还像不大寒伧，见面时有说有笑。惟分住各乡的，一年中见面亦不多耳。甫先生犹如当年从容，常问及你情况。佩弦略见老态。之琳作五十万言小说，已完成。一多以刻图章补助生活，且有兴趣译新诗（中译英）。与毓棠尚能于教书之外写诗。冯至、广田，亦多能写作，且可常见面。我住乡下已五年，每星期只在城中一二天，孩子们于乡村中长大，顽健似比城中略胜一筹。气候温暖，过日子平平静静，故不觉长久。原来与冰心诗人相去一里许，近则唯戴世光、陈达相去不多远。三小姐一切照常，精神则比过去转好，大约因凡事自己动手，每天在家中做酸菜，霉豆腐，劳作不息。欢笑歌呼，尤增加大人快乐。因之岁月虽逝，生命中所保留青春活力，转若在任何情形中均不至于消失，老友闻之，定必愉快！徽因寻常在四十度高热中，相去过远，信息不明，病既是原有之病，想不至于何如沉重！宗岱精神似尚好，可从填旧词兴趣看出。巴兄或尚在桂林，小说改戏，各处上演，亦甚热闹。孟实久无消息，只间或在刊物上见说教小文章耳。占元甚用功，已结婚。萧乾无信，不知生活如何。相去万里，六年来大多数人已发鬓成雪，幼小者多成童子，相见何日？能不令人悒悒！望各自珍，并为朋友珍重。××，××，并盼致意。

弟文

二月二十日

在“自滇池寄”题目下本来刊登了“一”“二”两封书信,《沈从文全集》文论卷却只收其二。何以如此，百思不得其解。其二写在其一的前一天，就内容看，两件收信人 ×× 显然不是同一位。其二的篇幅约为其一的一半，所述也是报告昆明文人的近况，只是稍稍简略。这绝非“全集”失收其一的原因。其二的抬头称“×× 兄”，信尾落款又是“弟从文顿首”，似乎多了一点客气，想沈从文与收信人的关系不及前一位亲切随便。两封信的收信人都用 ××，该是编辑发表它们有意隐去，为保护沦陷在上海的沈从文友人。而“□□”是沈从文写信时他自己先已隐去的，同样出于保护的缘故。信中提及的众多人名，巴兄自然是巴金了；孟实乃朱光潜的字；甫先生无疑是杨振声，杨表字金甫、今甫；占元为外国文学专家陈占元。戴世光是统计学家，陈达是社会学家，戴、陈当时也在沈从文居住的昆明附近的呈贡，均供职于西南联大的国情普查研究所，陈是所长，戴是统计主任。两人虽非文坛圈中人，但与沈从文、冰心友善。其余名字都是读者熟知的著名作家。隐去的□□应当是李健吾，同年九月沈从文致胡适信可证:“健吾虽还在上海,闻努力编《法国文学史》。”

这封佚简纯属事务性的朋友间的私下交流，沈从文此回倒未必想发表出来，也未必想到被人发表。他发表的信函，基本上是出于自己主动，像这样未想发表而发表的情形极少。柯灵接手编辑《万象》后，注意报道一些流徙在外地特别在西南的文人消息，何况沈从文的信，不仅报道消息以慰藉远思，而且如柯灵在编辑后记《编辑室》里所说："这里发表的虽是两封短信，却是情思丰腴，感慨深沉，令读者如对其人。"虽然《沈从文全集》收录书信那么多，但抗战期间留存的信函非常有限，抗战后期尤为稀少，由此这封佚简值得倍加珍视。今天读此信函，尤感到它是一份很能反映抗战时期中国作家情绪的史料。

那时抗战正处于黎明前黑暗的时期，坚持了六七年下来，物质生活极度匮乏。这时沈从文给别人的信里感叹"这里日子太困难"(《作家生活自述》)，前些时候给另一人信里说得稍微具体了："至于知识阶级，教授中如所传闻的艰难窘迫，过日子如'黔娄先生'，家中孩子吃烧饼必需限制数量的，固大有其人。"(《给一个在芒市服务的小学教员》)较之匮乏的物质生活，格外叫人难受的是对战争前景缺乏信心，尽管历史将表明已经距胜利之日不远，可是现实中的当事者还未能看到胜利曙光，沈从文在信里难免流露出一点点惆怅："相见何日？能不令人悒悒！"不过，悒悒仅限在故人不得指日重逢的此类个人小事，于公，于大，优秀的知识分子则总是能坚韧地应对。他们见面时有说有笑，教育家杨振声像战前一样从容；以长诗《宝马》知名的孙毓棠依旧不放下诗笔；闻一多则多了一个翻译诗歌的兴趣；梁宗岱且有闲心填写旧词；陈占元继续用功；朱光潜文章不断；冯至、李广田或诗或文亦无不如此；诗人卞之琳写起了长篇小说，足足一部五十万言的巨著（其名《山山水水》，可惜未得出版，部分章节零散发表于一些报刊）。沈从文夫人张兆和，也是一位出版过小说集《湖畔》的作家，即信中的“三小姐”。她教书下了课做酸菜做乳豆腐，忙不完家务，精神倒比过去转好。至于沈从文自己，在常人容易感到度日如年的境遇里，他过得平平静静，“故不觉长久”。信中两次提到“黔娄先生”，固然是借衣不蔽体的历史人物说明眼下知识分子生活的窘困，而提到的所以是这位拒不出仕的历史人物，难说写信人没有自况的意味。信中语调的淡然平静，透溢着写信人的情绪镇定，最是沈从文恬淡而又敬业的写照。要知道，前不久他刚犯过一次心脏病，差点儿不再重见故人。

这是一封十分普通的私人信函，丝毫不染公开信或文章里易有的刻意、夸饰、矫情，一如平常书信的平淡、琐屑。唯其如此，不经意间更为信服地记录了战时逆境中知识分子的精神状态，它正是信中这句话：“生命中所保留青春活力，转若在任何情形中不至于消失。”也是这期间给胡适信里的一句：“我们期望生活有个转机，不是活得比当前更舒服些，只是活得比当前更有用些。”中国文人于民族危难中的浩然之气，悄然浸润于字里行间。

陈西滢的《作家杂话》及其他

陈子善先生和范玉吉君合编的《西滢文录》辑录了大量的陈西滢集外文，篇幅超过整本《西滢闲话》。但尚有少数篇章遗漏，子善先生在《本书说明》里介绍得很是明白："陈西滢三十年代中期还在凌叔华主编的《武汉日报·现代文艺》上发表《作家杂话》数篇，也因限于条件而暂时阙如，留待今后增补。"所言条件不备，想来是上海难以见到《现代文艺》副刊。其时我也正在辑录《凌叔华文存》，从《现代文艺》副刊录得凌氏集外文多篇，顺手稍带抄录了陈西滢的《作家杂话》，可惜不知《西滢文录》的事，未得驰援。此后未见《西滢文录》重版，增补云云当然是个无奈的旷久不兑的支票。去年我应出版社之约撰写凌叔华传记，翻出《作家杂话》参考，日前凌的传记已交卷，再顺手转录出这几篇"杂话"以补《西滢文录》的缺憾。

凌叔华随丈夫幽居珞珈山，不甘悠闲，接受《武汉日报》聘请，主编该报《现代文艺》副刊。陈西滢重启“闲话（杂话）”，当然为勉力支持夫人的事业。但平心而论，这几则《作家杂话》无甚精彩处，版权的话题在《西滢闲话》里已有涉猎，这里未能再出新意。笔法亦未见层楼更上，或许他的“闲话”到了强弩之末。关于天才遗传的那一则，同样所言平平，唯末尾道及伍尔芙姨侄朱利安·培尔（今通译为贝尔），令人有点感叹。这个年轻的英国诗人刚到武汉大学任教的当月，陈西滢便借报纸宣告诗人日后将占英国文坛一席之地，这大概算是为贝尔“接风”吧。他哪里知道，期待的诗人成就落了空，倒引入自己家庭的一场桃色纠纷，或可说，其影响波及了他后半生。

《西滢闲话》之前陈西滢已经写过很漂亮的“闲话”，《土匪大王小引》即是。盖写在“闲话”之前，发表在今天非常不易读到的《太平洋》杂志，仅标作翻译作品的小引，又未入集，当然很难为后世读者留意，因此湮没至今。它的题目标为译作的“小引”，极容易误会成关于翻译的文字，不料是一篇时事杂感，或曰“西滢闲话”前的“闲话”。二十世纪二十年代的“抱犊谷”事件轰动国内外，报纸时时登出消息。而事件平息后，报界仿佛也就此了结，而陈西滢没有作罢，痛定思痛，感想连连，尽情倾注于这篇“小引”。北洋政府的腐败、荒唐，惧慑洋人，陈西滢义愤填膺，矛头所向，上至总统、总理，下至议员、部长，还有地方权贵，连同土匪头目，真乃一竹篙扫过去，翻倒了全船人，尤用力于交通总长，这胆量实在叫人咋舌。他刚学成回国，国内黑暗势力之厉害尚不全了然，便初生牛犊不畏虎。惧慑洋人乃晚清官府精神遗产，陈西滢少年起赴英国留学，浸润西方文化十年，戴了洋博士方帽子回国的，却没有变成《日出》里的乔治张，想继承前贤“师夷制夷”的传统，图国家自强。对甘于屈辱，或怯于抗争的人和事，禁不住语出激愤。他的《闲话（参战）》记述一个朋友看到的街景：中国的车夫和警察被两个美国兵欺负，美国兵坐车不付钱，还拳脚相加，几十个愤怒的中国市民喊打，却不敢近前。美国兵有恃无恐进了使馆区，甚至回头蔑视加嘲笑：“来呀！来呀！”愈聚愈多的百余

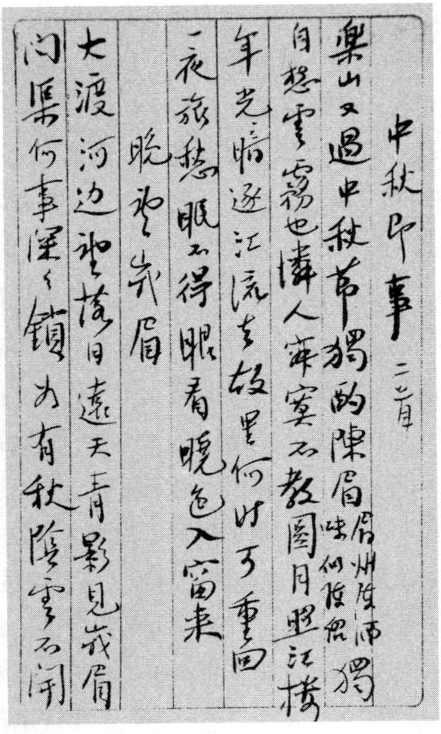

◎陈西滢墨迹

群众和增多的警察，居然没有了影踪。陈西滢斥道："这样的中国人，呸！"如此语气太不顺耳，难免授人以柄，果然立即遭到鲁迅嘲讽。联系"小引"，多少会替陈西滢抱屈。在他心中，只要屈服外强，不论达官还是平民，一律鄙薄之，虽然这于弱势的小民似苛求有过。

《土匪大王小引》繁弦急管，嬉笑怒骂，犀利辛辣，酣畅淋漓，有如读鲁迅杂感体验过的一种美的享受。有机智，有精心，淋漓之外不无委婉，但弦外之音毫不含糊。揭露交通总长的虚伪，全在"从谏如流"一个词里。逻辑上的归谬，诸多正话反说。全篇本与翻译并不搭界，从"引"着眼，离题万里，直到最末一段，轻轻一绾，顿时浑然一体。其妙不由得你不佩服。

《土匪大王小引》不失为西滢杂感的精品，虽写得很早，但未必不及后来《西滢闲话》的任何一篇。想来初试身手，很是精雕细琢了一番。它的成功，难说不是自己或朋友们，发现了作者的"闲话"才能，于是有《现代评论·闲话》专栏的开设，有陈西滢的加盟，并且成为那批"闲话"作者中最具影响的一位。

陈西滢长文不多，《读书与环境》算是一篇，刊《珞珈月刊》第二卷第四期（一九三四年十二月），该期是"文艺专号"，小说、散文的作者都是很陌生的名字，不乏一些学生的习作，其中确知是学生的叶君健有篇翻译作品。《珞珈月刊》大概是武汉大学学生办的综合性文化刊物，前后有几篇师辈的文章，他们是朱东润、苏雪林、凌叔华等。陈西滢这篇排整本的第一篇，想是出于他文学院院长的身份。从行文看，很可能应学生约请而撰写。看文气，或者就是他对学生讲演的记录。依然旁征博引，侃侃而谈，不妨看作一篇口头“闲话”。内容为一般的勉励，但可窥见陈西滢于读书环境的偏重，又由此推想他和同仁为何选择风景秀丽的珞珈山为武汉大学校址。篇末一小段谈及环境乃人的精神反映，美国外交官问中国进步没有，胡适说，看看武汉大学就知道了。最后陈西滢短短一句：“这一种改造环境的精神，希望各同学能够推广到各处去。”全篇便戛然而止。勉励年轻人改造环境，理应大加发挥，它比说了那么多的读书与环境的关系，尤需学生要明白的。

《西滢闲话》以后，陈西滢还写过一些时事评论，刊布于《中央日报》，如连载四天的《战争与新医药》，竟还在《独立评论》上写起纯军事的评论《海军与陆军》。当然也有非军事的《苏俄的青年》。这些均非他所当行，写得平平，再说，它们已经逾出文坛甚远。《西滢文录》说明：“限于体例，陈西滢的政治和军事评论不收入本书。”喜欢他“闲话”的读者更不知道它们了，当时倒给夫人凌叔华带来些麻烦。凌叔华说：“陈先生善于用犀利的字句批评时势，所以他很过瘾，但可把我害惨。因为当时我回北平替母亲办丧事，我三番两次嘱他以笔名发表，他就是不听，结果害我在北平一年时间，日本北平特务、宪兵等，不时来探问我回北平的真实目的，还要我写信给陈先生叫他来北平。”（见《如梦如歌——英伦八访文坛耆宿凌叔华》）于陈西滢自己而言，它们大概是他即将步入外交官生涯的先兆吧。

放在“五四”第一代新知识分子里，陈西滢的意义，不仅是名噪一时的“闲话”作家，而且他反映了那代文化人的诸多特征，既有他们的可贵精神，也有难以避免的弱点。陈西滢与鲁迅原是反封建文化的同道，他告诉女婿秦乃瑞（汉学家、研究鲁迅），与鲁迅仅见过面，握过手。与周作人的往来尤深过一层，一起同游京郊碧云寺，彼此请过对方饭局。《语丝》和《现代评论》开战，他们翻脸，剔除个人意气，远非许多文学史著描述过的那么简单，其所含社会的时代的个性的丰富内容，有待学者客观、深入的考察和阐释——现在进行得似乎不够。

附：

作家杂话

（一九三五年九月十三日）

陈西滢

作家与出版人的利害是息息相关的，可是无论在什么地方，他们大都立在敌对的地位——虽然不是没有许多例外。作家大多愤恨出版人的刻薄剥削，出版人又常常埋怨作家的苛求无厌。因为在中国，到现在作家没有成为一种职业——这话我想是事实吧。

听见过谁是纯粹靠了他的作品的收入仰事俛畜的呢？——作品与金钱放在一块儿讲还觉得是一种丢脸的事.文章以“却酬”为贵，所以作家与出版人之间虽然不是没有多少的冲突，一本书印了好几版不给作者一文版税的书店还可以立足，而且还可以发达。欧美作家是一种职业，他们的生活就全靠作品的收入，他们与出版人的关系当然更是亲切，他们间的冲突也更是显著。我们无论翻开哪一个作家的传记、书札，没有不提到他与出版人中间的关系的。

欧美作家的作品，也与我国一样，不是抽版税，便是卖稿。大约作家没有不希望抽版税。“文章是自己的好”，谁能相信他自己的作品不能印一二十版，销上几十万本？可是要是你有什么急用，家里等着米下锅，你可不能慢慢的等到销售掉才结账。有人便卖了它完事不是？朋友某君的作品，市价是千字七元，要是居奇一点，也许还不止此数，可是老没有钱花，只要换得到现款，就是两元六千字以下他也常常出卖，以他在文坛上的地位和名望，如在英美，是断不会这样卖稿的。

英美作家的版税，并不像我国书店那样的限定百分之十或百分之十五，没有伸缩的余地，他们是常用累进法的。例如一本书的销数在千本以内，版税是百分之十,二三千本便百分之十五。极流行的作家，销数到数万数十万，版税可以抽至百分之三十以上。一本定价一元的书，销千本作者可得百元，销十万本作者也许就收入三万元。这累进的方法，自然没有一定，由各个作者与出版人订立契约，愈是流行、愈负盛名的作者，自然可以要求愈有利于自己的条件。他不但可以要求最高的税率，而且常常可以要求在交稿时，甚至稿子没有写成时，由书店预垫版税。要是一个流行的作家，因读者嗜好的变易，突然的不流行了，出版人少不了受到很大的损失。

以我们局外的观察，英美成名的作家似乎是不应该再有不满意于出版人了。新出的无名的作家，可另是一回事。他们的作品，抽版税固然书店常常不要，卖稿也常常不收。有许多书是作家自己出钱印刷，托书店经理的。英国十九世纪末叶的文坛怪杰 Scmnel Bntler 的作品好像有大部分就是如此出版的。

作家杂话

（一九三五年十月二十五日）

陈西滢

天才是不是能遗传的，尤其是文学的天才？这个问题，我不知道有没有遗传学者做过统计或研究。我们思索一下，像魏武魏文陈思，南唐的中主后主，眉山苏氏，晏同叔父子这一类的例子，在中国文学史中，实在是寥寥可数。大多数的作家，自己才华绝世，子孙可谁也没有听说过名字。

我认识一位老名士，自己是一个诗人，他的夫人又是一位书法名家，此老名心最炽，他自己老夫老妻已经够风雅的了，还是忘不了“代一传人”这一类的话，希望下一代也继续他们的风雅。谁知道他的子女虽然都是好子女，对于文墨一道“却苦于不能接近。他老人家费尽了心血，请了不知多少名师，他的世兄还是不能写出三百字长的文章，凑成七个字的诗句”。无可奈何，只好娶一位能做诗的才女做媳妇，以了他“一门风雅”之愿。

近代英国文坛里，倒有几个文学世家。要我那位老名士听说了，不知要怎样的羡慕呢。加奈脱（Garnett）家是这种世家之一。中国的读者是直接或间接少不了与加奈脱一家发生多少关系的，虽然不一定知道这个名字，因为俄国大小说家的作品，如屠格涅夫、杜思拖夫斯基、柴霍甫诸氏的全集，托尔斯泰、哥哥尔诸人的杰作，都有加奈脱夫人的英文译本。她的译本不但在数量方面是最丰富，而且在内容方面又是最精确。一个不懂俄文的读者对于俄国文学的认识，要是他懂得英文的话，大部分得感谢加奈脱夫人的介绍之功。

就是不懂英文的读者，也多少反射到了她照出来的光明。我们的译本还不是大都从她的译本重译过来的？

加奈脱夫人的丈夫爱德华是一位文学批评家，所传记评论一类的书很多，以《星期五晚》一书为最有名。他是文人的朋友，十九世纪初年的著名文人他大都认识，而且大文豪如康拉特、高尔华绥等常常以作品稿本先送给他去批评。

爱德华的祖父已经著过不少书。他的父亲理查是文学史家，所著重要的书籍很多，有一本《神们的灭亡书》，在当年名重一时，就是现在也还在有些人中占一小小的地位。可是加奈脱家的天才，要数爱德华的儿子大卫了。大卫写的书并不多，而且都是薄薄的。可是在现在文坛上他已经有他特殊的地位。志摩曾经翻译他的一本书（A man in the Zoo）刊在《新月》上，但似乎没有译完。

另一个文学世家是赫胥黎。赫胥黎（T.H.Huxley）的《天演论》经闽侯官译成古文，是很早就为中国文人所激赏的了。他的儿子楞涅德娶的是一位希腊文教授，也看过不少书。楞涅德娶的是大文评家阿诺德（Matthew Amold）的侄女，当时驰骋文坛的女小说家 Mrs Humphney Mard 的姊妹。他们生了两个儿子，大的朱理安（Julian）能够继承他祖父的遗绪，也成了一个生物学家而兼文章家；小的便是现代英国文坛上的奇才阿尔独斯·赫胥黎 (Aldous · Hueley)。

也像阿尔独斯·赫胥黎一样，被智识阶级推崇为当代英国文学的领袖；也像他一样，作品不能为普通的读者所了解而被称为“高额角”的有一位才华绝世的女作家吴尔芙夫人（Virginia Woolf）。多谢叶公超、卞之琳君等的介绍，在中国已经不是陌生的名字了。她不仅是一个文章富有诗意、人物洞见脏腑的小说家，她还是一个深刻细腻的批评家。在批评方面，可以说她是她父亲的女儿，因为她的父亲司蒂芬(Sir Leslie Stephen)是十九世纪有名的思想家、传记家、批评家。《英国名人列传》那一部大著作，就是司蒂芬计划编辑的。司蒂芬的第一个夫人是大小说家萨刻立（Thackeray）(编者按：今译萨克雷，后同）的女儿，所以吴尔芙夫人可以说是萨刻立的外孙女，司蒂芬的第一个夫人并未生育，吴尔芙夫人与她的姐姐都是继妻所生。

吴尔芙夫人嫁了楞涅德·吴尔芙，从名字就可以知道是犹太人，但是留心英国政治的人都知道他是非常笔健的政论家，提倡和平反对战争的斗士,国际问题的权威。吴尔芙夫人的姐姐文尼刹(Vanessa)是一位画家，嫁的克莱夫·培尔（Clive Bell）是艺术批评家。培尔与去年逝世的弗莱（Roger Fry）都是思想家及艺术批评家。英国人的能够了解、欣赏新派的艺术，他们二人的功最多。

吴尔芙夫人没有子女。培尔夫人的长子便是武大今年新聘的文学教授朱理安·培尔（Julian Bell)，培尔是诗人，印成的诗集还只有薄薄的一两本，可是已经有人在说将来的英国文坛上是少不了有他的一席地了。

作家杂话

（一九三五年十二月六日）

陈西滢

新近看到白朗（Curks Brown）的自传。白朗是在英美很有些声名的作家代理人。作家不一定有，而且常常没有事务方面的才干，有才干的又不一定有时间及耐烦去与无数的出版家，一一周旋，花了水磨工夫，磋商出一个最高明的酬报来。作家代理人就是专为作家接洽卖稿或其他出版事项的。他一方面既省了作者不少的麻烦，而且因为情形熟悉，又可以为作者得到最有利的条件，所以虽则是被认为是不必有的中间人，而且要求的报酬很高，但他还是有存在的需要。

白朗认识的名作家很多。对于他们在银钱方面的态度，他有时很不恭维。大小说家摩尔（Gcorgc Moore）就是其中之一。摩尔托白朗磋商某种条件，起先对于白朗的提议，他完全同意，可是过了几天他写信给白朗说，他虽赞成白朗的计划，但是已经改变方针，预报直接交涉不必再劳他的驾了，这就是说，白朗的心力是利用了，佣金可不预报付出。但是在英美是有法律制裁的。摩尔委托白朗及磋商进行，都是有函件为证的。结果摩尔非常的生气，佣金还是非付不可。

另一个作家可比摩尔精明多了。这位作家白朗没有举出姓名来，只有说是现在生存的最著名作家之一。他托白朗与美国的一家出版商订一合同，白朗花了不少精神与时间，费了不少笔墨，花了不少电报钱，亦才与一家定了一个极有利的合同。一切手续都完备了，只候这位作家签字。可是合同送去后，石沉大海，再也没有回信。过了些时方才知道这位作家等了这张费尽心血换来的合同去找另一出版家，问他是否愿意接受这条件，那出版家接受了。作家依然得了最有利的条件，却不用付一个钱的佣金，白朗不但白费了时间心力，而且白垫了不少电费（编者按：指电报费）。

另有一个著作很多的女小说家去找白朗，说为她出书的书铺太不行，从前每部书可以销两万本，现在只能销一万本了。她得换一个出版家，请白朗为她接洽，预支版税就以一万计算吧。白朗要看一看她各书的版税结算清单，她说已经失去了。白朗就去调查一下她以前各书的销数，发现她的小说最多的销了四千本，此后愈销愈少。她曾经换过五六个出版家，没有一个出版家不因预支版税太多而受了损失。白朗对她说他不能向人说她的书的销路上一万，要人预支那样子的版税。她说很生气的，我们要你们就是为了做这样的事的啊。

华德夫人（Mnllumphoy Nave）是三十年前最流行的作家，虽然现在似乎没有人读她的书了。有一个电影公司托白朗与她接洽，想将她的一部有名的小说映成电影。白朗向她说，大约可以得到四千磅的代价。这个数目是华德夫人所没有料到的，所以她说要是能得到这个数目，就接受下来罢。她想了一会又惋惜地说："这个数目卖出去，你的佣金就得四百磅了罢？"

不想那看上了小说中女主角的那位女演员忽然对于这本小说失去了兴趣，影片公司不要映演了。向别家接洽也没有成功。华德夫人的家用非常大，要钱用得紧，她自己去接洽，就是上千磅以下她也愿意接受，还是无效。

突然那位女演员又想起了这本书了，非演书中的女主角不可。白朗讨价要了六千磅，影片公司立即答应了。华德夫人听了很高兴，很赞成白朗的精明。白朗给她寄钱去了，扣了一成佣金，华德夫人回信道："你扣去了六百磅钱佣金，我们不是说了四百磅么？"白朗道，她要他以四千磅卖去，如此当然他的佣金是四百磅，这个办法他现在还是可以做到。华德夫人爽然道，毫无疑问的还是不变更这新办法好些呢。

《土匪大王》小引

陈西滢

今年五月初的临城劫车案，惹起了全国各界的注意。报纸上长篇累牍的记载，把这件事的始末经过，被绑者的生活情形，描写得淋漓尽致，丝毫不漏。总统总理一道一道的命令发下来，督军省长一个一个的电报打出去，总长参事昼夜的舟车奔走，国会议员也居然有五分钟的时间，忘记了个人的利益，提出质问书来。真个是闹得天翻地覆，不亦乐乎。

其实，土匪绑票有什么稀奇，也值得这样的大惊小怪！北至黑龙江，南到广东，东至吉林，西到云南四川，那（哪）一天过了没有几个人让土匪绑去？绑去一村两村，一镇两镇的人，还算不得什么，区区几十个人，更算得什么一回事？谁听见过总统总理发过一道命令，督军省长打过一个电报，总长参事走过一步路，国会议员说过一句话？谁看见报馆主笔做过洋洋洒洒的大文章？报馆访员写过长篇阔论的记事？

至于抱犊谷的生活，更加没有什么稀奇，也值得不惮详尽的描写！旅客在土匪窝里，虽然挤一点，究竟还有房子住，虽然味道不精美，究竟还有东西吃，虽然待遇不周到，究竟没有土匪侵犯女客的贞洁。比较中华民国的国军怎样？大军过去的地方，妇女多受侮辱，金钱衣物，牛羊鸡犬，抢劫一空，房屋一把火烧了；一个个村落，成了一片片的瓦砾场。与其受中华民国国军的保护，还不如住在土匪窝中罢！

临城案件所以惹起非常的注意，因为他与平常土匪绑票有一个不同的要点。平常土匪绑的是中国人，临城土匪绑的有中国人，也有许多外国人。洋大人那里是可以惹得的？所以命令电报里，翻来覆去，无非是说些得罪了西人，恐酿成列强干涉的话，对于掳去的华人，从来没有提起一个字。虽然如此，中国人究竟沾了洋大人的光，末了也释放出来。不用说，中国妇女陷在匪窝中的没有吃大亏，也未尝不是沾了洋大人的光，因为中国官吏最怕的是洋大人，中国土匪最怕的却也是洋大人。

实在外国人的造福我国人民，真是德泽深远。无论什么事，只要一与外国人发生了关系，便会有动作，便会有改良的希望——至少表面上改一个样子——若是与外国人没有关系，那么凭你怎样的痛苦颠连，水深火热，一百年也没有人来理会你。

中国案件发生以后，大官们大家有些发急。我们平常人，把常理来判断，自然以为最发急的一定是管理全国治安的内务总长，管理全国军事的陆军总长，统治北方军务的直鲁豫巡阅使和巡阅副使，管理扰事区域的山东督军和省长。谁知道中国的事情，是不能够把常理来判断的。这次最关心的，也不是内务总长，陆军总长，也不是直鲁豫巡阅使和巡阅副使，还不是管理扰事区域平日作威作福的山东督军和省长，最关心的，说也奇怪，却是与土匪直接间接都没有关系的交通总长。在火车上让土匪捉去了，便是交通总长的责任，那么在洋车上让土匪捉去了，便是出租洋车店的掌柜的责任了。

这位交通总长原来是海军上将出身，所以很有些军人的气概。他非但负责任出来与土匪交涉，他还情愿投身匪穴作质，换出西洋票子来。这消息一传，大家都称赞他的血气，大家都高兴成全他的志愿。大家明明知道土匪是明白人，断乎不肯让一个区区中华民国的交通总长，来调换一个大西洋的大国民，更不用说，调换全队的大国民了。但是大家觉得这位总长为国为民——虽然国是中国，民是外民——的心愿，不可以不鼓励一下子，并且中国少个把总长和总长的同等人物，也是国家之幸，所以欢喜之至。谁知这位交通总长接到了他一两个朋友的电报，劝他为国自重，不要虚掷性命，他居然从谏如流，一说便听，把“我不入地狱谁入地狱”的洪（宏）愿，立刻打消。

土匪的态度极是强硬，提出了许多条件，要北京当局立即承认。一九一九年巴黎和会，协约国对待一败涂地的德国，也不过如此。北京的当局，也不失为识时务的俊杰，他们虽然不满口答应，却声明极愿商量。他们平常对待南方的什么孙中山，态度非常高傲，再也不屑同他的代表，开诚布公，会议统一方策，现在对了抱犊谷的孙美瑶，居然分庭抗礼，商量大局，尽修两国相交的情谊。

孙美瑶觉得北京当局的谦恭虽然有余，诚恳还是不足，所以又宣言只愿同外人交涉，不愿同中国政府直接磋商。中国政府的脸也丢尽了，只好忍辱吞声，含泪应承。究竟还是赖了外国人的大力，这事总算告一个结束。

我们记得临城案件发生的时候，匪首孙美瑶发了一个安民告示，说他们是豪杰之士，挟着满腔热血，只因国事日非，奸邪当道，贪欲横行，民不聊生，所以他们啸傲于绿林之间，立志澄清中原，扫平邪逆。

当时我们看了，非常的心往神驰，恨不得立刻去投效在孙大司令的麾下，随镫执鞭。谁知道忠义军受了招安，他的总司令一变而成中华民国剿匪军的总司令，从此便要帮了贪欲无厌的当道奸邪，去攻打捉拿其余的挟着满腔热血的豪杰之士了。

可是一个豪杰之士，既然因为捉了几个外国人，做了中华民国的总司令，其余的豪杰之士，也大可以望风而起，努力效法，盼望得他一官半职，显亲扬名。机会极多，将来的事业正未可限量。

朋友们说，这是一椿不可多得的奇事，如有个不可多得的奇才来点缀点缀，写成一个剧本，或者一篇小说，也是不可多得的妙文。我想，"俟河之清，人寿几何"，我们既然不认得什么天才，自己又没有能力来"班门弄斧"，何不学学政府和土匪的方法，借重外人呢？书架子上有一本书，是法国文豪的一篇小说，叫《山中之王》，如果译得痛快一些，可以叫《土匪大王》。这本书虽然还是五六年前读过的，其中事实，还约略可以记得，正是与临城事件，同样的滑稽，大可以相映生辉。连忙在书架上取下这本书，拂去尘埃，开卷重读，愈读愈爱。亚伯的事实，虽是虚构，他本意原要讥笑希腊人，这书一出，读者都称赞他思想的深切，却嫌他的笔墨尖窜，未免太过。中国读者有临城案在头脑中，再读此书，一定更觉得著作思想的深妙，可是不见得会嫌他太尖窜刻薄罢！

诗人这般褒贬徐志摩

徐志摩差不多被说烂了，关于他的文章很难引起我的阅读兴趣，然而接到赠阅的《扬子江》诗刊（二〇一〇年三期），迎面一首《徐志摩》我竟例外地浏览起来，因为是诗人吟咏诗人的文字，作者又是著名的叶文福。我先是读得漫不经心，读完了却感慨颇多。

我联想起徐志摩罹难那年诗人们纷纷发表的悼念诗篇，胡适写过，陈梦家写过，孙大雨写过，饶孟侃写过，写得最快也最为动情的是方玮德一首《哭志摩》，他得知罹难消息的第二天即一挥而就，迎灵柩那天又写了一首《再念志摩》。七八十行的《哭志摩》有着灿烂的开头：

志摩，你死，你死在天上，

你火葬在云里，你的灵魂
化成一缕烟——一缕轻烟，
一缕轻烟，蜿蜒又永远。
清早你在山上等候太阳！
太空是你的家，黄昏
你在天边涂起红霞，
光耀是你的美丽，
夜里你是一条淡纱，
你皈依月亮，你皈依星辰，
露水是你的泪，雾是你的
悲哀，寂寞是你的言语。
每天每晚我站着望，我望
你的影子飞过泰山，飞过
黄河（黄河里有我卑微的埋怨），
你飞，你飞上你那最想望的
高峰，高峰上有你不变的天光，
不变的爱，不变的解脱，
不变的翅膀上生出来的自在。

三四年后方玮德本人作古，英年二十九岁。林徽因写了《吊玮德》，女诗人没有发表过悼念徐志摩的诗作，她写给朋友的悼诗，见到的仅此一首。

当代诗人咏叹徐志摩的诗歌陆陆续续有一些，前几年偶尔撞见一两首（我不大读新创作的诗歌），无不是惺惺相惜。这回以《将军，不能这样做》成名的叶文福如何怜惜诗风迥异的徐志摩呢？我实在拗不过这好奇心所驱。第一行诗句“我不喜欢你志摩”预示了叶文福的态度，我有点意外，再一想又在意料，他向来激进。诗人徐志摩在别人的诗歌里遭遇贬斥，大概再没有旁人的作品，不妨迻录叶诗全文：

我不喜欢你　志摩
我在你诗中看不见一丝祖国
看不见一眼流血的土地
看不见一勺院墙外面的生活

你如同高脚杯中的红葡萄酒
气质高贵　却是可怜地浅薄
你醉倒了无知的少男少女
你属于咖啡　舞女　半暗的角落

你的诗像花园口的黄河
表面上汹涌澎湃　却很混浊
没挡住鬼子　却淹没了庄家
淹没了中原汉家的肥沃

国之将亡　到处是兵燹匪祸
你却在那里玩弄潇洒　对酒当歌
你却在那里与艺妓康桥惜别

悄悄地来　悄悄地去　悄悄地说

像一只野地里的春猫
夜半的吟哦　缠绵悱恻
无耻的放纵被你叫成爱情
因为你优雅的身段很具色情的诱惑

我很想喜欢你
因为你身上还有一些元素闪烁
我以为那是诗　仔细一看
竟是吻后的脂粉和余唾

不是诗人　充其量也就是个烟花才子
有人吹捧　是因为他们和你一样
需要香槟　需要美女　需要角落　需要堕落
你喜欢天马行空　在天上当白马王子
一架飞机　陪葬了你这薄悻的过客

尽管有第一句的预示，读完最后一句我还是吃惊叶文福对徐志摩的极度抨击，不是吃惊抨击，而在抨击的如此没有依据。第一节诗开宗明义宣告徐志摩两大罪过：他诗里一没有祖国，二没有民众，给徐志摩定了个“烟花才子”身份。

诚然如叶诗所言，徐志摩诗歌“看不见一丝祖国”。我印象里，至多《青年杂咏》其三有一点祖国的意思，再是《留别日本》那首，也有点儿这意思，显然都不至于如叶文福所要的“一丝”程度。至于叶文福揭露的“国之将亡到处是兵燹匪祸，你却在那里玩弄潇洒对酒当歌”，便与史实相去甚远了。徐志摩一九三一年十一月罹难，此时东北“九一八”事件刚发生不久，局势还没有严重到国家将要灭亡的程度，而徐志摩的全部诗作差不多都创作在“九一八”之前。叶诗接着那句“你却在那里与艺妓康桥惜别”尤为不堪，徐志摩几次康桥行踪均在二十年代，他生平资料里并无有染艺妓的记载，说“惜别”，极易想到林徽因。时间、人物这样地错乱剪辑，是出于不明事实抑或欲加之罪？

关于叶诗所指的“院墙外面的生活”，徐志摩可远不止叶的低限“一勺”，《叫化活该》《庐山石工歌》，只看题目便知道徐志摩的笔墨落在可怜的乞丐和辛苦的匠人身上，徐志摩这类题材的诗篇少说有十来首，写丧子的贫妇，写新年里不得已弃家远走的孤老，写行乞的女孩，写捡煤渣的一群，写夜半更夫凄凉的击柝声，写即将开赴战场的士兵饱餐六根油条，写他们到战场三天果然成了炮灰埋进坑里，好几勺了吧。《八月的太阳》不是写苦难：“金黄的茅舍，金黄的麦屯，金黄是老农们的笑声”，也该算是院墙外的生活，诗人既为他们的苦难不平，也为他们的收成高兴。还有一首《梅雪争春》，看似风花雪月的题目，其实控诉了血腥的“三一八”惨案。可能叶文福依旧要责备，徐志摩写院墙外的生活不多，不深，不能像闻一多或叶文福那般激烈、昂扬。然而，读者并没有在这方面给予徐志摩多少赞扬，许多慷慨的赞扬是给了闻一多、叶文福。徐志摩存在的价值正在于他自己独特的选题和与选题吻合的表现特色。祖国和民众，徐志摩写不过你们。写了的那些，读者也淘汰了它们，偏要记住《再别康桥》，记住《沙扬娜拉》。徐志摩写爱情，写得那么富于魅力，这同样不失一份文化遗产，且不说徐志摩对新诗发展作出了怎样的建树。

关于徐志摩，卞之琳、方令孺及沈从文都有文章称道他，或许叶文福会说，他们与徐志摩乃一丘之貉。那么听听口碑甚佳的朱自清如何说的，这位作诗资格比徐志摩更老的诗人，在徐志摩死后总结白话文学第一个十年的诗歌成就，选编《中国新文学大系》诗歌集，入选数十位诗人作品，徐志摩数量居首，多至二十六首；郭沫若还居其次，二十五首；余如冰心、戴望舒、李金发、冯至、均不足二十；更多者不足十首，乃至一首两首。朱自清的“前言”说到这位“成绩斐然”的《再别康桥》作者：“他是跳着溅着不舍昼夜的一道生命水。”另一处朱自清又曾极度推崇他：“现代中国诗人，须首推徐志摩和郭沫若。”（见赵景深《志摩师哀辞》）如果说话时的朱自清尚不够革命的话，再听听革命诗人蒲风回顾新诗历程说的：“堪与郭沫若伯仲的算起来要推徐志摩了。”（《五四到现在的中国诗》）叶文福放言，“吹捧”“烟花才子”徐志摩的人是“因为他们和你一样”，不知上述诗人们在“浅薄”在“放纵”在“堕落”和徐志摩如何一样。岂止他们，德高望重的非诗人蔡元培，竟也这么说徐志摩，他“谈诗是诗，举动是诗，毕生行径都是诗。诗的意境渗透了，随遇自有乐土”。这一位位都是有口皆碑的值得国人自豪的人物，叶文福置他们于何地？如此亵渎先贤岂不有点轻率？最后一行“一架飞机陪葬了你这薄悻的过客”，那嘲讽语气显露出叶文福不很厚道了。

叶文福是二十世纪八十年代名噪一时的优秀诗人，为新时期诗歌繁荣做过贡献。他疾恶如仇的道德精神尤令人钦佩。听说，有人称“叶文福是当代伟大的现实主义诗人”，并且成立了“叶文福诗歌研究会”。不过，他最终能否登上史册需有待历史检验。而徐志摩，不论他有这样那样的缺点，不论叶文福多么不喜欢他，已经是青史留名。

道不同可不相为谋,但不宜诋毁异己。“五四”新诗起步时，“学衡派”中坚吴宓是反对它的名家。吴宓不是诗人，或者说不是新诗人，写过不少旧体诗歌。闻徐志摩罹难，他赶赴追悼会，并当场吟得一律《挽徐志摩君》：

牛津花园几径寻
檀德（但丁）雪莱仰素因
殉道殉情完世业
依新依旧共诗神
曾因琼岛鸳鸯社
忍忆开山火焰尘
万古云霄留片影
欢愉潇洒性灵真

吴宓和徐志摩交情泛泛，写得也仓促，这首七律不指望它如何地高明，至少不及他若干爱情诗的感染力。但不囿成见，可见旧体诗人和新诗后来者气度的差距。吴宓后来还说：“我在成功与享受上，又焉能比得上志摩呢？”

徐志摩生前便是个有争议的作家，身后数十年始终也未得舆论一律。褒也好贬也好，后人尽可以见仁见智，但不可的是见出无中生有来。《徐志摩》是叶文福组诗《祖国之恋》之一，面对当下许多人只顾个人忘却国家，叶文福为讴歌祖国而贬斥胸无中华的世子，其旨意可嘉，但是瞄错了靶子。郁达夫说过：“没有伟大人物出现的民族，是世界上最可怜的生物之群；有了伟大的人物，而不知拥护，爱戴，崇仰的国家，是没有希望的奴隶之邦。”这话是在鲁迅逝世时有感而发。当然徐志摩远不及鲁迅，更称不上伟大，但珍惜民族精英的道理是普遍的一样的。

我也不很喜欢徐志摩的文字，但这无涉祖国宏旨，纯然是艺术口味不投。尤不喜欢他那做派，同样属于个人性格的差异。他的有些作品很叫人不以为意，那首《别拧我，疼》，闺房调笑的轻薄文字理应藏在箧底，何必公诸世人。但这毕竟属白璧微瑕，评价诗人应该全面考察，不能专注于此，以点代面。

叶文福这首《徐志摩》若并非出于偏见，仅是缺乏起码的了解，我则更加感慨了。连叶文福也这般不了解徐志摩，那么，尽管媒体几乎天天出现浪漫诗人的名字，读者恐怕并未真正了解他，粉丝们多属谬托知己。褒与贬，都离徐志摩很远。

最后，我想起鲁迅讥讽过的小姐诗人虞琰，她也写过一首《悼志摩诗人》：

原野布满了狂风，
狂风吹起了灰尘：

痛快的飞腾、喊叫与奔跑，
是这一个走掉了的诗人！

关外布满了马蹄，
马蹄踏断了草颈。
这时应当有千百万首诗，
我们在需要一个诗人！

虞琰出版过一册诗集《湖风》，她生于富豪家庭，年纪又在妙龄，作品的柔媚、纤弱可想而知的。然而这一首，却令人意外地洗尽脂粉，表现出一种胜于徐志摩诗歌的大气。

“全集”不易全——补徐志摩一段重要佚文

编作家“全集”谈何容易的事！且不说它是为研究者提供可信可用的文本，需在校勘、注释上花大力气（仅花力气不够，更得兼有多年学养、专门知识），单说把文章印齐了就不算简单的功夫。总不免这样那样的原因，于是“全集”不全。我是深有体会的。好几年前我编过上下卷的《凌叔华文存》，名为“文存”，其实完全当“全集”操作的，想一网打尽凌氏作品。然而付印在即，偏偏有个五万字的中篇小说尚难认定是否为凌叔华所作。待确证以后《凌叔华文存》已经面世几个月了。最近我又编了一套《林徽因文存》，书名仍不敢冠以“全集”，因为明知道还有几篇林徽因文章，就是找不到文本而无法编入。卓如编的九大本《冰心全集》本是我心目中“很全”的“全集”。编者为研究冰心的资深专家，所在单位是中国社会科学院研究所，编时冰心本人尚健在，可谓天、地、人三者优势具备。我几次撞见民国报刊上冷僻的冰心文字，疑其可能是佚作，每与“全集”核对，均属徒劳之举。近来方锡德教授仍然发现冰心佚作多篇，包括短篇小说《惆怅》和两篇散文、一篇讲演、一首旧体诗。“全集”不全实在是无可奈何的现象。建国以后所编《鲁迅全集》，初编加修订，三次都属政府行为，每次都是巨大文化工程，动用人员之多，耗费财力之大，持续时间之久，是编印其他作家“全集”不可期盼的。纵然这般，一次比一次有新的可观的补充。即将出版的第三次修订的《鲁迅全集》，据说新增佚文二十四篇、佚信十八通及其他文字，篇幅共达十万言。到此岂敢说就一定齐全了呢，“全集”不全乃当然的事情吧。

这一番感慨来自韩石山先生编《徐志摩全集》的出版（百花文艺出版社）。它既是出得最晚的一种徐志摩“全集”，韩先生又写过徐志摩传记，这套“全集”的编辑优势自不待言，它收集作品的齐全非此前各种徐的“全集”所及。可是读下来还是发现漏了一段徐的重要佚文。这段佚文披露于欧阳兰的短文《文字的匀称》，文章发表在一九二四年十一月十五日《晨报副镌》。年代太久了不大为今人注目。我曾撰文介绍，说明它对于研究徐志摩文艺思想、新格律诗理论发生过程等问题都颇有价值。拙文刊于七八年前的《中国现代文学研究丛刊》，当时已知韩石山先生着手编辑新的《徐志摩全集》，随即寄韩先生以便他补缺。不料这套“全集”出版拖延日久，其间编稿断断续续，时分时合。难免的差错留下这个十分惋惜的遗憾。《中国现代文学研究丛刊》是份专业很窄的学术期刊，读者相当有限。韩先生来函希望重新刊布他主编的杂志，似有亡羊补牢的雅意。这样不予藏拙遮丑的气度可佩，那么再抄示如下：

……现在所谓新文学是一个混沌的现象，因为没有标准，所以无从评论起，少数的尝试者知识在黑暗中摸索，有想移植西欧文学的准绳，有的只凭着不完全不纯粹的意境作他们下笔的向导。到现在为止，我们应得承认失败，几乎完全的。但这失败的尝试中我们已发见了不少新的可能，为最初提倡新体文学的所为能见到的。我个人就深信不久我们就可以案定一种新的 rhythm，不是词化更不是诗化的 rhythm，而是文字完全受解放（从单类似的单音文字到分明的复音文字）以后纯粹的字的音乐（word music）。现在的作品，不论诗与散文，还差得远，表示犯含糊病就是犯夹杂病。文字必须先纯粹，方能有文体的纯粹。三殿顶上的黄瓦是一个模子做成的；我们的新语言也得有那种纯粹性。瓦块不整匀时，便盖不成成品的屋顶。文字不纯粹时，便做不成象样的文章。

这单是讲方式与原料。思想是的结构与意匠，那又是一件事。我们得同时做两种工份：一面造匀整的瓦料，一面打算将来建筑的图样。我们看问题要彻底，走半路折回头的办法不是男子的气概。你不见现在新体文不曾站得住，许多所谓新文人与新诗人又在那里演什么曲调与词调了吗？……

附记：文章写好，收到刚出版的《新文学史料》（二〇〇五年四期），又见刊出才发现的徐志摩致英国友人奥格顿六封信的中文译文。

“三月司寇”清风袖

去岁林徽因一百一十周年诞辰，报刊上纪念她的文章，长长短短的不少，乃至没有多大关系的某家地理杂志竟也热心组织了小专辑。过两天又将是林徽因逝世六十周年——她活了五十一岁——想来仍会有说及她的各式文字（果然，今日清早完成此稿时，香港《凤凰副刊》率先推出一组文字《别后一甲子，你是人间四月天——追忆林徽因》），如今凡写林徽因的文章尽有读者。此时我倒想起她父亲林长民来，他也到了逝世九十周年，在十一月；也满了一百四十冥寿，按国人虚岁算法，生在七月——其寿亦短，五十罹难，比女儿还短了一秋——不论十一月还是七月，大概不大有文章谈谈林长民的。

林徽因已家喻户晓，而她的崇拜者，几多人熟悉林长民呢？其实，女儿的天赋多半得之乃父，豪爽性格，多情才思，父与女何其酷似，还有徐志摩说的那睿智谈吐，“蓓蕾似的满缀着警句与谐趣”。要说，林长民才华哪里在林徽因之下，他能诗，尤擅书法，行事干练，赢得时人口碑。与技艺过人的林徽因不同，林长民志在经国大业，很是为此自负。清末民初，他任过咨议局书记长，参政院秘书长，众议院秘书长、总统府外交委员会事务主任，俨然秘书长专业户，人称“秘书长之理想人选”。

林长民对徐志摩感叹过：“做一个有天才的女儿的父亲，不是容易享的福。”这话似乎在叫苦，却不无自得、自喜，甚至自炫。父女俱才，落霞孤鹜，林长民才配享这不容易的福，自然享得也还算容易。如果读者只拾得徐志摩逸闻，闻说诗人与林长民互设恋爱对象，串演过一回双簧“情书”，激赏林的“万种风情无地着”诗句，障此一叶去看才女父亲，风流倜傥而外一无所见，那就皮毛又皮毛了。

林长民留学东瀛早稻田，于法学颇有研究。归来在家乡创办法政学校，在上海主持《法政杂志》。到了都城北京，倡导宪制，研究宪法，参与起草国家大法。后来又先任法制局长，再任内阁司法总长。他毕生致力法政建设、法规实践，是皇朝社会末期宪政运动先驱，民国初年叱咤风云的人物，民众瞩目的政坛“明星”，知名有似今日林徽因。不过，作为政治活动家，林长民并不成功，未待事业建树即早早夭折于非命，引诸多名流如梁启超、章士钊、胡适、林白水等扼腕痛惜。

然而，林长民为官清廉，芳名远播，于今日实堪一说。他在司法总长任上，正值张镇芳支持张勋复辟失败，张下狱被判了重刑。此人与袁世凯是项城老乡，兼之袁氏姻亲，还干过盐运使肥差，官至直隶总督，故而有的是钱财。张镇芳使家人行贿十万以求总长网开一面。不意遭林长民断然拒绝，尽管林与袁大总统曾有旧交。不久，为这个，还有其他事，司法总长主动下台，七月中旬上任，十一月中旬辞任，任期短短四个月。拒贿或是他任职期间唯一可陈的政绩，至少他本人十分看重，治一铭章，曰“三月司寇”，传为民国史话的美谈。陈师曾为他刻的“三月司寇”，白文，有边款，记官宦三月而引退事，今存诸陈师曾印谱。相传林长民还亲手刻了一方“三月司寇”，但百年来未见印痕。数年之后曹锟贿选总统，以五千元买得国会议员各人选票，而林长民一票无售。张镇芳充其量一头困兽，曹锟贿选成功，乃锋牙利爪的猛虎，这一回愈加显示林长民凛然气概，此举果然为其两年后罹难埋下隐患。

什么机关的秘书长都是个大管家，众议院亦然。当管家的当然管钱财，林长民自己说，他手里进出的资金数百万，聘任了大舅子王熙农经手账目、出纳款项。所以用亲姐夫，决非方便沆瀣一气，肆意捞钱。恰相反，这位姐夫，穷而正派，埋身银堆，清贫如故；林长民同样两袖清风。秘书长任用近亲，举贤不避亲也。做过这个那个官的林长民家财并不丰足，在世最后两年鬻联卖钱以缓解拮据。今存他所书联幅，不少并无上款，大概就是这类货品了。他写下打油诗：“去年不卖（选）票，今年来卖字。同以笔墨换金钱，遑问昨非与今是。”出典正在这两件事上。林长民身后没留下什么积蓄，梁启超告白朋友：“现在林家只有现钱三百余元。”又说：“字画一时不能脱手，亲友赙奠数恐亦甚微。目前家境已难支持，此后儿女教育费更不知从何说起。”林徽因留学费用担子由准公爹梁启超接了过来，至于两位未亡人和失怙的林徽因五个弟弟妹妹，尚待着落。梁启超致信张国淦，请他联系故交为林长民遗孀、后人募集赈款：“彼身后不名一钱，孀稚满堂，饘粥且无以给，非借赈金稍为接济，势且立濒冻馁。”凄凉状叫人唏嘘，他们不得不谋求成立“抚养遗族评议会”，以尽故交之道义。

林长民称道替他管钱的外兄王熙农：“若论人生操守，本不算什么奇节，而在这狗偷鼠窃、赃贿公开的社会，真是难能可贵的人格。”这话亦不妨视为夫子自道，当下听来，我们的感慨、共鸣有甚当年。感慨王熙农及说此话人的可贵，感慨历史脚步太慢，赃贿格外猖獗。共和国时期出版的《鲁迅全集》，注释林长民是“政客”，一棍子打入另册。倒是周恩来说了句公正话，“北洋政府里有好人”，指的便是林长民。斯人逝去久远，而今到处大大小小老虎，不由你不怀念起林长民。乌纱在顶，权力在手，依法行事，以身“示”法，单就这一点而言，林长民岂止是好人，足以为官场的清廉表率。

稿于四月一日，林徽因病逝六十周年

一封李健吾谈自己剧作的信

查阅别的资料，不意读到李健吾的一封信，便随手录了下来。不好说它是佚信，因为没有出版过李健吾的全集。但这信不是一篇容易寓目的文字，它刊在一九四四年十一月号的《万象》杂志上。信反映了李健吾的戏剧创作观念，对于理解李健吾剧作不失一份有意义的材料，似乎值得介绍一下：

光燊先生：

你给我的荣誉太大了，一个人的寿命是有限的，然而分出那许多宝贵的时间，糟蹋在我的无聊的东西上面，我还有不感谢的！有许多话，你都过于客气，领教的是我，那不是你。

你指出我那些戏的过失，使我清醒了不少。将来再有写作，我希望你的教诲能够帮我走些正路。

喜剧，特别是高级喜剧，例如《恨世者》（Misanthrope），往往是和悲剧为邻；它让人在笑后感到悲哀，不由不坠入思维；这种笑，才有韵味；这种戏，不仅仅一笑了之，往往倒是真正的悲剧。人世或者由于制度的缺陷，或者由于性格的缺陷，往往形成一种错误，悲剧家把它们看成悲剧，喜剧家把它们看成喜剧。莫里哀伟大的地方就在这些特殊的造诣。

《青春》不敢妄和这些大道理攀附。我起初想在第四幕，把它的故事转往悲剧，后来我放弃了，经过三天考虑之后，我采取了现在的形式。我觉得它需要和谐，喜剧是它的表现，艺术必须在协调之中进行。把笑给大家，但是，眼泪最好倒流。你不期望团圆，那是对的。人生有的是不团圆；不过，这是戏，这是喜剧，就如任何喜剧。它的团圆仅仅（或者往往）是一种止痛剂，收剧场内一时之效，回头等你笑笑过后，满足了，你一回想，一回味，于是感到它的虚伪，于是艺术的目的就达到了若干：幻觉和现实有一种微妙的关联。

我不为《青春》辩护，它只是一出寻常的喜剧而已。至于其他三出戏，全有所本，它们的结尾我不好一个人担当。但是，有一点隐衷，剧作家往往不得不讨好观众：杀死王士琦，他们称心；这是一种效果。《花信风》的重圆也是这种讨好观众的心理在作祟。你站高了一级，自然就要看破它们的纰缪了。这三出戏全是舞台剧，所谓 well-made plays 者是，在法国文学的地位并不高。《金小玉》比较干净，那因为我删削了不少，当然也添加了不少。

我很渺小，我经不起你的分析，但是，我愿意努力，不太辜负你的期许。

健吾

十月卅日

信是回复看他戏的观众徐光燊的，徐的来信很长，大约是回信篇幅的五倍，显然这位观众以信为文了。李健吾所以作复，当然不只由于它长。徐不是名家，仅仅接连看了不少李健吾的戏罢了，算得李的崇拜者。徐自称“艺术的学徒”，然而哪里是一个寻常的“学徒”。在来信中他与李健吾讨论当时热演的李氏几出剧本，直率、大胆批评李的创作构思。崇拜而不迷信，这大概才是李健吾认真作复的原因吧。李健吾回信的姿态很是谦恭，信里那些话，名人是不大轻易说给非名人的：“有许多话，你都过于客气，领教的是我，那不是你。”它不能看作通常的客套语，不然就不会有下面一句：“你指出我那些戏的过失，使我清醒了不少。将来再有写作，我希望你的教诲能够帮我走些正路。”当然，李健吾亦非乡愿之辈，他出语锋利的文字并不鲜见，哪怕对方是友人是名人。譬如他这般苛求巴金和茅盾：“茅盾先生缺乏巴金先生行文的自然；他给字句装了过多的物事，东一样，西一样，疙里疙瘩地刺眼；他比巴金先生的文笔结实，然而疙里疙瘩。这就是为什么，我们今日的两大小说家，都不长于描写。茅盾先生拙于措辞，因为他沿途随手捡拾；巴金先生却是热情不容他描写，因为描写的工作比较冷静，而热情不容许巴金先生冷静。”

可见，李健吾对徐光燊谦恭，是来之他对自己创作缺点的正视。同样是本着正视的精神，李健吾也为自己的戏辩解，并不一味博取谦恭虚名就照收徐光燊的全部意见。《青春》歌颂一对农村青年勇敢反抗封建婚姻，最终竟然大功告成。它属李健吾的重要作品，有些影响。二十世纪五十年代再改编，易名《小女婿》，更是一时风行全国。八十年代他回顾一生几十个剧本，编《李健吾剧作选》，《青春》系入选的八个作品之一。李健吾为《青春》辩解，渗透着一个美学原则，尽管喜剧与悲剧为邻，喜剧和悲剧毕竟各有其不同的反映现实的方法，写喜剧不宜错用悲剧的构思——徐光燊正忽略了这一重要区分。李健吾追求的是，“它让人在笑后感到悲哀，不由不坠入思维；这种笑，才有韵味；这种戏，不仅仅一笑了之，往往倒是真正的悲剧”。这就叫人想起类似的鲁迅悲喜剧观。

李健吾在信里坦言他“讨好观众”，这话也是一般剧作家不大肯说的。剧作家往往标榜，创作剧本自行其是，决不讨好观众。李健吾所言讨好，不至于作媚俗之解，不然就皮相了。其实大可不必排斥或鄙薄心存“讨好”观众的创作心态。李健吾写了许多戏剧评论，但绝大多数评论他人作品，古今中外的剧作皆有指指点点，而阐述自己剧作的很少。就此而言，这封信又另有其可留意处。信里李健吾透露了他构思作品的信息，那么研究他的“讨好”，研究这讨好给他的戏剧创作带来正面抑或负面影响，有必要认真辨析的，或许它也是理解李健吾剧作的一把小钥匙。

“老上海”李君维先生

李君维这名字，读者比较陌生，即使是上海的读者。他笔名东方蝃蝀，知晓的人或许稍多一些，二十世纪四十年代署此笔名的小说集《绅士淑女图》深得张爱玲神韵，名噪一时，学界曾“誉”之“男版张爱玲”。虽如此，但知晓东方蝃蝀的人大概仍然有限。我与君老过从日久，堪称忘年交了。近年来虑及他年事日高，未敢烦扰，渐渐少了请益、音问。前些天陈子善披露老先生已于八月仙逝，我很是愕然。本当文字送行，只是他生前我已写过《东方蝃蝀的小说》《晚年的东方蝃蝀》，还是别人来送吧。至今所见悼念文章唯钟情君老的陈子善孤零零一篇，这位寂寞大半辈子的老作家，最后走得依旧有点寂寞。

上海对李君维先生，是生于斯，长于斯，成名于斯的地方。他的小说描绘的几乎尽是上海人的生活、情绪，作品都发表在上海（若不计供职北京的电影公司时的非文学性稻粱谋文字），遍布四十年代后期的《文潮》《幸福》《宇宙》《家庭》《辛报》《亦报》。他只编辑过一份文学杂志《少女》（和姚苏凤合编），也是在上海。当年上海小报介绍，李君维“为圣约翰高材生，他的面貌像他的笔调，那么温柔，那么有魅力，十分漂亮，感情细腻和脆弱，自己说有些神经质，但其行文有神来之笔”。出版《绅士淑女图》时有张留影，小分头，休闲西服里花纹领带微微斜垂，十足上海的翩翩少年。一九五〇年李君维迁居北京，沉寂三十余年后再度创作，中篇小说《伤心碧》、长篇小说《名门闺秀》写的仍是上海和苏州的上海人，仍发表在《新民晚报》，《夜光杯》版又不时见到他短文。沪上众多报刊，上海味道最浓的正是这份晚报。

李君维是位老上海，尽管旅居北京的岁月是生活在上海的两倍，却身在京城心在沪。老先生向媒体宣称：“时代已进入二十一世纪，我好像定格在二十世纪，我的手表停在二十世纪四十年代。”那意思太清楚不过，他始终是个上海人。走出去的上海人，哪怕离开再远，时间再长，都固守着一份上海情结，或隐或显，流露在方方面面。李君维给我的信，每每冒出上海词语，“温吞水”“瞎三话四”“有一搭没一搭”。不说洗和煮，而是“汏烧”。他有篇文章写道：“我每次回到上海，听电车上售票员报起站名来，简直像丁是娥唱沪剧一样好听。”他告诉我，“听上海人讲几句话，我就可以想象出他是一个什么样的人”，说他“有时呆坐着会想起往事，往往触景生情，一段一段的，有连贯的，有不连贯的”。我猜想，这往事必与上海相关。

信里就这么写过："酒本不会喝，喝一口就脸红，现在咳嗽更一口也不喝了。不过，我很欣赏别人晚饭喝一口酒，在二十五支的电灯下，简单的有点佐酒菜，有花生豆腐干之类。有妻儿围坐，静悄悄的，有时说两句话，短短的句子，甚至一个字两个字，互相都听懂了。"一幅素描，上海市民自得的"小乐胃"。

他留意上海话题，年轻读者不解"洋风炉""卡夫卡斯咖啡馆"这类老上海的事物、名词，他感慨道，"五十年过得真快，却很快变成了历史，许多名词淘汰了"。因而他怀疑，张爱玲的年轻粉丝能读懂她多少。李欧梵续写《倾城之恋》的《范柳原忏情录》，写范在上海看"蹦蹦戏"，看昆曲，去"大光明"看电影《乱世佳人》。李君维批评这里写得"牛头不对马嘴"，范柳原这样的洋绅士应该去"国泰"。两家电影院的影片和观众都有分别的。

李君维说起一个愿望："一直想写一篇回忆三十年代申曲的文章，迟迟未动笔。现代青年不了解那时上海盛行申曲（张爱玲也常提到），反映三十年代上海的影视作品，总是以越剧、弹词为音乐背景，不知找出申曲的旧唱片配上更有时代感。"而且拟好了题目"申曲之忆"，似乎终究没有成篇，是他生前诸多小遗憾中的一个。另外一个是，陈思和主持《上海文学》编政那年，拟重刊东方蝃蝀小说旧作，并配我一篇评论《迟到的灿烂》。岂料不久主编易人，此事不了了之。而大可补偿的是，他晚年的二度之梅又是绽放在上海。沪上出版人策划付梓"东方蝃蝀小说系列"，乃当时搜集到他全部小说之大成，俨然出土文物，颇为读书界瞩目。接着陈子善教授在圣约翰大学原址的华东师范大学召开“东方蝃蝀研讨会”，云集了各地学者和李君维的上海故知。老作家不良于行，未得亲临会议，但欣慰之至不言而喻。

旅居北京的李君维，往来的多是上海人，沈寂、吴承惠（秦绿枝）、沈毓刚、叶明、朱曾汶和福建籍上海人何为。在北京的，亦是和他一样的，由沪迁京的冯亦代、黄宗英、董乐山。老人送我每一种新出的作品，往还信札四五十通，引荐我结识黄宗英，为拙著撰写书评，等等，这般厚待于我，显然因为我青少年时代也有过十多年的上海时光。检阅这些信札，浓浓的上海旧绪丝丝缕缕。我们随意闲聊，如他爱说的，“有一搭没一搭”：“七九老人尚能自在上下公交车，我已满足了。虽然有时一上车，售票员即张罗让座，从其神色看来，生怕我摔倒。其情可感，不过我还站得住。”已过古稀的老人有时如文学青年，在报上得知中国书店座谈《老饕漫笔》，贸然到会，持书请作者签名留念。“我这不速之客还作了几分钟发言，盛赞此书，好像说到了点子上，博得作者首肯。”那种读书人的执著、憨态，跃然信上。一次我请问“诸葛夫人”背景，他即刻回复：所谓夫人“其实是姚苏凤的化名，姚苏凤在抗战时期的重庆某报上辟一专栏《诸葛夫人信箱》，用了这个化名。后来有人请夫人去做报告，就由姚先生的夫人徐素瑛李代桃僵”。

李君维比张爱玲小两岁，正式登上文坛晚三年（此前有几则练笔习作）。他与张爱玲的知己炎樱为大学同学，他好奇地（特说明并非慕名）登门拜访女作家。他取笔名启发于张的文章《必也正名乎》，东方蝃蝀初亮相被传为张爱玲的新用笔名。他的小说《名门闺秀》开篇即是 :“三十年代的月亮是陈旧的。天蒙蒙亮了，昨夜残留的月亮还挂在上海孟德兰路席公馆的屋檐旁边，苍白，虚弱，凄迷。”你不会不想到《金锁记》那段著名的开头 :“三十年前的上海，一个有月亮的晚上……隔着三十年的辛苦路往回看，再好的月色也不免带点凄凉。”何止于此，李君维感受张爱玲创作特色极有见地，而且说得形象贴切 :

她的小说集子《传奇》在百新书店出售就觉得有些尴尬，它挤在张恨水《似水流年》的旁边好像不大合适，挤到《家》《春》《秋》一起当然更合不到一起。正如热闹的宴会里，来了个不速之客，主人把他介绍到这边一堆人来也话不投机，介绍到那堆人去也格格不入，可是仔细端详一下，他与两堆人都很熟悉，却都那样冷漠。(《张爱玲的风气》)

李君维的小说何尝不可作如是观，诚如《中国现代文学三十年》评论 :“用一种富丽的文字写出十里洋场上旧家族的失落和新的精神家园的难以寻觅，文体雅俗融洽，逼似张爱玲，透出一股繁华中的荒凉况味。”于是有研究者说他是“张派传人”“张爱玲的门生”，我实在不喜这样的“美称”，李君维也不乐意。话再说回来，他和张爱玲相近的确是其他作家所不及。“海派”的“海”字，更把两位连得无法分开。张爱玲和李君维均属于上海，不过，张爱玲毕竟由北方南迁，要说小说里人物和语言的上海味道，到底比之南方土著的东方蝃蝀稍逊一二分。

李君维创作于“文革”结束之后的两部小说，一个长篇，一个中篇，较之四十年代的那些短篇，篇幅增多数倍，文字成熟许多，却未相应产生热烈反响。无奈他的时代过去了，即如张爱玲重返大陆文坛，照样无力回天。不知老人封笔之作是哪一篇，至少到二〇〇六年，八十四岁之际他并未辍笔。

我与老人通信这么多，却未尝谋得一面。他多次感慨，相距太远，恨不能随时地酣畅、惬意地说说闲话。我去过几趟北京，每趟来去匆匆，更是潜意识里顾虑他性格内向，如果相对讷讷，岂不扫兴。那时以为，他来信大多两页三页，够酣畅，够惬意，竟未能体悟老人寂寞心境。如今重读来信，顿感未及倾诉给老人的话很多很多。他走了，走而至于了，惆怅不已。

李君维外文甚好，凭此优势，《大公报》从百余名报考者里录取三人，是二十二岁的李君维和金庸、蒋某某，分派至国际版。他写作之初翻译过外国作家的时事论说，多刊在上海《时与潮》杂志。又以笔名“枚屋”写过不少国内电影评介，这正是他调往北京电影局的来由。李先生未入集的文字另有小说《双城故事》《补情天》，还有短文，我寓目的就有《怨女篇》《缺少了几位先生》《沙漠的歌声》《王台新语》，短则几百字，长至数千言。他生前念念不忘佚失的小说《玉如意》，自诩“堪可入目”。此作刊上海的《家庭》杂志，不知谁能打捞出来以慰在天之灵。何时能出版一套《东方蝃蝀作品集》呢？陈子善曾断言：“东方蝃蝀的小说也是四十年代上海文坛乃至中国现代文学史上‘最美的收获之一’。”

任政书法及闻一多篆刻

元旦这天，拙文有幸与徐正濂先生大作《从任政的书法想到闻一多的篆刻》同时刊于《文汇报·笔会》版，因而我由徐文记忆起任政的书法作品。任政的楷书已成字模，广为报刊制作标题,本不难天天见面的,所以说“记忆起”,是回想到“文革”年间，碰巧得到过多幅他早年墨迹。那时任政“下放”劳动在一家什么模具厂吧，正好他师傅与我是发小。祁师傅知道我喜欢看字，请任政写了一张。不想任政热情慷慨，隔段日子又写来一张,前前后后六七张,全是楷书。无上款,落款有的具名“兰斋”，多数光光，很随便的。我最爱他书写毛泽东七律“九嶷山上白云飞”那幅，娟秀，妩媚。

徐先生文章开头便说 :“任政先生曾经是中国最有名的书法家, 甚至可以不加后缀‘之一’, 在二十世纪七十年代的时候,可以说是家喻户晓。”此话多少有点儿夸张，要以书法赢得家喻户晓,谈何容易！尽管任政写了家喻户晓的“大世界”易名的“上海青年宫”牌招，而老百姓知晓的也只是游乐场罢了，无心追问招牌五个大字出自谁手笔。且不说它没有落款，即使署了大名，他们也视而不见的多。七十年代上海还有一位书法家周慧珺女士,当时名气当不在任政之下,她的行书《毛泽东诗词》《鲁迅诗歌集》，几乎各家新华书店皆有售品。周慧珺大名亦未见得进了千家万户，实在想找一位上海家喻户晓的书法家，除沈尹默还能是谁呢。

任政书法，现今欣赏到的比他早年作品，遒劲、洒脱、纯青，更令人喜爱。几十年前，充溢秀才气的任政书法，初见令人欣喜，继则减去一二，越看似越差些寻味。不要文化的“文革”是革文化命的非常时期，浊气所熏，我也不甚珍惜这“封资修”的东西，墨宝不墨宝的，遇喜欢看字的熟人相讨，即散去一张，表弟吕君所得一而再。多年后重逢我学生叶君，说也给过他，我却不太记得了。现今我自己倒一纸无存，连钤了印章“兰斋”那幅书毛泽东七律，原本有意收存，却因几经迁徙，不知丢失在哪一次，痛惜之至。曾思忖向表弟或叶君请回一幅，终究羞于启齿，痛惜至今。

徐先生说及，任政不具文化身份，故未得应有评价，抱屈之情溢于言表。反之,某些学者教授凭治学业绩,喜欢到处留墨，所书往往难负他盛名。由此又说到了闻一多，徐先生“以专业的标准衡量”，断言“闻先生的篆书并不高明，他不明白书法的‘线条’内涵，只是依样画形而已。不必拿真正的篆书大家如吴昌硕、黄宾虹等等来比较，便现今全国书法展览上的作者，就可以‘甩他好几条马路’!”这般快言快语的批评实在难得，当下除了笔战时恶语相加，鲜见徐先生似的直率较真。徐先生是篆刻高手，一定言之有据，闻一多的篆刻大概是不很高明。不过，语涉篆刻之外的闻氏为人，怕不无偏颇。徐先生非议闻一多“实在于篆刻不甚明白，他要真明白，是不敢于写信和朋友说‘……最近三分之二收入，端赖此道’的”。细细体味闻一多信中语，并无自信自负自得的意思，无非在透露自己生活拮据，窘到依赖出卖印技聊补稻粱。抗战年代知识分子穷得可以，客居西南的教授们薪水赶不上物价飞涨，何况还时常欠薪。闻一多收入“三分”的总额已经有限，“之二”其实就算不上多大数目,不足以炫耀他治印技艺。我于篆刻一窍不通（于书法亦是)，窃以为，闻一多尚不至于糊涂得不明白自己篆刻的斤两。徐先生追述往事，梅贻琦、冯友兰、朱自清、沈从文等诸多名人曾联名为闻一多撰订润例，不免夸饰。我想，润例容有夸饰过分，不过人情俗事，但不会如徐先生说的“荒唐”。艰难时期知识分子相濡以沫，纵然过去了半个多世纪，今天回味起来，其酸楚依然隐而不逝。

徐先生感叹 :“盖学问深者自信也强，本来了解不多，却认为书法就是如此，则往往悖谬了。”这或许是他文章初衷。现在文化名人（岂止文化的名人）到处题赠“墨宝”，徐文不为无的放矢，有它针砭“悖谬”之正能。他拿闻一多说事，未料有人也替闻氏抱了一屈，我仅就事论事耳。

第三辑

回眺民国女性创作

人们说起民国女性作家，往往从冰心起始，尊之为文坛老祖母。其实冰心之前还有一位陈衡哲，冰心就读燕京大学时她已任教北京大学，是中国第一个女教授，算得上冰心的师辈，或当得起文坛太祖母了。胡适倡导新文学运动那阵相应者稀少，连他的留学好友中亦不乏持异议者，而陈衡哲却是他的知音，他引为“我的一个最早的同志”（胡适：《小雨点》序）。学界长期推许鲁迅的《狂人日记》为第一篇现代白话小说，其实，陈衡哲的《一日》比《狂人日记》发表更早。陈衡哲和冰心等第一批现代女作家，与同时期的男性作家一样，表现了新文学初期明显的启蒙色彩。陈衡哲的《小雨点》名为小说集里，差不多半数是寓言，寓言体裁蕴含哲理是不言而喻的。冰心则以“问题小说”登上文坛，她作品的一个个“问题”便是她要启蒙的一个个道理。这些道理出自二十来岁的闺阁千金，不要指望道理多么深刻，但作者的启蒙精神毫不含糊。

蒙昧一旦受启，情感的洪流必定如闸门大开滚滚而下，这就有了庐隐、冯沅君的创作。庐隐小说以情感宣泄打动众多读者，令她一时与冰心齐名，虽然有失节制，流于滥情。冯沅君作品不多，但它们那股勇猛反抗封建礼教的情感烈焰，很是鼓舞了正在争取婚恋自由自主的男女青年，《隔绝》和《旅行》被传诵一时。这类作家和她们的作品，在读者中情感的强烈共鸣正是其魅力所在。

然而宣泄或呐喊终究难以持久，何况又逢“五四”运动的落潮，女性作家作品中的激越情感也随之渐渐平伏，代之而起的是她们作品的沉思。备受鲁迅赞誉的凌叔华名篇《绣枕》，即以温婉的嘲讽，描述了旧式小姐，不能取积极姿态力争婚姻幸福，竟寄望于精巧的女红，在酷暑天大汗淋漓、一针一线刺绣一对靠枕，以期男方青睐。这位小姐落伍于时代，仍然因循父母之命的老路，见出凌叔华对她的同情和批评。另一女作家袁昌英，创作的剧本《孔雀东南飞》，一反常理，把代表封建势力的焦仲卿母亲，写成同样令人同情的女性，她逼走儿媳，心理机制缘自两个女人对一个男性的争夺。作为寡居的孀妇，儿子成了她唯一依恋，失去爱子的恐惧，致使她借用传统礼教的武器自卫，作者的人性关怀反映了老套故事里新精神的观照。

之后的三十年代文坛，女性创作分化，呈现了多姿多态的风采。一群作家沐浴“五四”余晖，或继续在婚恋矛盾中缠绵低回如沉樱，或回避矛盾画饼充饥如苏雪林，丁玲则塑造了莎菲女士形象，表达“五四”精神的最后一声呐喊。罗淑、萧红的创作视线由女性自身的哀怨转向了她人的苦难现实，前者的《生人妻》，后者的《手》，均反响强烈。左翼作家们比注目现实苦难尤进一步，欲借文学改变现实，加入普罗文学行列。草明小说反映粤地丝厂女工的非人生活，葛琴的特色在表现苏南窑场窑工的艰辛。还有关露的诗，杨刚的散文。

抗战爆发，原先不同创作意识不同风貌的各类作家同仇敌忾，纷纷将彩笔变作锋利的刀枪刺准日寇。新秀赵清阁由小说改为创作戏剧，《春风桃李》是她的剧本成名作。连温文尔雅的凌叔华也奉献了抗战小说《中国儿女》，小主人公逃出沦陷的北平参加了西郊游击队。可惜读者不大知道她有过这么重要的作品，再说，她写惯了高门巨族，描摹抗日风云不大得心应手，但是那种民族立场、积极态度，颇具普遍性。这期间的女性创作，无疑有力推动了抗日运动，无奈种种因素，艺术上乘的佳作寥寥。与此形成对照是沦陷区的另类创作，首先不得不说到张爱玲。《金锁记》尽管无助挽救国土沦丧，可是它的文学意义足够于文学史留名。沦陷区创作不无价值的，还有南方的苏青，她的散文较之《结婚十年》更有个性更具特色。同在上海的杨绛，出人意料地连续编写了喜剧《称心如意》《弄真成假》《游戏人间》，在剧坛绽放出一束奇葩。北方有梅娘、雷妍。梅娘近年来已经为读者熟悉，雷妍至今尚未进入学界视野。她委实是不输梅娘的优秀作家，她的中篇小说《良田》属那时不可多得的力作。

赶走了侵略者，中国前面的路奔向何方，知识分子的命运何在，陈敬容、郑敏的诗歌乃此时一代知识青年情绪的反映，有迷茫，有求索。不再迷茫不容求索的是解放区的创作，她们自觉也好，不得已也罢，创作整体展示了全新的面貌。《太阳照在桑干河上》难觅“莎菲”的一丝影子,袁静和孔厥合写的《新儿女英雄传》更是一番新人新作新气象，与丁玲一起步入文学为工农兵服务的历史阶段。

自天安门五星红旗升起，从此为工农兵服务的文学一统天下，民国女性创作传统戛然而止，只作为历史遗迹存在过来人的记忆里了。直到“文革”结束的新时期，才在谌容、张洁、舒婷等身上重现昔日风采。不过，不久又迷失于新的文学思潮，特别遭商潮猛力冲击，民国女性创作传统式微之至，徒唤魂兮归来。

回眺民国文坛女性作家，她们的女性意识可能不如今日女作家强烈，除少数作家有所流露，仅流露而已，大多数羞谈女权主义。冰心发表作品署名不愿添“女士”二字；丁玲严词拒绝专向女作家的约稿，申言只卖文稿不卖女字。至于作品的文字水准，整体上不及今日才女的灵动、精致、富于张力。然而，民国女作家身处乱世，“位卑未敢忘忧国”，总想于社会有所补益。她们怀抱信仰,执着人生,注重情操。冰心由五四震上文坛；葛琴投身上海工人武装起义，和并肩的两位女战友，人称火线“三剑客”；苏雪林倾尽囊中积蓄，捐献五十两黄金为国家购买抗日战机；施济美支持未婚夫逃出沦陷区，闻未婚夫殉难噩耗，仿未婚夫笔迹，长期冒写家书安慰他不知情的双亲。如此等等，令今日才女们汗颜吧。这般情怀当然影响到她们创作，她们大体奉行“文以载道”的准则，希冀文学改善社会，陶冶人性，促使国家强大、美好起来。诚然，江山代有人才，大可各领风骚，今天的文学不必非载道不为。可是身边欲海横流、道德滑坡，文坛弊端百出，作家丑态屡屡，此刻想起民国女性创作种种，禁不住向往那段曾经的文坛风景。

不可再现的文学风貌

——关于民国才女的对话

姚宏越：去年，我在第六期的《编辑之友》上发表了一篇题为《蔚然成风"温故"体》的文章,实际上该文最初的题目叫《渐入佳境的民国出版热》。"温故"体与民国出版热，虽然叫法的侧重点不同，但都还是与研究民国的图书出版有关。事实也确实如此：民国出版比较热，尤其是民国的女子。但在当今的出版界，凡是热的东西，总会跟风者众，市场随之变得鱼龙混杂，泥沙俱下。但归纳起来，无非两种：一种是为跟风而出版，以牟利为目的的，利用前辈文人的风雅逸事吸引眼球，而无丝毫新考证或史料的拼凑，甚至抄袭以往前人成果的粗糙之作；另一种则是专心致力民国史或民国文学研究的作家型学者正常研究周期内出版的学术著作，这种书若非赶上了民国热，是较难常规出版的，但实际上由于其只是一种有一定可读性的研究成果，在书名、外观设计等方面，都不愿流俗，读者依然比较小众。

陈学勇：怀旧之风二十世纪九十年代已悄然而起，先是在咖啡馆（如今叫咖吧了），在音乐，在绘画，在影视剧，在小说，这几年吹到出版业，越吹越猛，大有洪水泛滥之势。洪水是挡不住的，蓄势日久，自有它的政治、思想、文化诸多因素，反映了某种思潮。治水还得用大禹的办法，正确疏导。这是句大实话，但不得不提一下。社会总是螺旋式前行，否定之否定。遭否定的事物，在否定它的时代发生危机时，必定寻求新的来替代，蓦然回首，原来有过的并不坏，至少在没有更新的之前认为如此，忍不住以旧代新了。怀旧，复古，历史上常有的现象。

你说的民国出版热，出版物积极的消极的，一起来了。当下滥出民国题材书籍，除你说的商业牟利外，还有一个潜在的原因，即编辑人员素质跟不上编辑要求。编辑关于民国的书，没有对那段岁月的相当了解，以及起码的素养，他们就把不了关，拿着书稿转一转手而已。谈不上编辑程序，出来的东西便斑斑痕痕。这样的读物，不断被批评，照旧源源不断。与此似乎无关但未必没有联系的问题，专家们不肯写普及性读物。“文革”前王力写《诗词格律十讲》传为佳话，这个传统没能继承下来。专家不写，难怪人家乘虚而入。十个博士骂于丹，我以为欠妥。博士们的责任不在骂倒于丹，当拿出本事取而代之。我无意怪专家，他们有他们的苦衷，很难不屈服没有道理的评价机制。不扯远了。

姚宏越：编辑素质跟不上，实际上就是出版界常提的编辑学者化问题。以文科方面的编辑为例，今天的编辑拥有硕士、博士学历的不在少数，但是总体上学术造诣远不如新中国成立后甚至“文革”刚结束后的老一代编辑，更比不上民国时期的一些编辑。编辑学者化只是作为一种提倡的口号，已经是在否定学术地位之于编辑的必要性，而过去的很多编辑本身就是著名的学者或作家，这是今天编辑作为一种相对纯粹的职业所比不了的。今天的出版社编辑所面临的压力可谓前所未有，出版社更希望编辑成为“图书市场学”方向的学者，对编辑传统意义上的学术要求则愈加轻视。

谈到书的品位，我知道您最近在撰写《凌叔华传》。您曾编过《凌叔华文存》《林徽因文存》《太太集》，也曾出版过《才女的世界》《林徽因寻真》《凌叔华佚作·年谱》《林徽因的一生》等等，可以说做了许多与民国女性文学有关的整理和研究工作，您对这些民国女性作品总体上如何看待？此外，她们独特的经历，是否也是促使您从事民国女性文学研究的一个诱因？

陈学勇：我最初确定民国才女研究的选题有点偶然，在北大做访问学者，要个研究题目，我没有，导师严家炎先生就指定了林徽因。那时这个才女还很少有人了解，包括我自己。许多人连她的名字都很陌生，问问研究现代文学的教师，差不多都摇摇头。萧乾老人听说我研究林徽因，竟过奖我“包含着一股侠义之情”。这话印在《萧乾全集》书信卷里。林徽因本职在建筑，文学的资料既少又散，一年访问期内做不出题目，时间已经过半，没有退路。好在搜集林徽因资料时，几乎天天翻阅民国的原报原刊，接触到陈衡哲、凌叔华、袁昌英的丰富材料，所以最先出的成果正是陈衡哲新诗评价和凌叔华佚文钩沉。从此在这条“贼船”上下不来了。所以不是你猜想有个“诱因”，不妨倒过来说，研究了她们之后才了解到她们的独特经历。

民国女作家的创作和共和国时期的女性作品面貌迥异，即使和九十年代以后比较，尽管有某些相似，其实也大相径庭。就整体而言，那时她们从事文学创作，载道作家以推动社会前进为己任，言志作家宣泄情感求得个人痛快，无论载道还是言志，都出自真诚，十分自觉地忠于自我。包括左翼女作家，她们坚信追求的革命理想。确有一些起初是为了生计拿起笔杆的，但最终也把文学看得很神圣，创作也由自发上升到了自觉。民国在大陆寿终，共和国创作的前二十七年，政治左右女作家们的创作情绪，并号召以党的宣传员自命。她们在作品中表达的题旨，往往和私下情绪存在距离，甚至不一致，民国走过来的作家亦难免于此。到八十年代前期，有点回归真诚的味道，接着是追逐金钱替代了政治号召，这现象大家太熟悉了。若不指具体的文学思潮，我愿意宏观上说，民国文学是浪漫主义的，而后则是现实主义了。

姚宏越：林徽因确实是一个才貌双全的了不起的女性，陈衡哲、凌叔华、袁昌英等人也了不起。“五四”的一大功绩肯定是使中国的女性获得了前所未有的解放，所以有人推崇《玩偶之家》与《茶花女》的作用，而《终身大事》《伤逝》《娜拉走后怎样》等作品发表后，也能在社会上激起层层的涟漪。在这一点上，女性作家显然更具有发言权，她们更富有抒发的冲动与热情，作品也更能触及女性内心，比如凌叔华的《酒后》、林徽因的《窘》、冯沅君的《旅行》等等。这些作品被赋予了载道与言志的双重意义。至于当时左翼女作家，情况可能比较复杂，但我还是试图将她们归入狭义的现实主义文学，与延安文学、新中国成立后的“十七年”文学联系起来看待。我百分之百地认同您“愿意宏观上说，民国文学是浪漫主义的，而后是现实主义了”的观点，我在去年写过一篇有关“徐林恋”的文章，内中就有“我很不想说当代中国人是一个缺乏浪漫的族群，虽然事实如此”的话。当今的女作家在小说的写作技巧上已经比较纯熟，也很会编故事，但总让人觉得离“女人”远了些，金仁顺的作品这方面相对好一些。

陈学勇：袁昌英名气小一些，她的剧本《孔雀东南飞》，在批判焦母为时尚的“五四”创作中，这个剧本却予老太太以同情，显示作者别具慧眼，作品更深层次地体现了“五四”精神。“五四”的一大贡献是发现了“人”，首先是女人。焦母也是女人。

我所以不把左翼女作家排除在浪漫外，实着眼她们执著于信念。我说的浪漫主义与现实主义，是同精神与物质相对应的，左翼女作家的精神存在丝毫不逊很不左的作家。细说起来，民国女作家们的创作有个流程。第一个加盟新文学的陈衡哲，明显烙下了早期的启蒙色彩，她的小说、诗歌十分理性。正是过于理性，影响了她的文学成就。经典的文学作品无不蕴含理性，但文学毕竟是情感的载体，理胜过情，总不大妙的。冰心先也以理性步入文坛，然而很快转向情感，她的小诗和散文，均以情感取胜，其魅力远超过说教的小说《超人》。短暂的启蒙过后，情感之花开遍女性文苑，庐隐、冯沅君、凌叔华、石评梅、白薇，还有写莎菲的早期丁玲，或者激越，或者温婉，大江也好，小湖也好，无不是情感的浪涛或涟漪。启蒙中止于蒙已启开，渲情也不能永远宣泄下去。进入三十年代前后，女性作家们先后开始沉思，沉思后便批判或检讨，尽管批判的思想武器各不相同，人性论，阶级论，乃至无“论”而有“思”。乘社会矛盾渐趋激烈，左翼文学思潮崛起，声势大到几乎代表了文坛，那时的丁玲影响便等同“五四”时的冰心。其实，同时存在的多姿多彩的女性创作绝不比左翼逊色，只是不为大众关注罢了，今天回首与当时阅读，其印象、评价会发生时移。抗战兴起，理所当然将五彩缤纷的创作融为一个色调，国家存亡高于一切。唯沦陷的上海，特殊土壤开出张爱玲这样的奇葩，其他地区的女性创作则乏力得很。日本军队投降，女作家创作因政治区域差异分成两大色块，解放区已经呈现建国后创作面貌，国统区在“旧”知识分子文学思维轨道上滑行，郑敏是位颇有潜力的诗人，可惜生不逢时。社会正在巨变，总的看，一个时代的文学结束了，以后女作家的创作不得不改头换面，要么就封笔。

姚宏越：您对早期左翼女作家的肯定缘于她们作为受“五四”新文化运动影响的第一代知识女性所具备的胆与识。随着左翼文学思潮的兴起、爱国救亡运动的影响等因素，文学创作作为她们情感载体的功能渐弱，“当国家存亡高于一切”在女作家内心落地生根，情感必须受到遏止，这时的她们已经没有了宣泄的自由。一旦“人”必须被遮蔽，首先也是女人。这种情况在新中国成立后的十七年女性作家创作中，体现得更为明显，不过我还是想提一下《青春之歌》这部作品。林道静这一形象可以说是中国当代文学的一个重要收获。虽然它在目前阶段只被认为是传统意义上的红色经典，但我相信随着时间的淘洗，这部作品必将成为当代文学中由女性作家创作的、以女性为作品主要人物的正典之作，经得起重读。实际上，其中的一些人物情节设置已经能够在今天的影视文学中找到影子，比如《大染坊》中沈远宜与林道静，《潜伏》中的左蓝与卢嘉川。

陈学勇：我不太看重《青春之歌》，林道静这个形象斧削的痕迹过于明显。我推测，杨沫心底的林道静，与写出来的形象可能存在距离，就如张中行被塑造成于永泽。林道静这样的形象在民国时期解放区作品里已经出现过，那时陈学昭有部长篇小说《工作着是美丽的》，主人公珊棠即是，珊棠更为真实，珊棠的环境也更真实。杨沫很有才华，“十七年”浪费了许多作家的才华，我特别为柳青惋惜，他的《创业史》，那种对人物的透彻了解，对他们的深入刻画，除了生活体验就是艺术才华，还不是一般的才华——体验是离不开才华的，而很多人以为两者并无联系。

新时期女性作家的才华得到充分展露，她们的人生体验比“文革”前女作家也深切得多，取得的成绩不可谓不辉煌。如果像有的学者，为说明民国文学的成就，贬低新中国成立后的文学业绩，连新时期包括在内，则有失公允。话说回来，凭新时期女作家们的才华和体验，又有较“十七年”不敢企盼的创作环境，应该期待她们更加耀眼的收获，事实是有点不尽如人意。我们不必生硬去比较民国女作家和新时期以来女作家，孰高孰低难以比较，各领风骚。何况各有各的历史背景，各有各的时代使命，只是民国女作家的风貌不可再现了。

东拉西扯，就聊到这儿吧。

答深圳晚报记者问

一、民国女子给我们当代人的感觉，她们的经历几乎都曲折而浪漫，比如林徽因、张爱玲，每个人的经历都可以写一部电影。有人评价“民国的女子，都是那么的风采”。她们那一代女子身上，究竟有着什么样的特征？今日女子与之比较，是否缺少了某种味道？（如可以，能否举例说明，讲点细节和小故事。）

先要说明，现在我们常说的民国女子，其实已不是那时女子的全体。要明白，全体女子并不“都是那么风采”的。我们谈的，大概是民国女子的精英，或者说，她们的优秀代表，即被历史记住了的一群。以这一群来谈论，理所当然，就像跳高跳远比赛，比的是彼此最高最远的那一跳。

那时的女性，少束缚羁绊（不可能完全没有），特别是思想、思维上，相当的自由。而且她们崇尚信仰，付诸文字或行动时，则十分执着，出现大批为信仰为事业献身的巾帼。从著名的何香凝到不著名的凌叔华女儿，十四岁的中学生，坚决要求参军抗战，还有牺牲的西路红军女战士。应该承认，她们和女作家们一样，也是民国女杰。今天看来，其中有些为信仰牺牲的女性，或许不无某方面认识的局限，未免有可惋惜处，但品质高贵，令人动容。我主编的“伊人丛书”里有一本《施济美传》，这位年轻作家，抗日战争时期支持她未婚夫去大后方，未婚夫不幸遇难，她强忍悲痛，模仿未婚夫笔迹，以他名义继续寄信给父母，安慰老人，而自己从此不再论婚嫁。这事迹比她感人作品更为感人。

二、民国女子的特征与其所诞生的那个时代，有什么样的关系？她们视野的开阔性，是不是正是那个时代所给予的？

一个时代的风貌确与那个时代的精神环境相关，民国承继“五四”而来，“五四”思想成果之一是人的“发现”，首当其冲是女人的“发现”。起初她们要求过平等的人的生活，继而还要像男人同样承担社会责任，“位卑未敢忘忧国”，有以天下为己任的胸怀。某种程度，这胸怀也是时代的动乱所赐予，换个说法，动乱给她们以展现胸怀的机会。俗话是“乱世出英雄”。今天的女性有幸置身平和的岁月，仿佛一切有人安排，往往视线缩回客厅，于是“小女人散文”曾经风行一时。现在也听到讲精神，不能“穷得只剩下钱”，但和那时不可同日而语，现在的话语里，加强自身修养的味道较多。比起民国女子的大气高雅，今日女子有点猥琐了，犹如男子也不够大气。

三、民国女子的写作，算不算是中国文学史上，第一次女子文学的高潮？也是真正意义上女子作家群落的首次出现？

毫无疑问，女性创作在民国形成了一个高峰。数千年来，女性写作每个朝代都有，最早可追溯到先秦以前，《诗经》里显然有女性的民歌，那是口头创作。文字写作，汉唐有班婕妤、班昭、蔡琰（文姬）、薛涛、鱼玄机，宋代李清照登上了女性创作顶峰，明清写作的女性更多一些。然而，她们分散在每个朝代里，终究人数少而又少。再说，缺乏自觉创作意识，基本属于本能地情感泄露，或可谓“作而不家”。（从人类的创作远景而言，将来很可能又回复到这个状态。）还有，它的社会影响极其微弱。小姐们的作品幽闭于深闺；娼优、尼姑的，多传布于狭小的浪荡公子的圈子。到了“五四”，女性的文学作品如雨后春笋，短短三十几年，卓有建树的女作家数十计，成绩平平的就数不胜数，杰出者足以与男性作家抗衡。她们的内容倾向，艺术风采，各标一帜，争奇斗艳。这一繁荣景象至五十年代中断了一阵，改革开放以来，再度推向高潮，乃至有人大呼“阴盛阳衰”。女性创作的盛而衰，衰而盛，其缘由在第一个问题里可以推导。

四、民国女子写作有什么特点？有人评价，她们对自身内心的挖掘，对社会问题的参与，都是历史上女子作家的第一次广泛介入。

从女子写作本身论，各个时期的特色大同小异。从内容、思潮看，自然不免留下时代烙印，她们较多地关注社会，欲以文学推动社会前进。不像今天，如此休闲的文字铺天盖地。“有人评价”，说法有点模糊，却也不错到哪里，与封建时代相比，它的社会参与不言而喻。不过，正像女子整体的组成不是单一的，民国女子文学，也不都是前期冰心、后期丁玲那样，立意于提出社会问题，或用以推翻政权。张爱玲就不在此列，又绝非只是张爱玲一个。当然，张爱玲她们对内心的挖掘，读者可能从中分析出与社会问题相关的联系，那是读者的分析，她们自己并不想介入什么。

五、民国女子写作，在中国文学史上，充当了一个什么样的角色，占据了什么样的地位？

问“什么角色”和“地位”，不大好回答。放大胆子说它半壁江山，太空；说成配角或次要，偏爱它的读者不易满足，也空。如果不强求孰轻孰重的评价，那么可以肯定的是，它丰富了民国文学的内容也使艺术多姿多彩。古代文学若缺了一个李清照，它要逊色些许。民国文学若没有我们喜爱的众多女作家，该逊色多少！她们的贡献还在，某方面有所深化，譬如关于女性形象的刻画，男性作家难以企及，哪个作家写得出《金锁记》里的曹七巧？

六、现在的书市上，出现了许多描写民国女子的书，描写她们的人生、爱恋、写作、服饰等等，并有大热之势。为何现代人愿意关注那时的美女和才女？是猎奇，还是其他？

和这些年怀旧思潮相关，不说这么大的话题了。今天的读者关注民国时期美丽的才女（单单美丽不会引起关注的），不排除你提到的猎奇心理。人多有贱近贵远的心态，现实事物太熟悉，历史总了解得不多，便容易生出猎奇。这猎奇，有背后深层的因素，即集体无意识寻求生活模本或努力目标。不满足现在这样的生活，没有能力创造未来的生活，也有人恰好为了创造未来的生活,就向后看。这从主体一面说的,还有客体的一面。民国才女们确实美好,值得去看,她们不失为向往、仿效的模本。林徽因也有过婚外恋，爱上了哲学家金岳霖，她坦荡地告诉丈夫梁思成，梁克服痛苦，大度地由林抉择，甚至祝福她和金的结合幸福，假如她和金结合。金得知梁这么表态，梁如此爱我所爱的人，等于我爱，放弃了追求，此后三人终生友好真诚相处。这段民国才女身上的佳话，哪怕不易今人仿效，还是很叫人向往的。需补充的是，当下出现民国女子读物出版热，还有出版商的推波助澜。需要提醒的是，有些撰写此类读物的作者，有意无意、多多少少地美化、夸张了民国女子们的生活、才情。说出这一点，有些煞风景，赶紧打住。

遗忘的文学角落

——《太太集》序

去年春天，华东师范大学博士生王羽完成她的学位论文《"东吴系女作家"研究》，我参与了评阅，十分赞赏这项课题的研究。后来论文的副产品女作家的小说选本《小姐集》由人民文学出版社出版，王羽送我一册。读过之后我说，还有些女作家的作品可选。我关注上海四十年女作家创作已有些年头，积累过一些资料，于是和王羽博士一起着手这本《太太集》。

和《小姐集》一样，《太太集》仍旨在钩沉。王羽初选，我补充了几位作家的若干作品，并就全稿斟酌筛选，便成了现在这本书。所选范围还是限于四十年代上海女作家的小说，唯雷妍是个例外，她那时活跃在北平。既然有钩沉的意思，那么借此给雷妍搭个便车，她实在也是不该遗忘的作家，却被遗忘至今。雷妍是梅娘的朋友，创作成绩或可与她的朋友媲美。至于苏青，本来她继张爱玲后已经广为读者熟知，这些年出她的书不少，并有一部力求编尽她作品的《苏青文集》问世。原没有把苏青列入遴选范围，临时破例，选了近年发现的她几篇佚作，同样是出于钩沉的考虑。那时在上海创作小说的女作家远不止这十几位，名声或显或隐的陆晶清、凤子、梅志、吴峤、李宗善、方培茵、赵顾乃明，都曾涉足此道。谢冰莹、关露则是再试身手了,连从不写小说的陆小曼也有过一篇《皇家饭店》。然而，由于各种原因，作品水准稍欠，一些作家则不便入选；作品倾向不同，罗洪、赵清阁她们也不选；作品篇幅过长，林淑华的《生死恋》就不得不割爱；主要成就不在小说方面，杨绛的几篇也只好放弃；可惜一时见不到作品文本的，吴婴之、史美钧两位，或许该入选而遭了遗漏。即使入选的作品，是否足以代表作家的成就和特色，编者也不敢太过自信。

“小姐”“太太”用于书名，免不了促销嫌疑，但毕竟不是与内容完全不搭界。名为《太太集》,固然是它的作者年龄较大，当了太太或当过太太（离异后未再婚），但不是没有年轻的，乃至与“小姐”作家不乏过从者。其风貌与《小姐集》大体相仿，多舛的婚恋属她们共同感兴趣的主要题材，而且都从伦理、情操方面切入，无关时事风云。尽管“太太”们比“小姐”年长十来岁，识见却未见深刻多少，乃是她们阅历并未如何丰富的缘故,由此视《太太集》为《小姐集》的续集倒也无妨。至于“小姐作家”的说法，无非偶尔见之当时的一篇文章，还谈不上形成文坛共识。不过整体而言，“太太”们终究比“小姐”要过问些柴米油盐或支票细软，稍靠近些日常生活，这一集里自然多了几篇民生疾苦的故事。再是，细细辨析，大概可隐约看出作者年岁的印痕。非得找出两“集”大同中的小异,或许就在这里。

“太太”之中，搭车的雷妍和今日走红的苏青不论，略微可刮目相看的可数到曾庆嘉。她兼擅都市和乡村两类题材，不论对生活的体会，还是予人物以神气，以及具有冲击力的情节，富于张力的语言，皆在她人之上。即使以有些留名现代文学史的女作家对照，曾庆嘉未必逊色多少。可是她一直湮没到现在，不只湮没于岁月，更湮没于共和国新的时代新的观念。曾庆嘉以下，诚然“太太”们多数算不上多么优秀，能够批评她们作品不够深度，形象尚欠丰满，描写失之琐屑，然而执着于正义和道德，作品仍不失其感人魅力。如果不只是着眼作者各自个人成就，倘若对她们作一群体考察，她们的努力创作可谓上海一道不应忽视的文学风景。“太太”与“小姐”叙述的故事，取了与主流作家不同的视角，留下那个年头她们眼中的生活剪影。同时，也为作者留下她们自己精神的剪影。大概文学史家把她们看成“另类”，历来的现代文学史著总拒之史外。某三大卷一百五十万言的《中国现代小说史》，列述众多作家，巨细无遗，甚至化两千余字篇幅阐释杂文家唐弢的两篇小说成绩，证明“文学史是不应忘记这一点的”，但是这部宏著却忘记了张爱玲外的一群。二十年前张爱玲的忽然被发现，似乎横空出世。其实林妹妹不会从天上掉下来，张爱玲之脱颖当然不是孤立的文学现象。“太太”作者和张爱玲或可粗粗归为同一大类，那么，张爱玲便是她们当中出色的代表，知张爱玲也需知“太太”“小姐”

作者。知张爱玲又不能不知“太太”“小姐”们，她们是张爱玲的基座，也是一个映衬，不然，恐怕不易认识到张爱玲的非凡优秀。

曾经有学者断言，现代作家已经研究得差不多了，只剩下一个沈从文，此话说得为时尚早。二十世纪五十年代初设定的中国现代文学史书写框架，是革命的进步的作家成就史，众多作家遭到排斥。虽然观念几经改变，书写不断有所突破，接纳了钱锺书、张爱玲、梅娘等一批作家。但是仍不好说，如今出版的中国现代文学史著，已经完全摆脱了二十世纪褊狭观念的掣肘。在此观念左右下，许多摒弃的史料还没有全部进入文学史家的视野。要全面完整地描述那段文学历史，除观念的改变，还有因为观念而被遗忘的角落，不少作家、作品尚有待发掘、整理。(删“希望”)《太太集》的出版，或许能引起学界对四十年代上海“另类”女性作家们的关注。

书稿付梓时，出版社虑及书价过高将挫伤读者购书承受力，要求删去一百二十面页码。临时遵命，一删再删，割爱九篇,包括十分不舍的曾庆嘉的《山岗上的故事》《从夏天到秋天》,算完成了页码指标。此书未待面世先已成了“残本”,附记一笔。

二〇〇八年仲春于银花苑寓所

《太太集》作品点评

按，《太太集》系钩沉二十世纪四十年代上海女性作家的小说合集，陈学勇、王羽合编。每篇小说附有编者分别撰写的点评，此录署名“陈老萌”部分。

《宋医生的罗曼史》（作者周鍊霞）：

题目是说宋先生一个人情事，其实写了一群人。不能不说有点儿繁复芜杂，但记录了那个时代年轻男女们虽悲切却庸常的婚恋。尽管其中有学绘画的艺术青年，然而还是庸常而欠艺术。前后十五年，庸常亦一贯。小说在表现上，失之提炼，倒也近乎本色，或许正是芜杂增强了作者的感叹。可惜这感叹有点朦胧，也有点乏力。

《佳人》（作者周鍊霞）：

佳人是否真“佳”，不得而知；这位诗人不必当他真是什么杜牧或徐志摩，不过蜗居小弄堂里的卖文撰稿人罢了，或者说，是个有半瓶墨水的小市民。小说尽情调侃了他一番，小市民情态毕露，猥琐得可以。抛却猥琐，那单恋的心理未必只属主人公专有，不妨看作一种人性的流露。与作者其他作品相比，此篇文字明显的简约。“诗人”的微妙心理、可笑举止，均惟妙惟肖。

《万松岭上》(作者张憬)：

艺术与爱情，因主人公的偏激，成为难以调和的冲突，“湖”和“山”便不可得兼。陈克明不顾一切地迷醉艺术，他多的是占有，少的是人情。作者予以温和的批评，温和有余，批评不足。实则，与其说主人公的偏激，不如说作者为了故事动人而驱使人物偏激。若理解作者这一苦心，那么就欣赏她刻意渲染作品中浪漫的艺术氛围，不去苛责情节、细节上的不够写实。

《季候》(作者南婴)：

蘅刚进入中年，却经历了精神上的春夏秋冬。李博士小姐在故事里不过是个符号，她的人生再由蘅博士小姐重新演绎了一遍，作者无非强调其普遍。事业与天伦的矛盾，自“五四”初起即有作家以小说来探讨，但一直没有共识答案。本篇的探讨仍没有答案，不会形成共识的它继续困惑着现今的知识女性。作者把蘅的半生（只能说是半生）描绘得很是从容，亦优雅，更本色。沈从文“贴着生活”的小说原则在这里又一次得到体现。

《长春树》(作者曾文强)：

爱情挣脱了礼教束缚，但敌不过与事业的冲突。罗平欲以事业挽回爱情，却正是事业再次断送了爱情，他与芮茵又演绎了一段凄婉故事。有意味的是，结局没有交代罗平的态度，或许因为他不是主人公，也难说不是作者特意设下的悬念。那么芮茵的选择并非一定为作者所肯定，结局是否还有另外一种选择呢？譬如芮茵又一次悔悟，追回上海去辅佐罗平事业。那该是"续篇"的故事了，然而作者想写的不仅仅是故事。

《昨日之恋》(作者潘柳黛)：

并无多少新意的爱情悲剧，却以流畅文字叙述得娓娓动听。四个姐姐都是剪影般的陪衬人物，而剪得个个清晰、鲜明。爱贪小财又具心机的母亲，尤多几分立体感。主人公的自述，如泣如诉，多情少女变成了庸常小职员的老婆，叫人更难以释怀。人物、情节虽略有些繁复，作者的剪辑和文笔，却比前面几位稍胜一筹。

《一张熟悉的面孔》(作者苏青)：

爽直、泼辣的苏青这性格给读者印象很深，以为那才是苏青。本篇难得地显示出她不为人熟知的另一面。不见了快人快语、口无遮拦，呈现的是几分蕴藉、几分朦胧，弥漫着悠悠的绵绵的情思。人物所处似乎仍距上海小弄堂不远，但是力洗市民风情，着意"小资"情调。艺术风貌也是苏青笔下少有的细腻、圆润、精美，可惜不大有读者知道这一篇。

《林珊》(作者雷妍)：

林珊形象或许有作者的身影，未必不是以她自况。家庭变故前的林珊，娇气不失烂漫，多才依旧纯真；而后跌入逆境，意外地坚强、坚定，仿佛涅槃，她迎向严峻的岁月昂首前行。前后判若两人，却林珊还是林珊。离校前夕那段炼狱似的日子、演完歌剧的突然消失，尤是精彩笔墨。生动、鲜明的林珊，惹人喜爱，也给你人生启示。

《林二奶奶》（作者雷妍）：

此篇原是中篇小说《良田》的一部分，由作者亲属单独选载于自费出版的《雷妍小说散文选》。不知何故节选时取题《林二奶奶》，其实林大奶奶才是作品里主人公，林大奶奶影响着小说情节发展，她的形象也最为丰满，且耐人咀嚼。善良、干练，却守旧、无奈。作品展现的北方农村生活，质朴、静美，而艰辛、苍凉。最好读一读《良田》全篇，它可追步萧红的《呼兰河传》。

《无字的文稿》（作者吴克勤，出书时已删）：

以为这一篇里作者改换了笔墨，来正正经经地描摹社会世相。读到末尾才明白，仍然是她惯用的嘲讽。不过，与《廉颇生胃病》《科学夫人》的热讽有别，这回取的是冷嘲。收起夸张、戏谑文字，写实地叙述事情，素描了一个投机取巧的老田。没有最后一节，老田的表演，只是作者泛泛的抨击。十八年后老田再以“无字的文稿”苟延残喘，抨击立即变作嘲讽，老田也由可厌变成可怜。于是，作品添了一分反思老田人生的意味。

关于轻性论文、学术随笔的通信

学勇兄足下：

上次你在电话里说看到我在《博览群书》以及南北几家报纸副刊上发表的学术随笔，谬加赞许，鼓励多写，这后一点甚合我意。致力于此，慢慢争取形成规模，乃是我退休后的野心之一；可惜不容易写得自己满意，总有些学院派的流毒没有彻底肃清——腰肢尚板，面肌仍硬，许多就题发挥的话没有说透，总之，犹抱琵琶。什么时候能把身段彻底改造过来，胜利完成老派书画家之所谓“衰年变法”，那就好了。

还有一个野心是大写轻性论文，也争取慢慢形成规模；近年来在《文史知识》《古典文学知识》《鲁迅研究月刊》《新文学史料》等处发表的一些长长短短的零星文章属于此类。我看你的不少关于现代女作家的考辨论述且已成书数种者，也属于此类。篇幅不甚长，不安排什么参考文献和边注，单刀直入地来讲自己的研究心得，文字也比较的自由——但不能自由到随笔的份儿上，这就是我心目中的轻性论文。

区分学术随笔与轻性论文，是根据鲁迅先生的意见。现在人们往往将鲁迅的文学创作(《呐喊》《彷徨》《野草》《朝花夕拾》《故事新编》）和学术著作（《中国小说史略》《汉文学史纲要》）以外的文章统统称之为“杂文”；其实这个办法未必妥当，可惜积非成是，恐怕已经不容易改变了。鲁迅本人曾经在两种不同的意义上使用过“杂文”一词。从广义来说，“杂文”是编年体文集中的各种文章，不管其文体如何，夹杂地编在一起；在这样的意义上，“杂文”是一个集合的概念，而非文体的一种，也不能用来指某一篇具体的作品。二是文体意义上的“杂文”，其中又可以细分为杂感、随笔和轻性论文三种小的类别；由于这三者之中杂感最为多见，有时也就直接称之为“杂文”——这是狭义的“杂文”。

在文体的意义上，现在没有得到充分重视的是鲁迅的随笔（其中自然包括学术随笔）和轻性论文。鲁迅在提到《坟》这本集子的时候，自称其中是“论文和随笔”(《三闲集·鲁迅译著书目》)；他又说《二心集》中也有论文——这些就是所谓“轻性论文”，亦即比较灵动，可读性比较好，有别于学院派（或称学报体）的那种论文；而《热风》《华盖集》《华盖集续编》《而已集》《三闲集》等等，他自称为杂感集，《三闲集·序言》写道：“我的第四本杂感《而已集》的出版，算起来已在四年之前了。去年春天，就有朋友催促我编此后的杂感。”这种提法，就是把《坟》

那种纳收轻性论文和随笔的集子排除在外的。

所谓“轻性论文”正是鲁迅自己的说法，他在一九三三年十一月十二日致杜衡的信中说：“轻性的论文实在比做引经据典的论文难，我于评论素无修养，又因病而被医生禁多看书者已半年，实在怕敢动笔。”学院派论文是非要引经据典不可的，有些甚至全靠各路引文支撑着，从中可以见学问，却未必就有思想，也未必有意思。从当下的风气看去，此种不大有个性的论文如想抄袭，比较容易，如果懂得上网下载，更是只要费一点吹灰之力即可。学术界反抄袭如果没有体育界反兴奋剂那样的力度，“文章一大抄”的歪风只怕要愈刮愈烈。

现在不少高校专以此种学院派论文来考核教师，凡此种成果以外的东西，一概不予承认，更厉害的则凡不在所谓核心期刊上发表的一概不予承认。在这种严厉的“二不”主义笼罩下，路子愈走愈窄，而真正高明的学院派论文却不甚多见，不少高校学报里垃圾成堆。

真正的学院派论文当然是重要的，学者也应当写这样的论文；鲁迅就写过《〈嵇康集〉考》等正儿八经的论文。你我先前亦多年干这种活儿，不免厌倦，所以现在多来点轻性论文正合适。

轻性论文不大引经据典，引文虽然免不了也得要有一点，但很有控制；所谓“轻性”，实为举重若轻，写此种文章必须胸有成竹，对所论的问题有深刻的观察和透彻的把握，思维活跃，发表有意思的分析和评论，而且还要讲究一点文采和意趣。

写轻性论文同样要有学问，要多看书，但绝不仅以材料取胜，倒是义理、考据、辞章全要在行，其中一、三两条尤为重要，而考证也不能是迂夫子式的纯述证，而往往多做点到即止的辩证，容易引人入胜。鲁迅写过不少轻性论文，如论社会问题的《我们现在怎样做父亲》《论“他妈的”》,论思想问题的《论“费厄泼赖”应该缓行》《从“别字”说开去》，论文学问题的《“硬译”与“文学的阶级性”》《论讽刺》，论文学史问题的《破〈唐人说荟〉》《魏晋风度及文章与药及酒之关系》，如此等等。与杂感、随笔相比，轻性论文总是要略为长一点。

杂感一般来说都相当短,所以鲁迅又称为“短评”。除了《热风》等五本以外,《伪自由书》《准风月谈》《花边文学》也都是杂感集短评集。在这些书中，也可能有少数例外，如《三闲集》中有两篇“夜记”——《怎么写》和《在钟楼上》，应当算是随笔。鲁迅在《三闲集·序言》中说：从写作时间上来说，两篇“夜记”本应收入《而已集》，但当时想“另成一书”，所以没有编入，而后来那样的随笔未及多写，现在就将它们收在这里了。可见鲁迅在编集子的时候，很有些文体方面的考虑。只是因为形势不容许他太多地顾及文体，只好采用编年的方法，“只按作成的年月，不管文体，各种都夹在一起”（《且介亭杂文·序言》)。所以此后的《二心集》《南腔北调集》和晚年的三本《且介亭杂文》，全都是这样编成的，其中包含了若干杂感或曰短评，也有不少随笔。我将来如果编新的集子,拟只取学术随笔和轻性论文。

杂感自然是鲁迅杂文的主要构件，瞿秋白编选鲁迅杂文，书名就叫作《鲁迅杂感选集》。近人对鲁迅杂文进行艺术上的分析，也往往多以杂感作为讨论的对象。学鲁迅的路子写文章的人，也多半写杂感，亦即具有强烈的现实针对性和某种艺术性的短篇评论。而随笔和轻性论文，则大抵被忽略了。

随笔在《坟》《三闲集》《二心集》中已有若干，到《南腔北调集》和三本《且介亭杂文》里，就更多一些。所谓随笔，一方面来源于中国古代的笔记，另一方面更多受英国的 essay 的影响，写法极其自由，几乎没有任何限制，可以叙事，可以议论，可以抒情，篇幅长短不拘，当然一般来说要比短评长一点，结构松散一点也无妨，大可随便谈谈，慢慢道来。鲁迅的随笔大抵以议论为多，富有学术内涵，写法雍容，在侃侃而谈中让读者增长知识，提高认识，得到启发、教益和愉悦。《拿来主义》是鲁迅随笔的代表作之一，几篇“夜记”和“题未定草”写法更为典型，文章平易生动，联想丰富，比喻杂出，而且像不少外国随笔那样，在从容议论之中，“往往夹杂些闲话或笑话，使文章增添活气，读者感到格外的兴趣，不容易疲倦”[《华盖集·忽然想到（二）》]。鲁迅晚年尤喜作读史随笔，对史事作意味深长的分析和评议，行文委婉老辣，无学究气，亦无火气，谈言微中，令人想起眼前的现实，像《且介亭杂文》中的《儒术》《隔膜》《买〈小学大全〉记》等篇都是。我最想学习的正是这一类随笔，可惜学不到手。当然我们也可以我用我法，不必完全像鲁迅。

随笔包括学术随笔在鲁迅晚年所作杂文中比重增加，是一个很值得注意的新动向，这应当是表明他晚年与时俱进，为文之道更上层楼。《且介亭杂文》中的《看图识字》《阿金》《病后杂谈》诸篇是鲁迅本人明确指为随笔的，以此类推，他的《拿来主义》《说面子》《脸谱臆测》以及上面提到的评史诸文也应当算随笔。同鲁迅的轻性论文一样，他的学术随笔如今似乎也没有得到充分的重视和继承。你我当就这一方面多做点事情。

明天是劳动节，最近搞什么劳动？匆匆，再谈。

颂安！

弟顾农再拜

二〇一一年四月三十日

顾农兄：

来示诵悉。平时我们电话里断断续续交谈的话题，经兄一写，显豁得多了。

兄依据鲁迅提出轻性论文概念，呼吁多写轻性论文、学术随笔，甚好。不过，写这类文字并不容易。文化环境是个大掣肘，学术评价机制掌握在不懂学术或不懂文科学术特点的官员手里，这个环境不做大改变的话，庶几乎难矣。即使有开明的领导，他也无奈当下钢铁般的评价机制。好几年前我们领导读到我在《文汇读书周报·专稿》版一篇长文，他是懂行的，看出文章的学术性。可是碍于政策明文规定，凡不在指定的几种大报上发表一律不得以学术成果上报。他觉得可惜，建议再到哪个学报登一次。我心领了好意，却不想沾“两投”的腥气。现在更要求所谓的“核心期刊”，真是形而上学到家了，也正是官员们郑人买履式的偷懒。核心刊物的文字，未必篇篇都有多强的学术性，非核心刊物有时也能读到很具学术见识的文章。本来这是显而易见的事，他们偏偏不看文章，只问标签。记得有一阵我常常将研究中的边角料写成普及性文章登在南京的《民国春秋》杂志，这是一种很普及的刊物。然而不知怎么的，它竟然归属核心期刊。同事们觉得奇怪，我从来不作成果上报它们。按标签似乎名正言顺，可哪里好意思冒充羊肉。你我不必再为职称为项目为其他什么去写那类学报论文了，而需要炮制它的同行们比比皆是，他们难以超脱的，不必苛责。

我说难矣，作者自身素养也是重要的原因。作轻性论文或学术随笔，义理之外尚需辞章。听一位杂志编辑叹苦，办刊既要保持学术品位，又要赢得众多读者，谈何容易！稀缺的是作者。别看到处有教授，他们干瘪的八股文章令读者敬而远之；文字漂亮的中青年作者也算济济，而且不乏快手，可是学术含量就很有限了，多的是二传手。兄说到鲁迅兼擅论文和随笔，我想，其缘由乃集作家、学者于一身。何止鲁迅呢，沈从文的《新诗的旧账》《性与政治》也是此类的漂亮文章，还可以举出朱自清的《新诗杂话》，谈诗的感觉，诗的哲理，诗的幽默，诗的朗读，十多篇成一系列。郁达夫、闻一多、梁实秋、施蛰存、朱光潜、李健吾，无不有漂亮的轻性论文、学术随笔。举不胜举，一个时代形成的风尚。到八十年代，健在的老作家笔下仍余韵悠悠，施蛰存《丁玲的“傲气”》就是。我在学生时代读过一本刘大杰关于《红楼梦》的小册子（书名忘记了），虽不能识得其学术价值，但十分喜爱它的文采，阅读的喜悦、美好的回忆至今犹在。这些作家，也都在大学里教书或教过书。王蒙针对作家的学养欠缺曾经提出过作家学者化的命题，那么针对今日的文学研究人员，是否也可以希望他们作家化？当然，难处在于文学创作不算成果，他们岂敢分散精力。考核中文系教师排斥文学作品，是由来已久却不大高明的规则。

文学评论文章起来，好像起始于二十世纪五十年代初。那时一切学习苏联老大哥，文学更得努力地学。日丹诺夫们的观点、思维，乃至文风一股脑儿影响我们的作者，文章里性情没有了，特色没有了，仿佛一个模子铸的标准件。再加上火药味儿，便造就了批评家姚文元这个样板，面目可憎。初写文学评论的青年不辨良莠，多争相仿效姚的路子，一代文风大变。其实苏联除正统的日丹诺夫，另外还有不像他们那么写的人，帕乌斯托夫斯基《金蔷薇》翻译到中国很受文学青年欢迎，他把写作理论、技巧的诸多问题写得非常生动，也是我学生时代喜爱过的一本书。前些年重新出版了这本书，听说依旧很受欢迎。八十年代一批新锐引进西方概念，其中还夹杂了自然科学的概念、术语。运用于文学评论，它的贡献这里不论，那种佶屈聱牙的文字竟也赢得追赶时髦的青年学者热衷，很有几位新秀以文字生涩著称。然而终究太为过头，不能在学界生根，只作今日谈资罢了。

文学评论，尤其是作家、作品的评论，应该写得漂亮，“言之无文，行而不远”。它终究不是思想评论、社会评论、经济评论。诚然，探讨学理的文章，讲究全面、周密、深邃，就不宜苛求它文字的可读与否。有的论题，必须反复论证才行，不然殊难阐释透彻，不足以说服人，亦难见其“重”。例外也是有的，记得蒋和森的《红楼梦论稿》，厚厚一大本，印象里文采斐然，读得不累。兄是治汉魏晋那段文学的，《文赋》《文心雕龙》皆杰出的例子。“神思”“风骨”“情采”诸篇，所涉都是不易说清楚的文学道理，而刘勰写得条分缕析，词采飞扬。以形在江海心存魏阙的比喻解释“神思”题目，已经成了经典。古代文论里不少名篇，曹丕的《典论·论文》，韩愈的《答李翊书》，即轻性论文或随笔。有的短小文字集腋成裘，成为传世名著，如谢榛的《四溟诗话》、王夫之的《姜斋诗话》。说到诗话，宋以降蔚然成风，它和后起的词话，酿成颇具中国特色的批评文体。这两年举国上下大讲“国学”，讲得内涵和外延越来越叫人糊涂了。古代文论的传统是否包含其内呢？即使不用国学的旗号，我们也应该发扬诗话、词话的这个传统，它们虽短小，却脍炙人口，且多隽永语句。

兄从轻性论文、学术随笔写作本身说了其与正格论文的差异，这差异还取决于读者对象不同。同行专家，自可拿高头讲章，慢慢与之穷究其理。若一般文学爱好者，对正格论文是没有兴趣和耐心的。学问不应该总关在学院里.研究的提升、发展，少不得专家做些普及文字，水涨才能船高。但是这文字要做得一般读者喜爱看，专家读来也不无启迪，所谓雅俗共赏，实非常不易的事,学养和才气缺一不可。兄宜担此重任,弟翘首以待。

打住了。正如我们时常感叹的，有些本来是基础常识的东西，如今还得费舌去絮叨。看来，再怎么絮叨它，效果如何是不太敢乐观的，就像天天指斥学术腐败，它照样地腐败，并无收敛之势。文风尚不至于如此吧。

犬子回来看望病中母亲，我岂能不围着她母子劳动？为此信迟复了几日，见谅。谨颂衰年变法成功！

弟　学勇

二〇一年五月五日

关于文史题材写作尚实的通信

农兄：

大著快要杀青了吧，翘首以盼。日前几则短稿承兄赐教，甚谢！

弟近来还是胡乱地翻翻期刊和闲书，依旧会冒出些杂七杂八的感想。手头一份大刊上专谈凌叔华的万余字长文，就叫人又想到当下实在堪忧的某种写作现象。弟何以做了杞人？兄若读了这篇介绍并评论凌叔华的文章，知其错谬累累，未必不会和弟同感了，天说不定真要塌下来。

泰戈尔一九二四年应讲学社邀请访华，主事者是讲学社的梁启超等人，此文说成“应燕京大学邀请而来访华”，“燕京大学作为主人，主要接待任务自然由其负责；而泰戈尔说到底是一位用英文写作的作家、诗人，具体接待任务，又理所当然地落到了英国文学系；而英文系系主任是陈西滢，这光荣任务又自然地落到了陈西滢的头上。”陈西滢何尝在燕京大学执过教鞭，他才回国不久，一直任教北大至一九二七年赴日本，后转任武汉大学教职永远离开了燕京大学所在的北京。此文又说，陈西滢主持接待泰戈尔“尽量雅一点”，于是想到了他的学生凌瑞棠（凌叔华），以老师和院长（按，竟又变成了院长）和学生商量，晚宴设在她父亲凌富彭府邸，（按，父亲名凌福彭，此文“富”不只一时一处的笔误，乃一“富”到底。）而陈西滢此举另挟私心，他“除了看中了凌府的环境外，还看中了凌瑞棠本人。凌瑞棠相貌清秀、气质高雅……难能可贵的是她才华出众、文笔优美……常有作品以凌叔华的笔名发表于校内外报刊，是校内外知名的才女”。作者先认定凌叔华此时为才女倒也无妨，毕竟她发表过两篇小说，虽然不算成功，后来不愿收入第一本小说集《花之寺》；也见刊了两篇不起眼的随感。不过，查史料，校外“知名”就谈不上了。作品署名均是本名凌瑞棠或瑞棠，启用笔名凌叔华是后来发表成名作《酒后》的时候。此文自然会说到林徽因，徐志摩陪同泰戈尔乘火车去外省，临行时徐志摩拿出纸片给月台上送行的林徽因写什么，恩厚之怕他过于伤感，不待写完便夺下。“泰戈尔将秘书（恩厚之）夺过的那张纸展开，原是一首诗：我是天空里的一片云……”稍稍了解徐志摩或林徽因的读者都知道，其实纸片写的是一封信，至于诗歌《偶然》写在车站送别以后，发表于距写此信已经两年的一九二六年——徐志摩的这封残简和这首《偶然》诗都很有名。

全文内容共五个部分，上述差错仅取之不足两千字的第一部分，其余部分差错不如这样密集，仍不绝屡屡。如误以凌叔华绘画老师陈衡恪为其弟陈寅恪；言凌叔华为徐志摩墓碑书写的“冷月诗魂”四字（按，应为“冷月照诗魂”），毫无踪影地“时至今日”“还在徐志摩坟前的石碑上”（二十年前和两年前我都到过徐墓）。徐志摩一生与凌叔华通信八十余函，写信时间被缩短在半年之内，于是推断两三天一封，凌叔华多数给以回复（不知“多数”依据出在何处），“足可说明他们关系的非同一般”等等，不再赘述下去。兄不妨找此文《亦曾疯狂乖乖女》一读，刊今年二期的《百花洲》双月刊。

这是篇纪实作品，读者不少。近年来纪实作品畅行得很，想来与社会诚信的普遍缺失不无关系。打假成持久全民运动，然而你“运”而“假”不动。人们身处假劣围城，时时处处自危，以至《博览群书》去年某期第一篇文章题目即《我们还能相信谁》。百姓想要过一个平安日子，却埋伏着防不胜防的陷阱，如何平安得起来。大家不得不关注脚下，浪漫情怀越来越稀薄，理想光环越来越暗淡。祸及言语、文字，假话假文章风靡，其程度数千年来于今为烈。由此，社会渴望了解真情，读者需要真实文字，曾经有过的读小说热情大减，纪实文学的行情自然应运而涨了。有些小说家便改行写“纪实”，我就有相识的作家由虚而实。平心而论，改行或本来有志的作家，他们决非那种演义化人物传记的作者或历史电视剧戏说无边的编者，不肯放开胆来虚构，不靠无中生有的离奇骗取读者。他们力求真实地再现过往史实和历史人物，他们明白，真实最为动人也最具魅力。他们的写作态度和所取文体，远比戏说者们赢得读者信赖。

读者对他们所写的真实与否，心理不再设防。麻烦正出在这儿，他们的差错也被置信无疑地接受了，于是以讹传讹的效果愈加厉害。因此，《亦曾疯狂乖乖女》之类的阅读负面不宜小看了。前些年中央电视台于丹讲座亦类此，讲台的权威性，主讲人的教授身份，讲座的非戏说性质，彻底解除了受众的设防。无怪激起学者们愤怒，有十名博士群起而攻之，一时纷纷攘攘。

当时我觉得，博士们与其动此肝火，何不也来涉津，上阵普及于丹的那套知识，取而代之呢？现在想想，事情还有另外一面。这种不具学术层面的所为，科研衙门是拒之殿堂门外的。费力不小，却无补于职称、考核、申请项目。既然无补，可以理解博士们（何止博士）的无乐而不为。尴尬的是，有学养的不为，欠学养的乘虚乱为，谬误泛滥，现状到了无可奈何至极的地步。想到这里，真还叫人丧气。兄博识古文化，古时有箴言“位卑未敢忘忧国”。可是不古的当下，情形倒是：忧国无效在位卑。纪实作品的缺“实”，大概不是布衣们干预得了的。若要改善现状，除非掌印把子要员来动真格。可他们太忙，耽于更重要或更乐意做的公事、私事。

纵然如此，我等自身也不应完全推脱干系，尽力做点指谬正误的事情。固然杯水车薪，像揭发假药、假烟酒、假的学历文凭收效甚微一样。我相信，有没有这些指正终究不同的吧。吴小如先生很执着于此，哪怕招来讥讽、怨恨，仍锲而不舍，老而不悔。我每有所顾忌，就想想吴先生。防患于未然的话，则从源头着手。学有专长的人士能热心撰写普及文章普及读物，乃利导之举。你我学生时代都读过王力的《诗词格律十讲》，还有功德无量的那一小册一小册《中华活页文选》。近期《钟山》双月刊辟了《非虚构文本》专栏，似追步前贤。《亦曾疯狂乖乖女》的作者他们，才气充溢，文采斐然，很得报刊编辑欢迎的。有他们加盟文史题材写作，只要收集材料细致些，下笔严谨些，自会广泛见效。不过出品宜放慢求精。文章和书，出快了，出多了，难免闪失。某高产的纪实文学作家，投给杂志一篇谈民国文人的稿子，将要发排，谨慎的主编临时让业内人士再看一看。这一看，看出一段抄袭，稿子不得不临时撤下。不是所有的编辑都似这位主编认真。有家出版社，出版一批关于民国文学的读物，尽管连连出错，得朋友私下指出，主事人因未影响到销路，便不闻不问，照旧一印再印，一错再错。话题扯远了，以后再聊。

闫纯德、李杨夫妇偕女儿山飒（闫妮）来我这里，这位千金侨居异域，以法文创作小说，颇有建树。兄有话转达他们吗？

即颂康乐！

弟 老萌

二〇一二年五月二十五日

老萌兄：

来信收到，你所说的情形现在颇为多见，简直没有办法。要发感慨则不胜其发，不吭一声则又不容易忍得住。近日在《文汇读书周报》（五月十八日第七版）读到史韬先生的书评文章《谨慎著书》，列举《出版史话》一书（社会科学文献出版社二〇一一年版）的不妥之处，建议再版时加以修正。读了大为钦佩。是要有这种订讹传信的批评精神。

本来只能盖平房的包工队现在忽然来建高楼，或本非从事建筑这一行的也来盖高楼，则楼歪歪以至楼倒倒是难免的。但写文章和出书均无明确的准入制度，只能靠编辑部把关。指望由批评文章来订正于事后，恐怕希望比较渺茫，有多少人肯干这种吃力不讨好的活儿，又有多少人愿意看这种商榷订误的文章？

现在许多人大约莫名其妙的电视剧看多了，对于戏说乱说已经麻木，真伪杂糅，亦听其便。要让这一方面观念回归正常比什么都难。将随笔小品和普及读物当作零食来消遣本自无妨，但食品卫生总不能不讲；只顾味道好，吃下去也许肚子疼。何况有些味道并不好，只是怪怪的而已。

前几天崔文印、曾贻芬夫妇云游四海时经过这里，我到宾馆看他们，大大地闲聊了一通。其间曾大姊提到前不久有熟人请她看学生的博士论文并参加答辩，她看了以后谢绝提供评审意见，也不参加答辩——如果说假话自己过不去，说真话则影响学生的就业，有伤老师的体面，不如完全置身事外为好。我也有过诸如此类不得不敬谢不敏的经历。有所不为，独善其身，古人是要到“穷”也就是没有出路的时候才如此这般，而现在忽然成了基本的拳经。

新出的书总还是翻阅了若干。现在有些意在普及的书，装帧很漂亮，内容也像是头头是道，而其中颇有令人摸不着头脑的地方，试举两个眼前的例子来看。有一本讲三国历史的书写道：

中平六年（一八九），汉灵帝崩，刘协为陈留王。刘协随刘辩在袁绍等人诛杀宦官时，被宦官张让和段圭绑架，遇到董卓。董卓曾和少帝谈话，少帝语无伦次，再和刘协谈话，刘协则将事情经过完整交代。董卓认为刘协贤能，且为董太后所养，又自以为与董太后同族，遂有废立之意。董卓后来立刘协为汉献帝，这一年他才九岁。

献帝年幼即位，不能理事，由何太后执掌朝政，太后兄何进，企图依靠凉州军阀董卓捕杀宦官，不料消息走漏，宦官先动了手，杀死何进。之后，袁绍又起兵灭宦官两千多，再往后，董卓引兵到洛阳，何太后被杀，东汉历史上外戚、宦官集团终于一起寿终正寝了……（《一本书读懂三国》，中华书局二〇一〇年版，第十九页）

这里的叙事照我看不免有点混乱。历史上不存在“献帝年幼即位，不能理事，由何太后执掌朝政”等情；事实是中平六年（一八九）四月，三十四岁的汉灵帝驾崩，何皇后之子刘辩即皇帝位，时年十四岁；宦官们打算立刘辩的异母弟，时年九岁的刘协（其时被封为渤海王，七月，徙封陈留王）为帝，事未能成。刘辩上台后自然不能理事，于是尊皇后曰皇太后，何太后临朝，外戚大将军何进执掌朝政。袁绍劝何进诛杀宦官，何太后不同意，何进则迟疑不决，于是袁绍进一步建议多召四方猛将及诸豪杰引兵进京，胁迫何太后同意，这样何进就召来了董卓。而在董卓将到未到之际，宦官们先行下手，矫诏诱杀了何进；何进的部下则引兵进攻皇宫，袁绍勒兵捕杀宦官，一口气杀了二千余人；于是宦官张让等劫持少帝刘辩、陈留王刘协，一行数十人逃出洛阳皇宫，夜至小平津，走投无路的张让投河自杀，刘辩、刘协在一些臣下的扶持下走回洛阳——这时遇到了带兵进京的董卓，很快还宫。此后大权落入董卓之手，他一朝权在手，便把令来行，很快就废刘辩为弘农王，立陈留王刘协为帝，稍后又杀何太后；接下来就是曹操《蒿里行》诗里所说的“关东有义士，兴兵讨群凶……势利使人争，嗣还自相戕”了——汉末的乱局由此进入高潮。

这一段历史虽然有点复杂，但还是不难说清楚的，其实只要翻一下《资治通鉴》的有关部分也就很明白了；不料竟被弄得有点像少帝刘辩那样，交代不清，令人迷糊。

还有一本讲西晋历史的普及读物《从司马到司马》（中华书局二〇一一年版），开始我连书名也看不懂，读下去才知道这“从司马到司马”是指从司马懿到司马炎再到司马睿。晋朝的开国雄主和历代皇帝都姓司马，这固然是实情，但又有什么好感叹的呢。中国古代的专制王朝总是父子相传的家天下，中间一般是不改姓的，即如宋朝，无论北宋南宋，皇帝全都姓赵。又如汉朝，从开国皇帝高祖刘邦到中兴的光武帝刘秀，再到亡国之君的献帝刘协，二十几代皇帝当然都姓刘；只有西汉和东汉之间政权一度被王莽篡去，改国号作“新”，幸而时间不长，只算一个插曲。如果我来写一本讲汉朝的书，书名作《从刘到刘》，并在序言中感慨道：“真是从刘到刘！”你一定要骂我噱头玩得过头，否则就是神经有点走火了。

上面说起的两本书，就全局而言还是写得比较好，甚至可以说相当好的，却仍有这样的出格之笔，而出版单位则是百年老店中华书局。中华编审如云，这一个“审”字似乎没有完全落实。这叫人怎么说才好？文化要健康发展非得有一支足够强大并且负责的编辑队伍不可。

还有一本《玉出昆冈——陆机陆云评传》(上海古籍出版社二〇一一年十月版)，更是不能细看。这里的情形很有点像曹植诗里说过的“垣墙皆顿擗，荆棘上参天”(《送应氏二首》之一)，不实之处指不胜屈。

诸如此类的大著如欲批评却很难，容易得罪人。你的本意是去当诤臣，他也许把你看作叛逆，竟敢犯上作乱，龙颜立刻大怒；虽然并不可怕，一时尚不至于被推出午门，但又何苦呢。只有为老同学老朋友的大著写书评，才敢放手提意见，即使洗垢索瘢，也不会有什么后遗症。可惜老同学老朋友大抵无可挽回地衰老下去，还在继续挣扎不废笔耕的已经不甚多了。曹丕感慨道：“少壮真当努力，年一过往，何可攀援！”(《又与吴质书》)他说这话时大约只有我们年龄的一半——这话由我辈来说才合适。崔曾夫妇平日都在家闭门做学问，小文章只是偶一为之，大可钦佩。

致力于学术随笔及书评之正儿八经的刊物，如《博览群书》《书屋》和《随笔》，这从北到南的三家，我都常看的，偶尔也写一点。等手上的活儿交出去以后，很想多写几篇，不知道能否实现；到时还要请你多加指教批评。不仅著书要谨慎，写小文章也非谨慎一些不可。

乞代向闫、李兄嫂请安；闫妮姑娘未见过，而其大名则如雷贯耳，亦请代为致意。

问好！

弟 顾农再拜

五月二十七日

关于编辑职守和素质的通信

（一）

农兄：

昨天南方又有一家出版社约编林徽因集子，以时间过紧婉谢，未便明说的是没有编它的兴致。林徽因作品，数量就是那么一点儿，许多出版社争相付梓。编来编去，大同小异，有的简直见不出差异。首都某权威出版社编一套中国现代作家作品“新编”，创意甚好。二十世纪末他们已经编过类似的大型丛书，然而当时受种种局限，确乎有待更新了。不过其他作家均可编出新意，唯林徽因这一册实在“新”不出什么了。主事者的意思，原先那套既有了林徽因的，这回就不宜剔除。我不想有负主事者属意的殷勤，勉强领命，只在林的“新编”前言里婉转说明新旧无大异。昨天这位约书稿的编辑同样殷勤，一再说，林徽因作品很是畅销，她的《林徽因文存》售价翻倍。听出来了，其中大有油水。前些年舆论批评出版商重利轻文，以致有价值的著作每每遭拒之门外。批评自有它的道理，但岂有商人不言利者？此乃他们的生存基础，若无视出版商谋利的合理动机，委实偏激有过了。

与商人交道，前提得让他有利可图，出版商亦是。问题在于，是否该没有道德底线的唯利是图。这个话题已经说烂，此且不赘。还有个话题，遇到有利机会，他们是否能抓住而图利到手。本世纪初，我有本议论林徽因其人其作的书稿，含相当篇幅的《林氏年谱》在内，年谱当然枯燥之至。托友人推荐，他在出版集团的上层岗位，联系颇广。承他热心，书稿荐给一个下属出版社，但很快直接退回我手里，原因正是以为无利可图。你知道的，后来我原封转投久负学术声誉的中华书局。结果初印五千册，半年之后再印五千册，经济效益不会太差的了——那时林徽因还远不及现在这么走红。题赠此书给曾经荐稿的友人，碰巧他刚下到退稿的这家出版社主持编政。听说，在一次会上，他以拙著退稿为例，说明编辑需提高识别书稿的眼力，莫再把到手的赚钱书稿推给人家了。闻此传言，倒也哑然失笑。图利的编辑错失获利机会，大概是时下同行们经常交流的话题，即眼力如何。

我很想对这位编辑说，不妨替她编一册《陈衡哲文存》（文学部分），资料已经准备得差不多。作为中国的第一个现代女作家，陈衡哲尚未出过合集。已经重版的《小雨点》《衡哲散文》，前者薄薄一册仅四万来字。后者虽其皇皇四百多页，真能称得上“美文”的文学作品不抵其半。陈氏的新、旧体诗作从未结集，不乏精彩之作，当在新诗史占一席之地，而今日读者少有知其曾经是位诗人的。如果从商机出发，着意点明她和胡适的知己关系，印它万把册不会是冒险数字。朋友告诉我，拙编《凌叔华文存》有盗版，我未敢置信。它的学院派编法距一般读者甚远，如何值得投机商盗它？友人竟真的从地摊上买了一册送来。凌的销售如此，《陈衡哲文存》销量当相仿吧。我终于没有提出编陈的“文存”，怕他误会趁林徽因商机搭售陈衡哲。

兄也不时与出版社交道，有何感想？

大著告罄，望多多休养。到底上了年纪，岁月不饶人。再叙。顺颂

时绥！

弟 老萌

二〇一二年八月十一日

（二）

老萌兄：

信悉。我跟出版社打交道不多，近年来的几本都是人家约稿，虽然报酬无多，但全是我有兴趣的题目，其中为鲁迅的《汉文学史纲要》作注释和评点，更是我早就想做之事，所以就一口答应下来，按规矩做成，交出，印行。本来不大熟悉的编辑，后来因此就成了朋友，虽然有些始终没有见过面。我认识的编辑水平都比较高，帮我改了不少打错的字，删节也自有他们的道理。

先前也曾有些不那么愉快的事情。有一家本来说给我出一本集子，开始似乎谈得很投机，后来就没有了信息。估计他们是怕赔本吧。我也没有去追问——硬要人家为我赔本，近于江洋大盗，世界上没有这样的道理。还有一次是编辑或头头换人，于是就没有了下文。这也很容易理解，人治人治，人在则治；其人一去，那自然就没治了。这些其实也不能说是不愉快，顶多只是不痛快。那些稿子还在手边，我也正好想把篇目做些调整，文字也要再好好改一改。以后再说，现在一时还忙不到。

编辑的素养和态度，就约稿而言，我想首先是要找准人，对象是足以干这活儿的人，而且估计他愿意干；其次是如果文字有所变化和改动最好和作者商量一下。就来稿而言，则须对该书稿的学术价值和市场前景有准确的估计：两者皆佳自然上上大吉；价值不灵，即使能赚也予以谢绝；价值甚高而不至于很赔的也可以容忍；两者皆劣则自然同他“拜拜”。这样的眼光大约不容易培养，现在有些编辑也许不是那么两眼都很明，结果便容易错失机会，如足下所说的那种情形；或出些垃圾书，其例甚多，不去说他们了。

出版家或出版商要考虑经济效益，此是天经地义；唯其中的高手可以既出好书又赚大钱。大约总是雅俗共赏的书好卖一点。但有时是出奇制胜的东西比较有销路，甚至垃圾也会有买主。

其实不单是出版社的编辑特别是领导须有眼光，报刊的编辑也是如此，如此方可不丢失好稿，也不至于采用劣稿。当然，此事说起来容易，真要做到就困难了。如果你我去当编辑以至老总，恐怕不知道要出多少漏子。

足下要我注意休息，铭感之至。家里人也如此劝我。我近年来似乎略有文思来潮之意，所以想抓住这样的时机多写一点，尽管腰老是不大舒服；这广陵潮早晚是要退的，以后就改为少写新文而以改旧稿编集子为主。

我不会写畅销书，如果继续遇到高明的编辑，而天上又特别掉下好运来，竟能意外地畅销，则天下幸甚矣。

匆匆，颂兄嫂双吉！

弟 顾农顿首

二〇一二年八月十二日

（三）

农兄：

上月来示颇引发一些感想，弟不意摔了一跤，虽未伤筋骨，无甚大碍，但破皮发炎，又缝了几针，生活多所不便，说感想的信便搁了下来。今日似了无病状矣，赶紧接着聊天。

编辑职守和素质的话题耿心中许久了。书稿出版，文章发表，皆需编辑把它一关。不论著者、作者如何高明，难免有当局而迷的差错、疏漏，是以设编辑成一制度。如今，报刊编辑们谦虚得可以，在尊重作者的名义下，予来稿往往不着一字，转手即送去发排，好像他只管通行或枪毙。编辑们多“功夫在编外”，关心选题胜于提升稿子质量。这现象并不少见，编辑精力投于物色中意的作者，作者则瞎碰瞎撞知音的编辑，找来撞去，又失之交臂，彼此空耗时间若干，过去为人作嫁衣裳的编辑精神式微殆尽。我们做学生的时候，常听到作者抱怨编辑，怨他们胡砍乱伐，或捉刀代庖。砍了伐了的作者，一脸悻悻然，恨恨然。我初学写作时，尚无此委屈，倒多亏编辑老师指点，多蒙藏拙、添花，感激不尽。近年是少遇这样的“老师”了，投去的稿子纵有谬误或不妥，径自堂而皇之与读者见面。待自己发现病处，羞愧之余，愈发向往曾经的编稿把关极为认真的风尚。

“文革”以后，期刊、出版社如雨后春笋，以至成泛滥之势。于是，编辑培养赶不上对他们的需求，增设相关专业的高校越来越多，还有了硕士点、博士点，终究杯水车薪。即使科班高学位的年轻编辑，编稿水平并不像他的学位那样高。民国时期好像没有什么专门培养编辑的地方，编辑人员几乎全来自作家、著者、写手，乃至有的名编，如《礼拜六》《紫罗兰》的周瘦鹃，不具像样的学历。“五四”以来的名著名刊，其编者无不是著述颇有建树者，《新青年》的诸大家，《创造季刊》的才子们，《小说月报》的茅盾、叶绍钧，《晨报副镌》的徐志摩，《南国》的田汉，“文学丛书”的巴金，《大公报》“文艺”副刊的沈从文，《北斗》的丁玲，更不必说《莽原》的鲁迅，《努力周报》的胡适。现下是，干练的编辑不少，动笔杆的却似乎不多。编辑和写作，泾渭分明的身份，所行分道扬镳。你我都熟悉的某公，编了一辈子刊物，却没写过几篇文章。他坦言“写不起来”，诚实得可爱。编辑欠缺写作实践，实在是一大缺陷。不易与作者共谋稿子质量，勉强为之，亦多是隔靴搔痒，竟或南辕北辙。数年前，兄关于拙著《浅酌书海》的书评，原是用曲笔以破呆板沉闷，不意经某报编辑一编，变为犀利的讨伐，其时瞠目结舌，哑然失语，此事记忆犹新吧。

出版界急需编辑家，恰如教育界急需教育家，你我都在学校的。当然有不甘平庸的编辑，我庆幸结识几位。他们景仰先辈出版家，谈起来，很想干出一些名堂，哪怕牺牲点个人经济利益。可是，上司并不如此通达、敬业，敬的是万万不能缺少的孔方。难得有这样的出版志士，不得尽情一展抱负，徒呼奈何。话要牵扯到大而复杂的问题上去了，今天打住。

再叙。顺颂著祺！

弟 老萌

二〇一二年九月八日

（四）

老萌兄：

老话说，在哪里摔了一跤，就在哪里爬起来；今于老兄近来的历险记中验之矣。你我都上了年纪，走路要当心一点了，特别是晚上。

编辑水平之参差不齐，大约从来如此，永远如此，如果要求他们（或者不如说是她们！现在女编辑好像特别多）得像鲁迅、胡适、茅盾、巴金、沈从文一样，则如同要求我辈能有王国维、陈寅恪、游国恩、王瑶、黄裳诸先生的水平，那怎么吃得消。

我打过交道的报刊编辑，老中青皆有，其中固然也有少数难以名其妙的，绝大部分都不错，以至很值得感谢。其优点有：

其一，态度果断，处理比较及时，信息反馈来得快，往往比较迅速地告诉我稿子用还是不用，大约在什么时候用，有时还说明不能用的原因，例如大作的格调与本处不合，或刚刚发表过这一方面的文章之类。用与不用皆无妨，但最好要在约定或合理的时间之内告知作者，不要让他傻等，老死于闺中或两头嫁人。我碰到过这种情形：稿子出去久不见用，又无信息，于是另找婆家，结果两处都刊出了，很像一稿两投的样子，弄得愧对读者，不好意思。

其二，编辑帮我改正打错了的字，订正引文中的失误，标点和数目字的用法也搞得更合于当下的规范。我发稿前总还是认真看过两遍的，但或因昏聩或因无知，文章中不免有些毫无自知之明的毛病，经编辑一加工，面目比较好看一点了。

其三，有时还会建议我再写一点什么方面的文章，甚至还把不适合在该报刊发表的东西推荐到别处去，打开我的思路，扩大我的销路。我基本呆在家里不大出去，在系资料室能看到的报刊，面既不甚广（绝大部分是学院派的杂志之类），数量也不是那么太多，许多报刊看不到，又懒得到图书馆去，遂不免孤陋寡闻，除了一两个学术圈子的同行之外，外面也不认识什么人；编辑总是耳聪目明见多识广的，经他们一帮助，我现在竟然也显得有点路路通的意思了。

第四，如此等等，不一一道来了。

我早年两度当过编辑（中学时代是油印的学生小报的主编；大学时代是校刊副刊的编辑，顶头上司就是后来大名鼎鼎的闫纯德），虽然都是闹着玩儿的，但也学到几手，特别是知道几点禁忌：一是绝对不要发表会出乱子的文章。二是对作者的文章只删（往往是出于版面的关系）不加，加了算谁的？如需修改，尽量提出建议（编辑的水平主要体现在这里），请作者自己动手；帮他改的只限于纯技术层面的那些小毛病。自己不懂的地方尤其不能妄动。三是约稿要看准人，约了就要用，约而不用非常之糟，万一非如此不可，务必要向作者道歉并说明原因——这样才能有下一回。四是未达水平线的坚决不用，熟人的也不用，这样该熟人以后也就不会再拿劣质产品来找我的麻烦了。

现在的情形同过去已经大不相同，五十年前的经验恐怕早是已陈之刍狗，随便一谈，让你认清我也算是小半个业内人士。呵呵！

炎症才消，多加小心！匆匆颂秋安！

弟 顾农再拜

二〇一二年九月九日

关于传记作品文学性的通信

学勇兄：

去年秋天，有一位我很敬重的友人，建议我从中古文学家如蔡文姬、嵇康、阮籍等人中挑选一位来写传记，参加到中国作协主持的“中国百位文化名人传记”丛书工程当中去。据介绍，该传记丛书要求：应是原创的纪实体文学作品，在尊重史实基础上进行文学艺术创造，力求生动完美，具有引人入胜的故事性和可读性云云。每部传记的篇幅约掌握在二十五万字至四十万字。

既要纪实，又要创造，我理解就是要达成学术性和文学性的完美结合，兼具科学性和可读性。单做到其中一条就不容易，两手都很硬，而且要配合得好——这是极高的标准，我哪里能做得到，没有敢应命。而且他们定的期限很紧，想多磨几年也不可能，这就更不敢轻易上船了。

既然是传记，肯定要真实可信，要仔细研究史料，完全吃透，然后才可以转化为叙事。可是关于蔡文姬的史料很少，正史上的传只有寥寥数行，别传和相关的记载略多一点，也颇有限，而她本人的诗只有三首，却又每一首的真伪都有争议。我是相信三首皆真的——那也没有多少。总之可以作为依据和出发点的东西远不足万字，现在要冲出二十五万至四十万的一大桶来，要加多少创造性的辅料佐料啊。嵇康和阮籍的材料虽然要丰富得多，但其中有麻烦的地方层出不穷，学术界的意见分歧很大，我虽然有自己的一套解读（曾发表过一二十篇有关论文和文章，其主旨大体见于行将出版的《从孔融到陶渊明——汉末三国两晋文学史论衡》一书第二章“正始玄远”），但同主流派的看法出入甚远，单是作纯学术讨论还好，一旦化为充满“文学艺术创造”的叙述，难免被斥为野狐禅，不大大挨骂恐怕是不可能的。而要为自己作“并非野狐”的辩护，得说上许多许多话，势必冲击安度晚年的计划——不必去惹这样的麻烦了。

看你过去的文章，好像倾向于传记不能虚构，否则就是写小说而非传记了。为现代文学史上的作家写传记，绝对不虚构确实是可能的，材料甚多，只要掌握得齐全，分析得到位，化为纯真实的叙述大有可能——你为林徽因、凌叔华写传，得到很好的评价，根本原因正在于此；当然剪裁得体、文字高妙也大有关系。而为古代特别是唐以前的作家写传，就很难有这样的不愁无米的幸福了。

其实有些虚构也并不可怕，只要不违背有案可稽的基本史料就可以了。事实上即使是传世的历史著作中也有若干虚构。例如《左传·宣公二年》写晋灵公派一个刺客鉏麑去暗杀老是提意见的赵盾，鉏麑一大早赶去准备动手，却见赵盾已经起床，“盛服将朝，尚早，坐而假寐”，退而感叹道：“不忘恭敬，民之主也。贼民之主，不忠；弃君之命，不信。有一于此，不如死也。”于是道德高尚的硬汉鉏麑就自己撞树而死。当时就是他一个人，这样的自言自语，史家从何得知？照写不误。又如《史记·项羽本纪》中鸿门宴一段，写刘邦和张良在形势非常危急之际，借口上厕所，躲在里面密商怎样逃离此地，这事十分机密，当时尚无录音或窃听装置——司马迁从何得知？也照写不误。

钱锺书先生说：“史家追叙真人实事，每须遥体人情，悬想事势，设身局中，潜心腔内，忖之度之，以揣以摩，庶几入情入理，盖与小说院本之臆造人物，虚构境地，不尽同而可相通，记言特其一端。”从这个意义上来说，《左传》《史记》“足为史有诗心、文心之证”（《管锥编·〈左传〉·左传之记言》）。刺客鉏麑忽然自杀，在厕所里呆了一会儿以后刘邦就逃跑了，这样的事情是真的，这也就可以了。他们自言自语或秘密交谈了些什么话，创造几句无妨。史家尚且有这样的自由，传记作家还怕什么？

再举一个同扬州有点关系的例子。史可法（字宪之，号道邻，一六〇一至一六四五）守扬州，最后以身殉国，是著名的抗清英雄。他早年是左光斗的门生，左光斗遭宦官迫害下狱，史可法去探监，不料被恩师狠狠地责备了一顿，而他骂门生的那些话，有好几种不同的版本：

“尔胡为乎来哉！”

——史可法《祭大中丞左公文》，《史可法集》，上海古籍出版社一九八四年版，第一一四页

“道邻，宜厚自爱！异日天下有事，吾望子为国柱！自吾被祸，门生故吏，逆党日罗而捕之，今子出身犯难，殉硁硁小节，而撄奸人之锋，我死，子必随之，是再戮我也！”

——戴名世《戴南山全集》卷八《左忠毅公传》

“庸奴，此何地也？而汝前来！国家之事，糜烂至此，老夫已矣，汝复轻身而昧大义，天下事谁可支柱者！不速去，无俟奸人构陷，吾今即扑杀汝！”

——方苞《方苞集》卷九《左忠毅公逸事》

意旨相同，都是爱护门生的意思，怕他因探监而遭到株连，他是要为天下爱惜人才；而几份文献中的具体话语大不相同。一般来说，大约是史可法本人那一句比较简单的记载最为可信，后两份大约都不免踵事增华；但也可能是有些老师器重自己的话史可法觉得不宜出现在自己笔下，遂略去不提。如果今天就史可法或左光斗写传记，不妨以这三份文献为依托，加以生发，进一步再锦上添花。大史家司马光说得好：“凡为史者记人之言，必有以文之。”（《资治通鉴》卷六十六）史书尚且可以如此，人物传记自然应当更加能够容忍“有以文之”的人物语言。

这样看来，传记里的人物语言可以有三种情形：这话是他说的，这话像他说的，这话他是可能说的；只有一种应当避免：

这话他是不可能说的。

文学传记也不妨虚构故事；而尤其可以在相关史料的基础上虚构人物语言，这样风险比较小，而能大大增加可读性；心理描写则更是大有可为。总之大可放笔直干，其底线在于不要同可靠的史料发生抵触。这正如人们做事可以有些自由，只要不出法律和道德的底线就行一样。

但这绝非易事，更不能随心所欲天马行空，因为如果不深知当时的情形，包括历史、地理、制度、礼法、风俗、习惯、名物、时尚、心态等等，就很容易弄出些不可能的故事和语言来，落到底线之下，误导读者或令他们哭笑两难。

如果我来写古代文学家的传记，就准备把胆子放大些，再大些！但你知道我一向胆小，虽欲衰年变法，而仍多学究的迂腐气，要改也难。那么还是自己不写而来看名家们的大作吧。

你对传记一道研究有素，愿闻高论，匡我不逮。匆匆，问好！

弟 顾农再拜

二〇一三年一月六日

顾农兄：

信悉。传记写作确是我感兴趣的话题，很有些话想说。年后年前琐事不断，回信竟拖了一段日子。

兄辞谢蔡琰传记的邀约，明智之至。蔡琰的材料少到那种程度，如何为无米之炊？出版这套“中国百位文化名人传记”丛书早有所闻，主事的称得上权威部门，本可寄予厚望，结果如何叫人有点杞人之忧。他们列出拟写的传主一百三十位，绝大多数属于古代，蔡元培以后寥寥不足十人。要求每本传记篇幅都写到二十五万至四十万字，不大容易完成。即使下限二十五万，再打个折扣，就十七八万吧，材料不够的又何止蔡琰一人。先秦诸子，哪个都难以凑到这么多万数。看丛书征聘著者的对象，有作家有专家，好像首先盯着作家，报告文学作家或曰纪实文学作家。主事者敢有此豪迈之举，或许正看在作家们的丰富想象、妙笔生花。现代文化名人诚然材料丰富，为其立传又何尝容易呢。他们较之古人自不虞无米，但泡沫亦多。材料的真真假假，以至彼此抵牾，若非研究有素，何取何舍上实在很是费力的。譬如几成常识的金岳霖因为林徽因终身不娶，已采入多种传记作品。事实是这位哲学家晚年曾经谈婚论嫁，只是出于政治以及其他原因，无奈地不了了之矣。近日某报关于著名词曲学者任二北的回忆，我读来很觉得平实了，兄乃任翁的乡人，却一眼见出其中“不尽准确”多处。他人回忆如此，本人自述也难说全部可靠。冰心有篇纪念胡适的文章，说她虽然与胡适过从非浅，而从来没有写过一次信给博士。读到此处，我伸手取下书架上的《胡适来往书信集》，里面就收录了两封她致“适之校长先生”信函。自述的失真，其原因不一。此处冰心决非说谎，他俩往来二十多年里通信委实极少，少得记忆里不留痕迹。可见，传记材料，少有少的难处，多也有多的费劲。

胡适曾经感叹中国最缺乏传记文学，这些年来传记的出版倒兴旺得可以。书店里传记读物满排满架，热销非常。著者中不少是倚马可待的快手，天马行空，戏说无边。他们的迅疾和文采，非严谨的学者专家能追步。迅疾与严谨，出版商是宁取前舍后的，故此类传记所述传主生平不敢全盘置信。有人搬来异域风行的“新历史主义”，为胡编乱造来张目开道。张目开道者强调的历史本无真实可言，恐并非人家那个“主义”的原意。我想，原意旨在说明历史描述不可穷尽，正如揭示真理不可能绝对一样。没有绝对真理，历史不可穷尽，均就宏观而言，不应拿来作拒绝追求真理、逼近史实的盾牌。胡适有过近似的比喻，说历史是一位姑娘，任人打扮；或像块面团，任人揉捏。这个生动的有名的比喻也常被误解为无视客观史实的存在。岂不知，任人地打扮、任人地揉捏，仅道理的一半，还另有前提性一半是，打扮、揉捏对象即姑娘、面团不容替换。姑娘、面团是历史，是本质所在。倘若打扮猴子，揉捏泥巴，任怎么地打扮、揉捏，它也只是猴子，只是泥巴，决非姑娘，决非面团，当然不再是历史。

近年盛行传记小说这名目好生费解。传记属历史范畴，小说在文学类别，一是必须发生过的史实记录，一是子虚乌有的假语村言，如何能融合在一起呢？又要说到胡适，他是倡导传记写作的先驱，而且身体力行，撰写了《四十自述》。这个自述曾经尝试“小说式”的文学笔法，还想以虚构的人名地名描写具体故事。他的尝试已见之“自述”开头一章，但还是无力把史实与“小说”调和到一块，不得不放弃了继续尝试，“自述”回归了他严谨的史学原则。

你我处身高校，这些话在学界说说尚可，外人听来难免不讥之迂腐学究气。其实你我向来诟病学术囿于学府，它的终端应该是民众，并为此多少作过一点努力。传记写作亦然，不能一味地炮制学术性的“评传”，还需有面向广大读者的传记读物。传记可以普及历史知识，可以传承文化，还可以励志。名垂青史的人物都是垂范后人的精神资源，名人传记丛书的倡导、组织者们初衷或正在于此。要让广大读者阅读，就得喜闻乐见，就要求传记的可读性，大量文学传记蜂拥而至就是自然的。眼下连学术传记也悄悄向它靠拢，以前往往标明“评传”以示身价，现今不大张开这面旗号了，不然势必影响销售数量，出版商不大肯买账。文学传记当然讲究文学性，可文学性又被写手当作胡编乱造的另一块盾牌，以为文学性便是容许编撰情节，虚构内容。此乃大大的曲解或误解。兄提及《史记》，它虽为史著，但汉魏时人们的世界观、社会观、人生观皆有别今人，史学观念亦不同今世。先秦更加是事实和传说以至神话掺合在一起的，因而不必泥古。人们常常引证三实七虚的《三国演义》，尤不必成则为王，不能因为它成文学经典而忽略史学意义的负面效应。太多的人以它为接受历史教育捷径，然而为那“七虚”，史学家们要付出多大辛劳澄清史实。《三国演义》不朽，史学家为其纠正不实恐也永无止日。记得鲁迅对“七虚”便不无微词。学术传记容有失误，毕竟亦有学术自律在，且读者具相关知识、不乏一定分辨能力。文学传记读者众多，读者知识又是有限，胡编戏说起来，贻害之易之广可想而知。

传记无论如何不宜虚构，所谓虚构不妨以“拟实”概念取代。与其讨论可不可虚构，不如讨论如何合情合理地拟实。拟实与虚构大有区别，后者是无中生有，前者只是把确实发生过的事情作推理、想象，摹写出来。譬如，史料记载传主春季天晴的某日去了一趟西湖，传记不妨据此，写写春阳娇媚，垂柳拂面，但不可描述成秋雨绵绵，万木萧疏。要是史料失记是晴是雨，那就放宽一些,随你写晴写雨,算打个擦边球啰。传记的文学性，其涵义何止在情节曲折，更有诸多其他文学因素，如笔致宜人，注重细节，场景再现，等等。我颇向往随笔体的传记，娓娓道来，似平淡实隽永。拙著《林徽因传》《凌叔华传》都曾略作追步，毕竟学力和才情都甚欠缺，远不尽如人意。这两册传记的读者依然局限在“读书人”圈内，圈外读者，包括若干林徽因粉丝，仍多为“演义”式的林氏传记所吸引。

关于传记的文学性问题，以及拟实，如何拟实，可说、想说的话多多，先此打住了。这个话题未必没有理论意义，而实践意义尤为迫切。信里三言两语不大说得清楚，最好另作文字探讨。

新春伊始，本当祝福兄文笔大健。一想到兄的新作已经目不暇接，就改为一声提醒吧：务切保重健康，到底上了年纪，何况兄刚刚杀青了数十万言宏著。

弟 学勇

二〇一三年二月十六日

好选题的书还得好好编著

——读《中国创刊词》

近来关于介绍旧期刊的出版物多了起来，其中很有些不俗之作，前读张伟先生的《尘封的珍书异刊》（天津白花文艺出版社出版）即是，它或许见证着空谈学风有了改善。顷又见《中国创刊词》（古敏编著，时事出版社二〇〇五年出版），大开本，四百多页，五十万言，实在是本诱人的读物。其创意尤佳，不仅重现了不易寓目的昔日文本，而且配套多种相关文字，除创刊时间、地点的说明，另有创刊词作者小传、“创办背景”及“焦点评析”。这些于读者均大有裨益。此外缀有许多配图，不乏罕见者。

这不是一项轻而易举的工程，编著者却看得太过容易了。编后记说：“原以为三个月便可将此书脱稿的，不意竟费时半载余，这是大大出乎意料的事体。”这意思在于认识到编著此书的艰巨性，表达效果正好相反，透露了艰巨性认识的何其不够。捉摸编后记行文，好像编著者是单枪匹马。凭个人之力，单收集众多资料非数月之工不可。即使已作多时准备，那么剪剪贴贴亦费时不可少。再有不能剪贴的若干说明文字，费时尤多。更有那五六十篇“焦点评析”，每篇两千字左右，全数不下十万言，可真该是一篇篇言简意赅的议论，没有半年乃至整年，岂能完成得好。我这是算的一笔死账，在当下活络的编家们的眼里，或许会被嘲笑迂腐。

不过，编著此类书宁可“迂腐”些好，活络了就难免这里那里出些问题。粗略翻翻《中国创刊词》，果然如读“编后记”时所担心，仅就我比较熟悉的文学期刊，问题已多多。现略拾少许，稍作归类，分述于后。

文本不实。按《中国创刊词》书名，创刊词文本是书的主体，可这主体便大有问题。书中所录施蛰存执笔《现代》杂志的《创刊宣言》，取我家藏原刊影印本对照，竟然是掐头去尾删了中间的处理品。原文计六段，所录仅剩三段，篇幅则为原文的三分之一，字数由原三百左右减到不足一百。仅存三段也有差异，第一段（原文第二段）是“本《文艺月刊》是一个普通的文学杂志,不是同人杂志。”原文是“本志是普通的文学杂志，由上海现代书局请人负责编辑，故不是狭义的同人杂志。”更令人惊讶的是,《创造周报》的创刊词原系郭沫若诗歌作品《创造工程之第七日》,编著者不录,却从何处移来一篇学术刊物的“发刊词”（无暇查考）,冒牌替代,风马牛不相及。他的“焦点评析”

倒是引用了这首诗，只作旁引资料，不知它才是真正的诗体发刊词，未免发噱。所录创刊词，《现代》的劣、《创造周报》的伪，书里其他创刊词是否还有伪有劣呢？不敢保证了。

史料不确。本以史料见长的读物，其史料不信，实在是要命的事。《自由谈》同名期刊多份，此书介绍的是办于三十年代著名的《申报》文艺副刊，系黎烈文主编。头尾配图却不是这份报纸副刊，均影印四十年代吕白华主编的《自由谈》杂志同一幅封面，赫然写明“第一卷第一期”，何以报和刊不辨？介绍《现代》月刊，题图和尾图又均是影印的《现代评论》。编在上海的《现代》月刊何以与北京的《现代评论》周刊混淆不清？刊物的名称明明不一，何况当年两者皆曾名噪一时，且日后都成为文学史经典刊物。类似拉郎配式的出错再而三四，介绍靳以、郑振铎联合主编的《文学季刊》，配图混入傅东华、郑振铎编辑的《文学》（实茅盾主其事），发刊词的作者又变成巴金，列巴金小传；介绍一九五六年创刊的《萌芽月刊》，刊名应是《萌芽》（半月刊），题图配的是三十年代出刊的《萌芽月刊》，尾图影印《萌芽》半月刊创刊词，竟又注为“当年鲁迅与冯雪峰合办的《萌芽》”，好似侯宝林相声说的关公遇了秦琼。

空白不宜。此书体例设创刊词作者小传，当然有助理解文本。但多处注“不详”两字了事，留下不应有的空白。有的作者系原刊未予注目，如五十年代的《萌芽》半月刊，以及所录八十年代的多数报刊，实难为无米之炊。或虽注明，乃无名之辈，如《滨江日报》的“秋鸿”，不详亦情有可原。若下功夫考证，当是专家学者的分内事。注明作者，本属名流，却不去查阅资料，那是编著者的失职。写《申报·自由谈》副刊发刊词的黎烈文，有其简介的文学词典远不止三两种，记得还出过他的单行本传记,查阅起来并非难事。至于为《现代》杂志写《创刊宣言》的施蛰存，乃名垂史册的著名作家，其小传资料更容易查阅，何故省此举手之劳。

评析不妥。原指望编著者的“焦点评析”有助读者阅读创刊词，结果失望得很。不少“评析”既不诠释文本含义，也欠评论该刊相关内容,而拉拉杂杂,顾左右而言他。《萌芽》那篇“评析”, 刚引述几句创刊词, 即说《萌芽》杂志造就出一个姚文元，由此笔墨滑到姚的身上，费千余字大写姚在“文革”中批《海瑞罢官》为毛泽东赏识的是是非非,总共不满两千字的“评析”，最后话题回到《萌芽》本身，只剩了两行六七十字，喧宾夺主得惊人。《礼拜六》的“焦点评析”,大段引述周瘦鹃文《闲话〈礼拜六〉》达千余字,编著者言仅五百,暗度陈仓,当属周瘦鹃的“评析”。对《现代》杂志的“评析”，已不再标明引用，将他人的“评析”归为编著者自己名下，几乎全文照抄施蛰存撰写的《重印全份〈现代〉引言》，却不见引号，不见“施蛰存”名字。此一例大概已非“不妥”二字所能概括的吧。

至于书中说明文字的错讹，诸如指北京刘绍棠为上海《萌芽》编辑,把京派女作家林徽音当海派男作家林微音列入《申报》“自由谈”副刊撰稿人名单,一九二六年三月十六日《创造月刊》创刊日期误定二月二十一日，细而琐碎，不赘一一。

普及读物貌似容易编著，实大不然。不仅态度要认真，而且要具备学养。它不苛求创新，但讲究准确。数十年前，写过巨著《诗词格律学》的王力先生为一般读者又写了小册子《诗词格律十讲》，广受欢迎，泽披至今，堪称范例。《中国创刊词》的序言自许其“苦心孤诣地‘寻寻觅觅’”，似乎欲追步先贤，并自信“在无法改变浮躁和孤独的日子里，本书可能正是‘一种冷静而可靠的朋友’”。然而这个“朋友”，并不可靠，仍近乎浮躁。随着学风转向务实，史料类图书可能成为出版热门。可是，好的选题好的创意，不能好好地编著，照样成不了好书。商家们看准出版势头的话，急抓写手，粗制滥造，将添出许多垃圾读物，未必是杞人之忧，其害尤甚于宏论空谈。

传记还是小说

《小团圆》的热闹算过去了吧，它的是是非非，媒体炒得很火的那阵儿，我是袖手旁观的。虽然它出大陆版过程中很出力的两位我都熟识，不免有旁人来打问此事，我还是不说什么。现在所以要写几句，起因是有感于近期一本杂志上朋友的这段话："《小团圆》是一部自传体小说，内容有虚有实，更多则虚实难辨，因为缺乏比照材料，无法划出一条清楚的界线。"

不说《小团圆》的是非，仅想提出一个有人或许以为多余的疑问：《小团圆》是自传还是小说？自谓自传小说或别人这么认定的作品不少，如苏青的《结婚十年》、凌叔华的《古韵》，等等，如今传记作家撰写名流的传记小说更是过江之鲫，又颇受读者青睐。他们是当传记来读的，名人的生平，大可作自己人生的借鉴，也可给人生平淡的自己以慰藉，再有，一窥他人的私人空间，得到一点猎奇的兴奋，亦读者常情。又有学者拿它们作传记来读,我手边这份杂志,便有多篇文章探讨《小团圆》和《续结婚十年》里人物与生活中某某的关联是否。学者们相当认真，加上他们有丰富的相关知识，于是如我这位朋友指出的,《小团圆》里“对得上人未必对得上事，对得上事未必对得上细节”。还有位朋友，读过凌叔华的《古韵》即撰文质疑，传主的那个义父和历史上袁世凯身边的赵秉钧，其为人一天一地。《古韵》述其义父文雅多才，而赵秉钧品行不端，因涉嫌谋刺宋教仁成万夫所指。按小说而论，作者凌叔华是不用负责的，小说自有虚构的权利。凌叔华父亲娶过四房太太，在《古韵》里她虚构成六房。凌叔华几个哥哥姐姐溺死在神户的山间深潭，她把溺水地点搬到京都去了。《古韵》与作者经历不符处还有许多。若作小说来读,你管他太太几房,管它京都神户。非要以史实索隐，证其失实，岂不是硬要铁矿里挖出铜来，所取非所能给。女性作家的长篇小说，多喜取材自身经历。苏雪林的《棘心》、白薇的《悲剧生涯》、陈学昭的《工作着是美丽的》，举不胜举。文学史家历来多作自传论析，因而引起作者申辩，苏雪林说：“何必硬要咬定说此书是我的自叙传呢？”《小团圆》既有不予公开出版的遗嘱，乃至要销毁，想来张爱玲的顾虑是否也在于此？现在都说书里的荀桦便是柯灵，于是电车上荀桦的不雅举止便是柯灵所为了。我很赞同朋友说的，人与事，事与细节，均未必完全相符。如若不符，张爱玲和柯灵都在九泉下不能说明或申辩，这于当事人何其不公。不能从传记小说里猎取史料，即或里面有符合史料的内容，那仅为史料的印证，印证别处已知的史料而已，切莫依据它来立论，阐发什么。刚看到一篇文章，即用《小团圆》的情节、细节论证张爱玲“奸逆本质的彻底自曝”。

自传小说大概属于传记、小说的边缘，小说与传记的交叉，传记加小说的复合。文学体裁的复合未尝不可，而且早已有之。如散文诗，散文句式里储满诗意；如诗体小说，分行的诗句组织情节、塑造人物。它们确实有其单独一个体裁难以达到的艺术效用。可是传记小说似不宜为之，它陷入这两种体裁无法结合的悖论。传记是真实人物生平的如实叙写，小说则以丰富想象力尽情地无中生有。读小说，享受其人物形象的独特、典型，明知其假，仍陶醉作假的艺术魅力。而传记，写得再如何生动感人，一旦知其编造，便立即像美丽的彩色气球被戳了一针，那魅力顿时消失殆尽。当然，质而无文的传记总不讨人喜爱，于是借助文学手法，文学化，才有了传记文学一说。但文学化绝非小说化，文学可以与传记结亲，名之传记文学或文学传记，小说则有其致命的虚构特点，所以不能。虽然看起来，它是朝传记文学的方向往前多跨了一步。如某名人言，即使朝了正确方向，这一步也会趋于荒谬。

印象里，自传小说的作者不大喜欢强调作品的自传性，如苏雪林。但写名人传记的作者们（如今更要加上出版者），往往喜欢宣扬传记色彩，以此招徕读者。

然而进入写作状态，这些作者又潜意识里为自己松绑，以为在创作小说，信笔由缰，甚至浸染到并不挂传记小说牌子的传记读物。前不久钱三强后人严正指责年初出版的《钱三强与何泽慧》，诸多无中生有的记述有损其先人形象。如今许多所谓的传记小说，一面掏了许多消遣型读者钱袋，一面令认真的读者望而生畏，敬而远之。

传记小说的害处，就传记而言，混淆了视听，本来虽不清晰鲜明的传主，但算还真实、本色；小说化了的传主，则变形走样，严重的将面目全非。就小说而言，读者兴趣往往索引生活中的人和事，忽略对作品内涵的探寻和咀嚼。传记该是传记，小说另外去小说，还是分道扬镳的好。

史剧与“戏”剧

只要电视机打开，总能撞到不止一两部数十集的历史连续剧。媒体炒足的《芈月传》刚刚结束，接踵而至的必将是这个传那个传。正当观众沉醉于两千多年前芈月“宫斗”之际，历史学家张远山先生撰文《真实的芈八子》(刊元月十四日“笔会”版)，泼来一瓢冷水：“电视剧只是电视剧，《芈月传》的主要情节，包括芈姝、芈月的姐妹争宠，芈月出质燕国而被芈茵加害，芈月与黄歇青梅竹马，秦惠王遗诏让庶子嬴稷继位，芈月为义渠王生子姓嬴并封泾阳君，其实都是不可能之事。”“大量次要情节，也是大悖史实的乱炖。”

这瓢冷水充其量杯水车薪，再多的史学家出来澄清史实，大概也都无济于事。“笔会”版编者为张文加按语写道：“纵然电视剧编造之处多多，但由此开启人们对历史的兴趣，另外寻找历史的真实面目，倒也有功。”这话读来似有点儿调侃意味，“笔会”版读者未必热衷观看《芈月传》，陶醉此剧的观众大多也不会来读“笔会”版，恰如罗贯中《三国演义》的读者有几位去读陈寿《三国志》的。近日央视有教育节目澄清史实，和珅与纪晓岚哪里是电视剧里极力渲染的一对仇家，效果或好些吧。

前些年历史电视剧热闹过“戏说”，戏说乾隆，戏说慈禧。一个“戏”字着实令观众开心，然而只是开心一阵罢了，并不真把它当回事的。当下的历史剧干脆甩掉了“戏”字，一部部俨然“正传”出场。观赏“戏说”剧时尚有心理设防，现在不标“戏说”的古装剧，哪怕剧情与史实南辕北辙，亦全盘照收，以为历史就是如此。近日热播的电视连续剧《少帅》，演绎民国将领张学良人生，有位传记作家状告此剧抄袭了他的小说《大帅府》，那依据竟然是两个作品里虚构内容“高度相似”，叫人哑然失笑。

张“历史”大旗的“戏”剧，这般放开胆来子虚乌有，践踏历史，失笑之余，史学家们是焦虑而无奈。不意还有文艺“评论家”为“戏”剧推波助澜。譬如署名“非鱼”的文章《历史剧创作要“以史写心”》（二〇一四年十一月七日《中国文化报》），偏要说“忠于史实已不是唯一要义”。他替“历史”剧辩解，“这些情节安排，并非处处遵循史实而落笔，却在人物的完美与结局的悲凉间道出了英雄末路的无奈”，大言“以史写心”。抗战期间有过类似说法，即郭沫若奉行的“‘失’事求‘似’”。那时国难当头，急于抨击妥协舆论，他创作《屈原》等六部历史名剧，取得《女神》之后再度辉煌。特殊时期收特殊政治效果，暂且不论。到了和平的新中国时期，“失事求似”便受质疑，翦伯赞批评元代经典名剧《汉宫秋》与史实大不一样。接着有了一场关于历史真实与艺术真实关系的大讨论，作为讨论总结，茅盾一九六一年在权威杂志《文学评论》连载十万言长篇论文《关于历史和历史剧》，阐释如何处理历史真实与艺术真实，全面、透彻。说及艺术真实，茅盾主张，“历史剧的艺术虚构必须是历史人物虽未做此事出此言，但按其人其时的条件有百分之百的可能做此事。”同样权威的《中国戏剧》杂志，数月后以《茅盾论历史剧》为题，摘要转载了所论观点，不久茅盾论文以单行本出版，那场讨论算一锤定了音。

然而彼一时也，半个世纪后又一时也。学者李轼华否定茅盾的稳妥结论，发问：“在史实与人物塑造、在历史真实与艺术真实间，创作者到底该如何取舍？”（见《论元代历史剧的以史写心——兼谈茅盾先生的历史剧理论不足之处》，重庆师范大学学报一九九八年）这一问，问出作者将两者对立的思维，亦是“心”与“史”对立。李的论文搬出黑格尔名言，“存在的就是合理的”，似乎很能为“戏说”的历史剧撑腰，也颇迷惑“戏说”的反对者。我看，黑格尔的话先要明白，它是个哲学命题，含义既深且广，主要指明事物出现的必然性，并非如有人理解的那么偏窄、功利（这么引证的人不在少数），岂能以此驳难具体事物。再说，存在确是合理的，而存在自身并不单一，既含优也含劣。价值评判上，优与劣不能无辨析地全盘肯定，优当然是优，劣依旧还是劣，去芜存着的道理不得例外。中国老话“成者为王败则寇”，对存在不分是非的肯定，多少是个嘲讽。因而，《汉宫秋》《屈原》，乃至多与史实不符的《三国演义》，甚至是《史记》，甚至外国大仲马的历史小说，它们无不有其历史局限，兼有作者观念的局限。纵然经典地位无可撼动，但它们的局限，以及不足，总不能一股脑儿统统吃进。“失事求似”的郭沫若，毕竟没有彻底丢掉“似”字，似者不伪。后来他有感戏曲舞台上白脸曹操距历史人物原貌甚远，作《蔡文姬》以翻案。纵然如郭氏妙笔，纵然同样采用喜闻乐见的戏剧形式，广大观众眼里的曹操还是那个白脸奸雄。李先生论文声称：“我们可以对历史题材进行自由的艺术加工。严格尊重历史者，可以！改造历史事件者，也可以。既可以像《桃花扇》尽可能较大程度上保持其原形来反映时代本质，也可像《汉宫秋》一样随意改动史实来反映时代精神以达到写心的目的。”鼓吹这样乱改史实，所谓的“以史写心”，其实是舍“史”造“心”。此论在学界难有多大市场，可是，以学理发声，予艺术实践的影响，庇护、纵容了胡编风行，隐隐促成历史剧创作灾难。往日“古为今用”，迁就于政治，现在则“古为‘钱’用”（收视率几乎等于钱）。今日“戏”剧肆意编造的程度，较当年是大巫见小巫。

诚然，遵循史实的历史剧创作谈何容易。套闻一多倡导格律体新诗的比喻，仿佛戴着镣铐跳舞。艺术风光却正在这举重若轻的曼舞风姿，有抱负的艺术家当迎难而上。近日得到董乃斌先生赠阅新著《李商隐》传记，董先生研究李商隐多年，是著名唐代文学专家。他叙写李商隐一生，有对话，有场景，力求可读，虽文学色彩浓郁，却不失其所本史实，可谓实践了艺术真实和历史真实的统一，虽不尽理想，却是一条文艺传记的正道，可为“戏”剧借鉴。

遵循史实创作，就职业道德言，于历史负责，也于历史人物的后人负责。常说没有历史的民族是悲哀的，那么拥有的历史虚妄变形，这个民族是否悲哀？数百上千年前遭歪曲的人和事，因年代久远或无后人追究；近百年的歪曲，家属后人之感受不难设想。这些年来此类事的报道屡见不鲜。倘若编导本人的祖辈父辈，遭歪曲丑化，无辜钉上了电视剧耻辱柱，他决计不会支持胡编乱造。事情又何止利害相关的后人，即使毫无利害关系的观众，观赏过程他也有或隐或显的求真意识。真善美，真为之首。如果知道剧情皆一派胡言，美的欣赏，善的感化，断不能投入。普通观众没有能力辨明全剧与史实相符与否，毫不意味他们舍弃“真”这个观赏前提。古代千金说出一句现代气息的道白，或一座现代建筑穿帮在古装戏里，他们就不禁好笑，正投入的观赏情绪难免破坏。

“戏”剧的编导何尝不懂这个道理，他们本可以制作不涉史实的古装剧，古装剧有别历史剧处，穿古人衣服，却在于史书上找不到它人物、事件。镣铐解脱，天马行空，无中生有，犹如小说家们概括、虚拟生活。问题在他们更懂得，痴迷阅读小说的年代远去了，假冒伪劣无处不在的今天，观众愈发渴望了解实实在在发生过的事情，难怪“戏”剧借“历史”优势取悦观众。

以编造的历史取悦想了解历史真相的观众，是个有目共睹的“存在”，实在很不“合理”。不再明标“戏说”的戏说历史剧将源源不断，此文化现象或折射了当下诚信尽失的社会心态，以久远眼光视之，民族文化实乃因小失大。

对于学术随笔的放心与不放心

本人自述，亲朋回忆，还有学者们旧事新说的学术随笔，这些读物越来越多了，已成当下出版界一道躲不过的风景。其中良莠不齐是可以想知的，这就引出杨小洲的批评文章《让人不放心的“风雅”》(二〇〇八年九月二十四日《中华读书报》)。文章点了几本书名，具体专在批评张昌华所著《曾经风雅》，分析了几则例证，指其“多猜测与想当然的描述”，判定《曾经风雅》等著述“以拔高传主为义务”，并为他们“信手给历史人物事件下结论感到可悲”。后来有路见不平旁观者又撰写文章替张昌华申辩，说明那几例事实并非猜测和想当然(二〇〇八年十月二十二日《中华读书报》姚宏越的《如此“风雅”或可接受》)。孰是孰非，我没有读过张昌华大著不便置喙，却知道，杨先生文章一点而过的拙著《旧痕新影说文人》并不如他说的怎样在

“拔高”。或许是杨先生与著者有过一面之缘，于是笔下留情未曾多加指责；或许是他没有仔细通读全书，只能虚晃一枪无法多说。想来多半属于后者，因为《旧痕新影说文人》与杨先生批评的“以拔高传主为义务”恰恰相反，它的“说文人”，毫不避讳一些颇具声望大作家的弱点短处，时见微词，如谈及茅盾、冰心、朱自清的几篇皆是。这些具体的是是非非不去一一厘清了，值得提出的是，杨先生批评所持的出发点，委实似是而非，涉及此类文章的一般性话题，不妨讨论讨论。

杨先生把《曾经风雅》中“拔高传主”的原因归咎作者“杂入自我情绪”，很是反对这类文章的“自我情绪”。这里好像不大合乎因果逻辑，文章中的情绪，既可导致拔高传主，又何尝不能用来压低他呢？高低两个相反方向都存在着可能。根本上说，拔高也好，贬低也好，无不来自作者对传主的整体了解和基本评价，情绪仅仅是评价传主时附着的情感色彩，仅仅使评价愈加鲜明而已，即使情绪再怎么强烈，断不能因此改变他评价的高与低、对与错。如果文章错了，则错在对传主的了解和评价上，非关作者对他的情绪。读者倒是喜爱有情绪的文章，何况传主又是感情丰富的作家、文化人。那种理性很强不动声色的谈古论今，虽颇有可观的内容，但往往令读者望而生畏。当下不避“自我情绪”的文章越来越多，正是读者厌弃作者板板正正面孔的反证。文章真要完全掩藏情绪殊不容易，无非是有的深藏有的浅露，表现得或浓或淡罢了。杨先生赞赏的李辉著《与老人聊天》，那里面老人追述往事，也不乏情绪色彩。即如反对情绪的杨先生自身，他这篇批评，似乎并没有贯彻自己的主张，其情绪就不算太浅。文章一再出现情绪化的表述："很让人担心""深感可惜""感到可悲"，甚至嘲讽《曾经风雅》著者"显得滑稽""五十步笑一百步",连《让人不放心的'风雅'》这个标题，不也隐隐透着情绪么？我们大不必反对文章"杂入自我情绪"，若非要一概消除情绪，恐怕将扼杀学术随笔，失去许多好文章。

出于反对"旧事新说"文章的情绪化，杨先生说："我比较赞同李辉《与老人聊天》和李怀宇《访问历史》那类录音式的问答，由受访者自己回忆，作者只做真实记录，尽量在书中少些作者个人的影子，目的只在给历史留下档案，以供别人研究。"以为录音式问答绝对真实可靠，把访谈看得如同档案，这想法过于简单而近乎天真。岂不知，当事人的口述，并不能完全摆脱他感情倾斜，读过不少拔高或贬低的笔录，其情绪程度有甚于学者的旧事新说。一旦涉及个人利害、人事纠葛、政治环境这诸多因素，其说什么不说什么，这么说那么说，说出的往事与真相的关系，难保叫人有走形的担忧。即如诚实君子，因事隔久远，或者潜意识记忆选择的作怪，回忆中的误记实难杜绝。冰心为胡适诞生一百一十周年在《新文学史料》上写纪念文章，提及与胡适往来，她说虽曾有不浅的过从，但一生没有写过信给胡适。老太太彻底忘记了，她分别于一九三一年和一九四七年两次致信胡适，中华书局出版的《胡适往来书信选》已赫然印了信的全文。由于当事人的"权威性"，他们有意无意的误记，给读者讹传的负面影响丝毫不在学术随笔中的失误之下。难怪钱锺书在文章里，在书信里，一而再、再而三地说，回忆是最不可靠的。他甚至偏激声言："我们在创作中，想象力常常贫薄可怜，而到回忆时，不论是几天前还是几十年前、是自己还是旁人的事，想象力忽然丰富得可惊可喜以至可怕。我自知意志薄弱，经受不起这种创造性记忆的诱惑，干脆不来什么缅怀和回想了。"当然不必如此因噎废食，回忆、自述、访谈等等，读者还是需要的，于研究者尤不可少，它终究提供了他人不能提供的信息。如果有信息走形，甚至虚假，那么在研究者眼里，仍不失可供分析的另一种侧面信息。研究者不妨换一个思路来接受，看它何以走形、何以作假，从中或许能考察出别具含义的相关内容。人无完人，文章也难得十全十美，所以即使有瑕疵的回忆、自述、访谈，均不应回避，更不应排斥，如杨先生不应该排斥"旧事新识"的学术随笔一样。面对众多回忆、自述、访谈，势必要求研究者具备相当的眼力和视野，不去迷信当事人的一面之词，不以它一锤定音。哪怕看似十分可靠的档案材料，读它也不是那么直接、简单的，不能随它写了什么便是什么，就轻率下了结论。譬如，北洋政府档案里的"三一八惨案"和目击者的记述便很有差异。还有反右、"文革"这类运动中的档案，不实之词比比皆是，亦需研究后才能作出合理的读解。真如俗话说的，尽信书不如无书，不然学问是太容易做了。可惜，这样做学问的人不时会碰到一位两位，杨先生批评《曾经风雅》，多少也有点儿知其一未知其二吧。

我是喜欢读学术随笔的，并且很放心地阅读。专家写他专业范围里的精彩随笔，既活泼又睿智，既予同行学者启迪，又增长外行读者知识，雅人俗人都饱受文采的愉悦。我国自古有诗话、词话传统，这一国粹如今要得以发扬大概就在学术随笔里了。尽管它们颇多情绪，但比之杨先生偏重的访谈，情绪背后的理性和客观要更多一些。联想到当下学者们多沉溺在高楼深院里造车，冷面学术拒百姓于门外，我想，对于刚刚兴起的学术随笔，与其排斥，不如鼓励。见到它们失误的话，有指正的责任，但最好是就事论事，切勿迁怒文体，不要嚼到碗里一粒砂子便从此不肯吃饭。

我也写点随笔的，碍于杨先生的反对，这一篇竭力抑制自己的情绪。文章自然呆板了许多，讨得了杨先生认可，则要对读者说声抱歉了。

诚信之失贻害大矣

近日陈子善先生重提一件文事悬案，一九三〇年四月五日茅盾自日本回国当天携女伴拜望鲁迅，这女伴是夫人孔德沚呢还是情人秦德君？（陈文《一九三〇年四月五日晚》刊二〇一三年十一月三日《文汇报》“笔会”版）鲁迅日记记的是“夫人”，但没有指名道姓；茅盾自传《我走过的道路》明确说：“这天晚上，我和德沚到隔壁看望了叶圣陶，感谢他两年来对我母亲和孩子的悉心照顾，圣陶又陪我们到后弄堂去拜访了鲁迅。”两位当事人留下如此明白无误的记载，按常理而言，悬案之何有？《鲁迅全集·日记卷》正是依此注释“夫人”，坐实她为孔德沚。然而，其时正与茅盾同居的秦德君后来也有回忆，她却说，四月初“我和茅盾一起去了北四川路景云里看望鲁迅”。当然两位不能都去，孰是孰非，现代文学史料专家子善先生谓之孤证，莫衷一是。要说孤证仅在秦德君一方，何故也说茅盾的为孤证？想来鲁迅记的"夫人"未必专指孔氏，秦氏何尝不能这么称呼呢，始终没有离婚的鲁迅自己，其同居者许广平不也习称夫人么。本可希冀叶圣陶日记来旁证，但至今未见叶翁一九三〇年的日记披露，或那时简直就未记，或有记而未留存，或出于何种缘故不便为世人知。

谨慎如子善者不下论断，我倒是宁可偏信秦氏的，因为掂量了双方回忆的诚信度。秦的回忆发表于一九八五年，叶圣陶尚健在，茅盾谢世但后人在，没有看到他们质疑的文字。茅盾的《我走过的道路》则不然，出版后即有学者提出百余条勘误。尤其致命的是，于茅盾感情和创作都有很大干系的秦德君，同居长达两年，打胎两次，《我走过的道路》竟不着一字。这部长篇回忆录忆得十分细致，细到某日某时说过什么话。显然著者对秦德君取不承认主义，一概抹杀了。既然如此，怎能容许突然跑出个秦某。出自隐痛，回忆人尽可取舍，此是一回事；取舍不净，秦冠孔戴，混淆了学界视听，那又是另一回事。以他感谢叶圣陶的话，也不无可玩味处。所谢只言照顾母亲和孩子，却不及夫人——她们是住在一起的——有点出乎常情。茅盾这次回上海没有留在景云里与老母、幼子、爱妻一聚天伦，而寄寓到大同乡、老同事、党内同志杨贤江家。他解释是"为了避人耳目"，怕当局发现。杨贤江家似乎更不安全，杨与茅盾一样，也在当局通缉名单里，而且回上海时间也不算长，而且也没有放弃革命活动。再说，茅盾和秦德君同船一起回的上海，假如当晚没有同行去鲁迅府上，茅盾将她安置在哪里？岂不有悖常情。茅盾说寄寓杨家，秦德君亦寓居彼处，同进同出才较合乎情理。我还生出个大胆设想，茅盾和秦德君双双才到上海的那天，可能就没有回景云里与家人晤面，尽管自传里记述确凿。

这些蛛丝马迹愈发令人觉得茅盾大有隐瞒之嫌。据说三册《我走过的道路》前半是茅盾本人手撰，后半由家人续笔，这段记述正在前后之交。若为著者所撰，诚信之失，过错很是不小；若由家人代庖，这个倒忙帮得就大了。不论前者后者，文坛巨匠的形象已由此受了损害。这部自传巨著，因其著者的名声、地位，因其内容的特殊和丰富，备受学界重视，然而有如上疑点，读起来总是心里难以踏实。当下名人自传、自述、回忆诸多,还会后继屡屡,前车之辙不宜重蹈。至于秦或孔的悬案，相信必有若干旁证散落在当事人一些文章里，需颇费精力去钩沉。只要有心，结论总会大白天下。

可嘉学风

林徽因与其父林长民何时去的美国？我据林长民一封家书推断，约为一九二〇年二月，并系入《林徽因年谱》。带个“约”字，表明我的不自信。周红先生从一张林徽因赴欧途中照片产生疑点：阳春二月，节气尚未走出隆冬，她在船上何以穿得如此单薄？于是查阅许多资料（这些资料散落于旧籍文海太不易搜寻），考证出应该是那年的四月，写成《林徽因第一次出国在说明时候》一文（见载九月十日本报“笔会”版）。虽说航船行驶在近赤道的印度洋上，林徽因那时的衣着已不算单薄，周文的起疑近乎歪打正着，但他由此而旁征博引，材料丰富翔实，推论周密雄辩，纠正了我在《林徽因年谱》中的误系。

何时出国当然仅仅是林徽因研究中十分琐屑的问题，不过，若遇到什么大问题需要以它佐证时，怕就不再琐屑了。周红不只澄清了一个疑点，而且体现了一种可嘉学风。学界崇尚宏论有年头了，往往流于空谈。此流弊到博士们的学位论文，则屡见论文格局的宏伟却大而无当。所喜的是，近年来空泛之风似有好转。周红正在攻读博士，他写出这样的文章，恰可看作一个例证。

附：

林徽因第一次出国是在什么时候

——对《林徽因寻真》的一点补正

周 红

作为一个有着永恒魅力的才女，有关林徽因的无稽传闻随着那部《人间四月天》的热播，随着各种传记的铺陈渲染而被人们关注得太多，而作为作家和建筑学家的林徽因却被种种传说和误读遮蔽了。陈学勇先生所著的《林徽因寻真》似乎专跟那些不可靠的传说过不去，严肃地为林徽因“寻真”。该书收有一系列林徽因生平与创作的考证文章，对关涉林徽因的史实错讹和无中生有、捕风捉影的传说一一加以辨正。笔者购买此书，更多的是冲着其中近一百五十页的《林徽因年谱》，这份集作者多年史料研究之心血的年谱，为林徽因研究奠定了一份扎实可靠的基础，更让我们从这些丰富翔实的材料中，了解到那个时代女性知识分子的性格禀赋、精神状况和特殊的生命历程。

年谱的撰写在如今这个学术快餐的时代一般学者往往不愿为之，但它却真是一个考量学术耐心和史料功夫的东西，它提供的表面上是细碎的、流水账似的材料，然而其深远的学术价值却往往对后来者的研究工作大有裨益。比如对林徽因与林微音这两个名字学术界经常混为一谈。杨义的《中国现代小说史》中就曾错把林微音当成林徽因。而除了陈学勇先生指出的几处以讹传讹之外，笔者还注意到，同样是从事史料研究的学者，也存在着类似的张冠李戴的现象。如张菊香和张铁荣编撰的《周作人年谱》（新版）记载：在一九三〇年六月九日这一天，“林徽音来访，赠所编《绿》月刊”；陈玉堂所编《近现代人物名号大辞典》(新版)在介绍林徽因时也说她“回国后曾与朱维基等创办文艺杂志《绿》”；陈鸣树主编的《二十世纪中国文学大典(一八九七—一九二九)》记有在一九二八年里“林徽因与梁思成结婚。并与朱维基、芳信创办文艺杂志《绿》”。事实上，根据陈学勇先生的考辨，编辑《绿》月刊的其实是林微音，而不是林徽因。

不过，在读该书的《林徽因年谱》时，笔者也发现了一个史料上的问题，这里不揣冒昧地提出来，加以补正。

一九一九年巴黎和会上山东问题失败，林长民率先撰稿在《晨报》上披露内情，疾呼“胶州亡矣，山东亡矣，国不国矣”，第三日遂爆发“五四”运动。当局迁怒于林长民，总统徐世昌索性给他一笔钱，让他远赴欧洲考察，以避风头。这次欧游，林长民带上了十六岁的爱女林徽因，想借此机会让她增长见识、开阔胸怀，事实证明，林徽因的这第一次出国的经历决定了她后来的人生道路。在伦敦她结识了一位女建筑师，同样是在伦敦，她结识了徐志摩，日后，正是在建筑与文学这两个领域她取得了非凡的成就。

那么林徽因随父林长民究竟是什么时候出国的呢？在《林徽因寻真》里，作者写道：“约二月，林徽因随林长民赴欧洲旅居伦敦。初到寓 Rortland 旅馆（按，陈钟英、陈宇合著《林徽因年表》将此行系为四月，似不确）。”同时，该部分还附有赴欧途中林徽因与同船旅客的合影。正是这张珍贵的合影让我产生了疑问，常识告诉我，如若二月，天气还比较冷，如合影中林徽因穿的那样单薄的衣服，即使是在船舱里，也似乎太少了一点，作者在这里特别指出“陈钟英、陈宇合著《林徽因年表》将此行系为四月，似不确”。在我看来，陈钟英、陈宇将此行订在四月倒符合这张照片的情形，此处会不会是作者考辨有误呢？不过，怀疑归怀疑，陈学勇先生推翻二陈的考订靠的是林徽因本人在林长民信上的注，笔者对林徽因素无研究，相关史料接触也不多，所以当时对这个问题只能存疑。没想到，最近一段时间翻阅《胡适日记》《张元济日记》《晨报》等资料时，竟然发现了一些与此有关的材料，同时也证实了我的猜测。

首先，一九二〇年三月十三日的《晨报》刊登了《国民外交协会之饯别会》的新闻报道。这条报道告诉我们迟至三月十二日，林长民尚未离开北京。

其次我们来看看胡适的日记。林长民与胡适、徐志摩等新月派的人物颇有些交往，这段时期的《胡适日记》极其简略，但在林长民赴欧洲之前，《胡适日记》有过几次记载。一九一九年十一月二十五日晚“林宗孟家吃饭”；一九二〇年三月四日晚“林宗孟邀吃饭”，三月六日中午“东兴楼请林宗孟”，三月二十一日晚“宗孟宅饭”并在此次饭局上“初见梁任公，谈”，三月二十七日早上八点“送林宗孟，与慰慈诸人”。当然，这只能说明从一九一九年十一月二十五日至一九二〇年三月二十七日，林长民都在北京，其间与胡适等人有过往还。

而张元济在他的日记中所记的就更清楚了。一九二〇年四月一日张元济的日记里记着“林宗孟挈其女赴英国。与梦、拔同赴舟次送之”。林长民的父亲林孝恂曾是商务印书馆的重要股东，林长民与张元济也有很不错的私谊，所以临行前，张元济同高梦旦、李拔可一起到码头给林长民父女送行。

更有意思的是，一九二〇年六月十四日的《时事新报》刊登了一篇《赴法船中之五四纪念会》，因为属赴法勤工俭学史料，曾收入《赴法勤工俭学运动史料》一书，这篇文章提供了一些更清晰的史料，林长民携林徽因搭乘的是法国邮船Pauliecat，同船的除了赴法俭学学生一百一十余人，还有创立少年中国学会的王光祈等。五月四日船行至地中海之际,船上中国学生发起“五四运动纪念会”,王光祈和林长民还分别在纪念会上发表了演说。同样收入该书的还有一篇一九二〇年五月十五日《旅欧周刊》的新闻报道,其中说“本月七日法船宝德加自东方回航抵法”。这就告诉我们，林长民和林徽因是一九二〇年五月七日到法国,然后再以其他方式转往英国的。

这样林长民和林徽因父女出国的行程就比较清楚了，整个三月份，林长民还在北京与友朋进行远游前的各种聚会；三月十三日，赴国民外交协会的饯别会；三月二十七日，自北京往上海，四月一日自上海坐法国邮船Pauliecat往欧洲。

其实，对于林徽因第一次出国的时间，陈学勇先生的考订也是不肯定的，他指出“陈钟英、陈宇合著《林徽因年表》将此行系为四月，似不确”，我觉得这“似不确”正是史料学者的严谨态度。对近几年所出的林徽因传记，作家韩石山说：“没有一本真正写出她的风采。我觉得像这样一个人物，还是谁也别写了，只把她的材料收集起来出本书，让人们去看吧。”瑕不掩瑜，陈学勇先生的《林徽因寻真》正是这样一本让人信赖的著作，它以大量的第一手材料还原出一个真实可信、内涵丰富的林徽因形象。

后　记

现在的出版，好像没有后记不成书；又有读者是先睹前言、后记为快的。就随大流，不能没有一则后记——无非几点简单说明，顾不得读者如何失望了。

我兴趣偏在民国文学，它正是中国文学现代化之始。如今才子遍地，作品应接不暇，文坛太像应该"删繁就简"的"三秋树"，那么民国文坛便有如"领异标新二月花"了。初春小花，难免幼稚，其"合为时而作"的态度屡遭今日才子哂笑。文学诚然不宜完全致力载道功能，但也不必完全排斥。民国前辈，以文学启迪民智、变革社会，他们信仰执着，开拓勇猛，气度恢弘，那精神，那锐气，在改革的当下，令人感慨尤深。

民国文学这短短三十多年，巨匠辈出，思潮迭起，景象很是壮观。叹我学力不逮，无能鸟瞰、把握它整体，只是零零碎碎地一颗颗拾穗。史家遗漏的穗粒，日积月累拾它起来，若有助他们审视全局，做些微调，愈加真切地认识那一时期的文学，则聊以欣慰。

书里相当数量的引文和附录，皆不大为学界所熟知，其值得一读，远胜于我的闲谈，甚至只读引文和附录亦未尝不可。故不避文抄公之嫌，希读者格外关注它们。

“故纸札记”是我在《文汇报·笔会》版撰写的若干系列文章副题，现移作书名。书里更多篇什并未缀以“故纸”副题，其实也是同属一类的札记；还有一些篇章，内容离书名似远了许多，或讥讽之拼凑，但也并非远得与“故纸”毫无关系。

继《浅酌书海》《民国才女风景》《旧痕新影说文人》之后，这是第四本集子，愿还能有第五本。

有些文章发表报刊时署笔名“陈老萌”，不少朋友、读者知道这个笔名为我常用。这里再交代一下，为那些还不知情的读者。

“札记”的写作、发表，出书，得多方支持、相助，恕不一一致谢。

没有话说了。

著者

二〇一六年岁杪于秦淮新河寓所